岩 波 文 庫

37-771-1

世界イディッシュ短篇選

西 成 彦編訳

目次

つがい

ショレム・アレイヘム

ショレム・アレイヘム（一八五九〜一九一六）

ウクライナ生まれ。本名、シャロム・ラビノヴィッチ。筆名のショレム・アレイヘムは、「あなたに平和を」「ごきげんよう」というほどの意味。ロシアの教育官吏、家庭教師、シナゴークのラビ、雑誌の発行人、株式仲買人などを経て、その後、創作活動に専念。ロシア国内のポグロムに耐えかねて一九〇六年に米国に渡るが、ふたたびヨーロッパに戻り、イタリアに住む。一九一四年、再度渡米し、ニューヨークに歿した。ウクライナのユダヤ人街で繰り広げられる人間模様をユーモアとペーソスを織り交ぜて描き、大衆的な人気を博した。『牛乳屋テヴィエ』は舞台化されて一世を風靡し、《屋根の上のバイオリン弾き》として映画化もされた。

原題　**דאָס פּאָרפֿאָלק**

この物語の筆者から読者の皆さんにお願いがある。皆さんにはこの話に寓意を求めたり、筆者が誰を念頭において書いたのか詮索したりしないでいただきたい。ここにはいかなる寓意も存在しないし、シンボリズムなどもない。これは、短い生涯を生き、愛し、夢見、苦しみ、それでも希望を抱きながら、過越の祭の前夜、何もわからないまま、あわれにも非業の死を遂げた一組の不幸なる神の被造物の、まじめな、まじめな、あたりまえの話だ。そこには機知《ホフメ》もスローガンもない。

ネルヴィ(イタリア)にて。

א《アレフ》 恐怖の夜

過越の祭を前にした、暗い泥だらけの夜だった。何もかもが闇につつまれ、深い眠りの中にあった。物音ひとつなく、あたり全体静まりかえっている。水の中の魚も、こんな静かな晩には、神を畏れ、顔を天に向けようとしない。こんな晩に、あたふたと忙しいのは夢使いぐらいのものだ。何だって、おだてれば、木にも登るし、空にも登る。壁と壁は正面衝突する。そんなふしぎな幻想世界を極彩色で飾るには一色もおろそかにはできない。それが夢使いのしごとなのだ。
その夜、この物語の主人公もまた、奇想天外な夢を見た。雄鶏、雌鶏、鵞鳥に家鴨、うるさいのが一晩中、頭の中で騒ぎまわっているところに、いきなり真赤な雄鶏が偉そうにしゃしゃり出て、若造のくせにへらへら笑いながら、奇妙きてれつな歌を歌う。

コーケコッコー、長い鼻
うさぎみたいにつかまるよ
縛って、なぐって
荷馬車に乗せられ
こづかれ通しで
最後はちょきん！

コケコッコーと思わせて歌に聞こえさせる。聞いているだけで、雄鶏、雌鶏、鵞鳥に家鴨が一斉に奇声をあげて騒ぐように感じられ、居ても立ってもいられない。われらの主人公は、業を煮やして雄鶏めがけて突進する。胸はどきどき、「この野郎！」と。
そのとき、足音が近づき、灯りがともって、聞き慣れない声がする。

「こいつじゃない。あいつだ。そうだ。つかまえろ。縛りあげろ。脚を折るな。気をつけろ。そうだ、そうだ。朝か？　それなら、いそげ。夜が明けるぞ。荷台に乗れ」

二本の頑丈な鉄の両手が主人公を鷲づかみにして、高く持ち上げ、大きな荷台にどさっと放り投げる。荷台には先客がいた。どうやら雌らしく、がたがた身をふるわせている。まわりでは人間がふたり奮闘していて、帽子も被らないアダムそっくりの野蛮人ひとり。帽子は帽子でも毛皮の帽子を被った、やっぱり野蛮人がもうひとり。無帽の男は後ろで荷台や車や馬の世話をし、毛皮の帽子の男は荷台にどすんととびのる。それがちょうど二羽の足元で、あんまり乱暴だったから、二羽はもうあの世行きかと思った。

「気をつけろ。ちゃんと縛っておけ。逃がすな。聞いているのか！」

そう言ったのは無帽の男だったが、毛皮の帽子は返事もしない。毛皮の帽子がだまったまま鞭をくれると、荷馬車はガタゴト動き出す。

ב《ベイス》　囚人たちの友情

二羽はどうやってあの恐怖の夜を明かし、荷台の上で生き延びたのだろうか？　それは神さまが起こされた奇跡と考えるしかない。いまどこにいるの？　どこにつれていかれるの？　それはなんのため？　そしていつまで？

暗闇の中でおたがいの見分けさえつかない状態で、やっと姿が見え、そっと話をすることができるようになったのは、空が明るんできてからだった。

「おはよう、奥さん」

「そちらこそ《グート・ヨル》（忠実に訳すと、「よい年を」の意）」

「神に誓って申しあげますが、たしか奥さんはわたしどもインドのお仲間（主人公は七面鳥らしく、アメリカ大陸（＝西インド）原産の七面鳥はしばしば「インド鶏」と呼ばれた。英語の「ターキー」は、これをトルコ原産ととりちがえた名前）……」

「誓ってだなんて大げさな。誓われなくても疑ったりしませんよ」

「その首飾りですぐに奥さんだとわかりました」

「ずいぶん目がいいんですね」

それから数分間して、また雄が声をかける。

「奥さん、ご気分はいかが？」

「喧嘩相手たちにたっぷり味わわせてやりたい気分です」

話は途切れがちだったが、それでも雄は、ひそひそ声で言った。

「奥さん、ひとつ質問があるんですが」

「何でしょう？」

「奥さんは何かまずいことでも？」

「いいえ。あなたこそ何か？」

「そうではなくて、何かやばいことでもなすったのかと……」

「あなたこそ何か？」

「奥さん、その返事のなさりようは、わたしに何か怨みでもおありなんですか？」

「怨みですって？　ひとの足の上でいい気持ちになって、よくもそんなことが言えますね。わたしは目ん玉が飛び出そうでしたよ。なのに、怨みだなんて」

「おやおや、聞きずてならないことをうかがいましたな。わたしがあなたの足の上でいい気持ちになったですって？」

「あなたでなければだれが？」

「あの毛皮の帽子の野蛮人に決まってるじゃないですか。悪魔にさらわれろ！」

「あらまあ、あの潰れそうなめにあわせたのはてっきりあなただと思っていました。ごめんなさい。気を悪くなさいましたか？」

話はここまで。とつぜん毛皮の帽子が眠りから醒めたように、馬にはげしく鞭をくれた。二羽のインド鶏はとびあがり、どすんと落ち、はらわたが軋む音を耳にした。とつぜん、馬車は急停車して、二羽はこれまで見たこともない不思議な光景を見た。

ג《ギムル》 主人が代わる

二羽は、こんなにたくさんの馬や雌牛、仔牛や豚や人間がひとつところに集まっているのを見たことがない。荷車も幌かけのや幌をあげたのがぎゅうぎゅう犇《ひし》めきあっている。荷台の商品はパンから家畜までさまざま。雄鶏、雌鶏、鵞鳥に家鴨がわんさといる。隅っこの方で縛られた柄の悪い一羽が、抗議の悲鳴をあげている。聞いているだけで耳が潰れそう。しかし、悲鳴に耳を貸すものはいない。人間たちは往ったり来たり、おしゃべりに余念がない。定期市だ。

毛皮の帽子の野蛮人がめざした場所はこんなところだった。男は荷台から降りて、二羽をつかまえようとして必死だ。二羽は二羽で、不安におそわれて、やっぱり生きた心地もしない。あの野蛮人はどうするつもりなのだろう？　縛るつもりだろうか、それともどこへでも行けと解放してくれるつもりだろうか？

期待もむなしく、二羽は荷台の高い場所に移される。きっと晒しものにするためだ。なんという屈辱だろう！

しかし、待て。物は考えようだ。こそこそされるより、みなから監視されていた方が安全なのかもしれない。みなさん、とくと御覧なさい！　奇特な人があらわれて、二羽の悲惨を見るに見兼ねて、あの野蛮人に抗議してくれるかもしれない。なんのためにこんなことを？　いつまでこんなことを？

罪のない囚人たちは、かわいそうに、ああでもないこうでもないと考える。

はたして奇特な人はいるものだ。トルコ風の肩かけを巻いた恰幅のいいおばさんで、荷台に手をのばし、あちこちさわりながら、毛皮の帽子に語りかける。

「この二羽を連れてきたのはあんたかね？」

「何の用だい？」

「インド鶏だろ？」

「トルコのだっていうのかい？」

「いくら欲しいんだい？」

「あんたの買える値段じゃないぜ」

「財布も持たずに、あんたみたいな下衆に声をかけたりするもんかね」

肩かけのおばさんと毛皮の帽子の会話は、おおよそこんなふうだった。値段の交渉がつづく。毛皮の帽子の野蛮人は鉄のように冷静を保っている。肩かけのおばさんも、熱しやすく、行くとみせかけては、戻ってきて、なんとも忙しいおばさんだ。あんまり買いたたくものだから、とうとう業を煮やした毛皮の帽子とのあいだで、押問答になった。

そのすきに、二羽はまた会話を交わす。

「奥さん、聞こえますか？」

「聞こえるわ、どうして？」

「どうやら身代金を払ってもらえそうですね」

「そうみたいね」

「それにしても、鵞鳥なみに買いたたく女ですね」

「腹立たしいったら」

「せいぜい壁に頭でもうちつけて、やってくれるといい。どうせ自由にしてもらえるのなら」

「ああ、神さま！」

ありがたいことに、肩かけのおばさんがようやくポケットから金をつかみだす。

「もう少し安くはならないの？」

「びた一文」

「これっきり？」

「これっきりにきまってるよ」

「血も涙もないやりかたね。さあ、持ってきな」

こうして二羽は毛皮の帽子の手から肩かけのおばさんの手に渡った。
とはいっても、囚われの身から新しい囚われの身へと移っただけのことなのだが。

7《ダレト》　野蛮な人間に囲まれて

新天地に連れて行かれた二羽は、さっそく縄を解かれた。大地を固くふみしめるのが楽しくてたまらない。からだを伸ばして、往ったり来たり、足が使い物になるかどうか点検だ。あまりの嬉しさに、ほんとうの自由からはまだまだ遠い身であることに気づきもしない。しかし、二羽がいまだ囚われの身であることを思い知らされるまでに何分も要しなかった。二羽はどこかの薄暗い隅っこに追い立てられたが、そこは、温かい竈と冷たい壁にはさまれて、出口は横に倒した梯子でふさがれた窮屈な場所だった。餌と水が用意してあった。二羽は二羽っきりになった。これも神さまの計らいだ。新しい住まいを点検したあと、二羽はもとの赤の他人どうしのように、からだをふくらませ、にらみあい、それからそれぞれの隅っこを選んで、背中を向けて、めいめいの物思いにふける。

しかし、じっくり考えごとをするだけの時間はなかった。扉が開いて、あの肩かけのおばさんが入ってきたかと思うと、後ろからおばさんたちの一群がぞろぞろやってきた。

肩かけのおばさんはひとりひとりの手をとって、二羽を指しながら言う。

「このつがいはどう?」

「いくら払ったの?」

「いくらだと思う?」

全員大外れだった。肩かけのおばさんが値段を打ち明けると、みんな手を打って驚いた。

「ほんとに?」

「まあ、みなさんも、愉快で清らかな過越の祭をね!」

おばさんたちの表情に嫉妬心が浮かぶ。頬は真赤、目は血走って、羨望まるだしだったが、口ではにこにこ愛想をふりまいている。

「すこやかな食卓を!」

「愉快な祝日をね」

「よい一年を!」

「ご主人や子供さんたちともどもお幸せに!」

「アーメン!」

女たちは退場する。ところが一分もたたないうちに、また肩かけのおばさんがあらわれて、こんどは顔じゅう赤毛におおわれた妙な男と二人連れだ。見せびらかすのが得意でならないらしく、満面に笑みを浮かべている。

「あなたは何でも詳しい方だからお尋ねするんだけど、このつがいはどうかしら?」

髭面の男はこわい目で見る。

「詳しいって言われても」

「聖書《トーラー》に詳しいあなたならわかるでしょ。たとえば、わたしたちが清らかな祝日を迎えられるかどうか。神の御名の方法にかなっているかどうかが知りたいの」

髭面は黄色い顎に手をやり、天を仰いで、敬虔な顔を作る。

「天よ、すべてのユダヤの民に清らかな過越の祭を授け給え!」

女と髭面が去り、二羽がまた二羽に戻る。あいかわらずからだをふくらませ、口もきかなかった二羽だが、雌がいきなり咳ともうめきとも言えないすっとんきょうな声をもらす。雄はふりむいて……

「奥さん、どうかなさいました?」

「べつに。家が恋しくなっただけ」

「バカなことはおやめなさい。昔のことは忘れましょう。いまいるこの場所、これからどうすべきか、それが肝腎なんです」

「こんなひどい場所はないわ。どうしましょう」

「というと?」

「わたしたちは狂暴な人間に買われたんです。雄鶏、雌鶏、鵞鳥に家鴨、あんな連中と同じ定めにあるということが、あなたにはわからないんですか?」

「じゃあ、これからどうされるっていうんです?」

「どうって? わたしが子供だったころ、いやになるほどいろんなお話を聞かされました。狂暴な人間にとっつかまった仲間がどんなめにあったかを」

「おやおや、そんな話ですか。おばあちゃんの昔話を真に受けていたんでは困ります」

「おばあちゃんの昔話なんかじゃありません。実の姉から聞いたんです。連中はなんでも猛獣よりもたちが悪いそうです。猛獣ならばつかまって、引き裂かれて、食われて、それでおしまいですが……」

「ちょっと、ちょっと、奥さん。あなたはあまりにも物事を悲観的に考えすぎです」

「かんてき?」

「悲観的です」

「ひかんてきって?」

「何でも暗い眼鏡でごらんになるってことですよ」

「わたし、目は悪くないのよ」

「これは傑作！」

「何がおかしいんです？」

「だって、奥さん」

「何ですか？」

雄が答えようとしたとたんに、扉が開いた……つづく。

ה《ヘイ》 つっかっつっかっつっかっまえろ

扉が開いて、嵐のように竈めがけて駆けこんできたのは、ほっぺたの赤い、目の黒い、腕白小僧の一群だった。

「どこなの？」「ねえ、どこ？」「ほら、ここだ、ここだ！」「イェクル！」「ベレル！」「ヴェルヴェル！」「エリ！」「ゲツル！」「はやくはやく！」

われらの主人公たちのところに、正真正銘の地獄がむこうから出迎えにやってきた。地獄の拷問は終わりがない。腕白小僧の一群は、野蛮人のようにおそいかかり、跳んだりはねたり、じろじろ見たり、ちょっかいを出したり、まるで礼儀をわきまえない連中だった。

「ヨセル、なんだ、こいつの鼻！」

「ひでえ、皮膚病みたいだぜ、ベレル」

「ヴェルヴェル、鼻をひっぱってみなよ」

「ちがうよ、エリ。嘴のところだよ。こうやって」

「もっと強くしないと鳴かないよ、ゲツル」

「おまえたちバカだな、何やってんだよ。口笛を吹かなくちゃ。こいつらは口笛が嫌いなんだ。ほら、ヒュー」

二羽はふくれあがって、真赤になり、うつむきながら、声を合わせて鳴く。

「つっかっつっかっつっか」

腕白小僧の一群はげらげら笑いながら、揚げ足をとる。

「つっかっつっかっつっかっまえろ」

乗せられて二羽が鳴くと、

「つっかっつっかっつっか」

子供たちもいっそうもりあがって、耳元ではやしたてる。

「つっかっつっかっつっかっまえろ」

腕白小僧どもと二羽があんまり声をはりあげて競い合うものだから、とうとう肩かけのおばさんがとびこんできた。ありがたい、肩かけのおばさんよ、永遠にあれ！　肩かけのおばさんは、小僧どもの首ねっこをつかまえて、ひとりひとり放りだし、何発かみまったあとで、最後に口汚く罵った。

「全能の神よ、この子たちをなんとかしてやって下さいな。地獄の火、伝染病、コレラ、なんだってかまやしない。この罰当たりを、神さま、どうにかしてやって下さいませ。ひとり残らず、たたきのめして！　こいつらに過越の祭なんかやって来るもんですか。愛する父！　愛する神さま！」

ようやく窮地から救われた二羽だったが、ショックから立直るには時間がかかった。腕白小僧の野蛮な叫び声や口笛や笑いが耳にこびりついて離れないのだ。しばらくして、いつまでも窮状を嘆いてばかりでも埒があかないと我に返った雄は何も食べていないじぶんたちに気づいた。そこで、のそのそ与えられた餌のところに近づきながら、雌に向かって……

「奥さん、いつまでくよくよなさっているんです？　そろそろおやつの時間ですよ。なあに、世界がひっくりかえったわけではありません。わたしを信じなさい。たましいは不滅です。今日はまだ何も口にいれていないじゃないですか」

「食べたければ召しあがれ。わたしは結構よ」

「またどうして？　今日は断食の日ですか？」

「断食じゃありません。理由なんてないんです」

「あいつらに見せしめをしたいんでしょう。はやりのハンストですか？　いけません。自分がぼろぼろになるだけです……」

「こんなときに食べられるってほうがおかしいんです。喉を通らないのがふつうなのに」

「だいじょうぶですよ。一口食べれば、ドリルで穴が開きます」

「なんですって？」

「ドリルです」

「あなたっておかしなことばかりおっしゃるのね」

「わっはっは」

「また、わっはっはですか。何がおかしいんです？」

「小僧どものおでましを思い出して」

「そういうことでふつうは笑いませんよ」

「じゃあ、泣けとおっしゃるのですか？」

「どうせ笑うんなら、口笛のときにお笑いになればよかったんです」

「あのとき、わたしはどうしていましたっけ？」

「悲鳴をあげておられたみたいですが」

「わたしが悲鳴を？」

「あなたでなければ、だれなんです？」

「つっかっつっかっつっかって最初に叫ばれたのは、奥さんだったように思います」

「おことばを返すようで失礼ですけれど、つっかっつっかっつっかの音頭をとられたのはあなたですよ」

「つっかっつっかっくらい、だれが最初でも、べつに恥ではないでしょう」

「それなら、どうしてわたしが恥ずかしがらなくちゃいけないんですか？」

「恥ずかしくないいなら、顔を伏せて鼻をぶらぶらさせなくたってもよかったはずです、奥さん」

「わたしが鼻をぶらぶらさせたですって？」

「あなたじゃなきゃ、だれがです？」

「あなたったら、自分のことは棚に上げて……あなただけじゃありませんね」

ところが、この愉快なやりとりは、これでおしまい。いいところに邪魔が入った。二羽をここにとじこめた張本人のおばさんだった。それでは、この話はあとにまわして。

ו《ヴォヴ》 女たちの拷問

二羽をここにとじこめた張本人は、肩かけのおばさんひとりかと思っていたら、そうではなかった。肩かけのおばさんには子分がいた。もうひとり赤い頬かむりをしたうぶな娘と二人で、どっさりごちそうを抱えてやってきた。えんどうやいんげんのたっぷり入ったごはんを山盛り一杯。茹でたじゃがいもとたまごのつぶしたのを一皿。それから林檎と胡桃をエプロンに一杯。

赤い頬かむりの新米の女中が、肩かけのおばさんに言った。

「悔しいですわ、奥さま。この子たちったら、ほとんど何も口をつけないんですもの」

「あらまあ、過越の祭はもうすぐなのに心配ね。すぐに食べさせなくちゃ。わたしがつかまえておくから、あんたは口から流しこんで。ほら、なにぼやっとしてるの？　歯ぎしりしてる場合じゃないよ！」

「こいつら変な目で見るんです。つっかっつっかって、うるさいし……」

「バカね。地獄の火で焼かれるよ。その赤いのをとんなさい。こいつらは赤が嫌いなのよ」

「どうしてあたしのせいになるんですか。悪いのはあいつらです。災難よ、ふりかかれ！」

「ふりかかればいいのは、あんたよ。ぐずぐずしてないで、こんなふうに豆ごはんをお口に流しこむのよ」

「こいつらがいけないんです。食欲を出してくれさえすれば、あたしだってあしたまでつきっきりで食べさせてやるつもりでいるのに。いやいやをするんだもの……首をふったり、歯を食いしばったり」

「こんなもの相手に情けないったらないわ。首をぎゅっとやれば、口なんてかんたんに開くのに。ほら、いまよ、つっこんで」

「ねえ奥さま、あたしのことをにらんでるみたいです。首を絞めたりしないでくださいね。よもや神さま！」

「あんたじゃあるまいし、首なんか絞めるもんですか。何にもわからないくせに、つべこべ言わないで、さっさと流しこんで。わたしはこう見えてもわが家の台所を二十一年間あずかってきた主婦なんだから。さあ、こんどは林檎と胡桃を、どっさりやって」

「あたしのふところがいたむわけでもないのに、けちけちなんかするもんですか……どうしてそんなことをおっしゃるんです？　同情を感じているだけなんです。動物愛護っていうじゃありませんか」

「こんな女中になんてことを教えるんでしょう。動物愛護ですって！　わたしがこいつらに何をしてるっていうの？　餌をやってるだけなのに！　だれのためでもない。何もかも神さまのためなのです。お祝いの日のためです。至上の神のおかげで、わたしはこれまでにもたくさんのつがいを過越の祭のために太らせてきました。あと胡桃をひと粒やって、終わりにしましょう。こいつはもういいから、こんどはこっちの雌にも、豆ごはんから始めましょう」

「たいせつな奥さま、ところで雄と雌はどうやって見分けるんですか？」

「あんたなんか、一晩中悩むがいいわ。何をさせても上の空で……言われたことだけやってなさい。そんな質問は、嫁にでも行ってからにしてほしいわ。そうよ、そうよ。もっとよ。けちけちしないの。だれのためでもない、愛する名前（神のこと）のため、過越の祭のためなんだから」

作業を終えた二人は退場する。さんざんな目にあわされた二羽はようやくひとごこちついて、片隅にひっこんだ。頭を寄せあい、悲しい物思いにふける。まるで臨終三十分前のような悲しい物思いに。

ז《ザイエン》　蓼喰う虫も好き好き（西洋ワサビの根喰い虫）

友情の絆を深めるには、災難に遭遇するのがいちばん。われらの不幸な二羽の場合がまさにそうだった。この短い監禁時代のあいだに二羽は性格まで通じあい、目くばせひとつでことばを交わせるようになった。前みたいに照れあうこともなく、「奥さん」や「あなた」で呼びあうのではなく、「わがたましい《ネショメーニュ》」と「いとしいあなた《リュベーニュ》」（ともに愛情表現）で呼びあい、一心同体と化した。肩かけのおばさんが赤い頬かむりといっしょに餌を運んできたときも、二羽を見るのをはばかったほどだ。

「このつがいになんて言ってやるのか覚えてるわね」

「ごきげんいかが、でしたよね」

「悪い虫がつかずに、少しは元気になったかしら」

「こいつらに悪い虫がつきませんように」

「ちょっと、こいつらを抱きあげてごらん。どうだい？　がりがりじゃ困るんだけどね。どう？　過越の祭のために、つがいでたいせつに育てているんだから、神さまの寵愛をいただかないことには」

　狂暴な二人はさっさと作業を終えて退場する。二羽は肩かけのおばさんの言ったことばが気になってならない。「過越の祭のために、つがいでたいせつに育てているんだから」とはどういうことだろう？　それに「神さまの寵愛」とは何のことだろう？　これは一考の価値がある。考えてみよう。

「いとしいあなた《リューベーニュ》、過越の祭って何のことかしら?」

「わがたましい《ネショメーニュ》、自由と解放を祝うお祝いの日さ」

「解放って?」

「それはこういうことさ。連中にとって、われらの仲間をつかまえてきて、過越の祭っていうお祝いの日まで育て上げることが徳になるんだ。そして、過越の祭っていうお祝いの日に、自由にしてもらえるのさ。これで理由がわかったろう?」

「その過越の祭はいつなの?」

「あの口ぶりからすれば、三日ぐらい先かな」

「三日?!」

「何をこわがっているんだ? バカだな。三日なんてあっというまさ。三日すれば、すばらしい過越の祭の日がきて、扉も壁も開かれ、さあさあ子供たち、行きなさい、あなたたちの場所に戻りなさいって、やさしいおことばが下される。われわれはそのおことばをありがたく頂戴して出て行けばいいんだ!……」

「そうならばすてきね。いとしいあなた《リューベーニュ》の言うことがほんとうならば! でもわたしは心配なの」

「いとしの君はひどい心配性だね」

「わたしのいのち《レブン・マインス》は乱暴な人間たちのことをよくご存じないのよ」

「それじゃあ、わがたましい《ネショメーニュ》はどうやって人間のことを知ったんだい?」

「人間のことなら、いやになるくらい聞かされてきたわ。家にいた頃、人間の話をいっぱい聞かされたもの。姉は自分の体験を話してくれたし……」

「またおねえさんのおとぎ話かい? ネショメーニュ、おとぎ話は忘れなさい」

「忘れようにも忘れられないわ、リュベーニュ。わたしの脳みそを一日中つっつきまわって、夜もろくに眠らせてくれない……」

「脳みそを一日中つっつく話って、どんな話なの? 夜も眠らせてくれない話って」

「笑わないで聞いてくれる? リュベーニュ」

「笑ったりするものか、ネショメーニュ」

「あなたって、わたしが何か話すといつも笑って、バカにするでしょ。おバカさんとか、お人形さんとか、愚かな七面鳥とか、変なこと言って」

「約束するよ。ぜったいに笑わない。だから、おねえさんから聞いた話を聞かせてよ」

「姉が言うにはね、人間は猛獣よりもっとたちが悪いんですって。猛獣なら、つかまって、引き裂かれて、食われて、それで終わりでしょ。ところが、人間の手に落ちたら、囲いに入れられて、食べものに飲みものまでふるまわれて……」

「それで？」

「まるまる太ったところで、殺されて、皮を剝がれて、細切れにされて、塩でもまれて、水で洗われて……」

「それで、それで？」

「人間たちは火をおこして、わたしたちは脂身でじりじり焼かれて、骨までしゃぶられるんですって」

「またまた、おばあちゃんの昔話かい？　それじゃあ『アラビアン・ナイト』か、雌牛が屋根の上を飛び越えて、たまごの上でおやすみなさいの『マザー・グース』みたいじゃないか。このおバカさんは、そんなことを本気にしているのかね？　傑作、傑作、わっはっは」

「ほら、言わないこっちゃないわ」

「だって、きみがわからず屋なんだからしかたがないじゃないか。きみだって何回も聞いたはずだよ。肩かけのおばさんは言ってたじゃないか。わたしたちを太らせるのは誰のためでもない、神さまのためだって」

「でもね、レブン・マインス！　だからって安心できるかしら」

「だからきみは、愚かな七面鳥なんだって言うんだ、ネショメーニュ」

「あなたはいっつもその調子。そうやってひとをバカにする男たちって大嫌い！」

「たちって？」

「男たちはみんなよ」

「みんなだって？　きみはそんなにいろいろな男を？」

「あなたを見ていればわかるわよ」

「いや、きみは男たちと言ったよ。ひょっとして、きみはぼく以外にも……」

「言わせておけば、いい気になって」

「まあ、まあ、怒るなよ」

しかし、いきなり悪がきどもが窓べにあらわれて、この痴話喧嘩はここまで。立入禁止を宣告された腕白どもは、連日、窓べにやってきては、隙間に鼻をもぐりこませ、気のふれたようなかっこうをしたり、べろを突き出したり、笑ったり、口笛を鳴らしたり、叫んだり、「つかまえろ」を合唱したり、ひどいものだった。しかし、二羽はもう何と言われても前のようにはむかっ腹も立たず、まるで「こんにちは」に「そちらこそ《グート・ヨル》」で応えるように応えてやるだけ。「おかえりなさい」「お茶でもいかが」「ごゆっくり」とでもいうように。

はっきり言って、神の造りたもうた被造物の中で、新しい世界に慣れないものはない。われらの二羽もこれしきの災難にはびくともしなくなり、気にもならなくなっていた。まるでことわざそのままなのだった。「西洋ワサビの根喰い虫は世の中に甘いものの存在することを想像だにしない」と。

ח《ヘス》　旧知の友との不幸な出会い

朝だった。深い霧がたちこめ、室内は真暗だった。二羽はまだ深い眠りの中にあって、懐かしい昔を夢に見ていた。広々とした庭と青空。緑の草花。銀色に輝く小川。そして水車がかたこと音をたて、水しぶきをあげている。雄鶏は叫び、雌鶏はついばみ、鶩鳥に家鴨は岸辺で水遊びをし、小鳥は空を飛びまわる。神さまはみんなのために何とすばらしい世界をお造りくださったのだろう！　みんなのため？　そうだ。木陰をゆったり散歩できるあの背の高い大きな木があるのは、みんなのためでなくて、誰のためだろう？

一族郎党がそろって食べていけたあの水車小屋も。夕方になれば空の向こうに沈み、次の朝には反対側から昇るあの大きな天空の炎も。誰のためといって、それはみんなのためだった。いまもし一瞬でもあの美しくあたたかいお天道さまが拝めるのなら、二羽は何だってくれてやっただろう。あの広々として明るい庭をもう一度拝めたなら。そして、あの水車と、あの水車のほとりの何もかもが拝めたなら。

この金色の夢のまっただなかで、二羽はいきなりとらえられ、連行された。霧深い朝の自由な空気に包まれて、すっかりすがすがしい気分になった二羽は、まるで大きな翼を与えられたように感じた。離陸した二羽は屋根を越え、庭を越え、森を越えて、あこがれの帰郷を果たす。そして再会の時がくる。

「おかえりなさい、いったいどこに行ってたの？」

「ちょっと狂暴な人間たちのところに」

「何かされやしなかった？」

「過越の祭のために太らせてもらった」

「過越の祭って？」

「連中が祝う自由と解放のお祝いさ」

こんな夢の世界をさまようあいだにも、二羽はどこかの狭くて薄暗い横丁へと連れて行かれ、どさっと泥の上に放り投げられた。壁には血のとびちった痕があり、あたりには二羽か三羽ずつ縛られた鶏たちが無数に転がっている。まわりではおかみさんや女中たちがくすくす笑いながら、おしゃべりをしている。二羽はあたりをみまわしてみる。

何のためにここへ連れてこられたのだろう？　あの縛られた鶏たちは何をしているんだろう？　女たちは何を笑っているんだろう？　壁の血は何を意味するんだろう？　これが待ちに待った過越の祭なのだろうか？　自由はどこにあるんだろう？　解放は？

二羽は考えこんだ。まるでこれが運命だと言わんばかりに、おちつきはらった鶏たちに囲まれて、一羽だけ、穏やかでない雌鶏が、おもいっきり翼を羽ばたかせながら、わめきちらしている。

「助けて、助けて、いやだ、いやだ、空を飛ばせて、助けて、助けて」

そこへ「コーケコッコー」と一羽の雄鶏が嘴をはさむ。こいつも縛られていたが、口の減らないいやつだ。

「この雌鶏に何か言ってやってもらえませんか？　いやだ、いやだ、空を飛びたいと、おっしゃっておいでですが、まったくもって、傑作なことで」

そのとき、われらが主役は、頭を上げて、このくそ生意気な雄鶏をにらみつける。頭にかっと血が昇り、全身に力がみなぎるのを感じる。こいつは確か見たことがある。この声も聞いたことがある。いったい、どこでだったか？　こんなに姿も声も鮮明に覚えているのに、思い出せない。どこでだっけ？　どこでだっけ？　首を伸ばして、確かめる。すると雄鶏のほうでもそれに気がついて、甲高いソプラノで歌い出す。

コーケコッコー、長い鼻
食っても食ってもまだあまる
甘いおやつをつめこまれ
これからおいしい料理になる
ネギを添えて焙り肉
ソースもたっぷりできあがり
首はおいしいデザートに

……………………………

ところが、われらの赤い即興詩人は最後まで歌わせてもらえなかった。誰かが力まかせにそいつをとらえたために、歌はぷつんと切れた。

ט《テス》　悲劇の終幕

睡眠不足の顔をした背高のっぽの野暮ったい男だった。長いもみあげを垂らし、靴下を履いて、上着のすそは帯にたくしいれ、腕まくりをし、黒光りのする首切り庖丁を握っている。男は赤い雄鶏をつかまえると、首をつり上げ、目の中を覗きこみ、羽毛を三本むしると、ふっ！と首をくすぐって、それから泥の中に放り投げた。かわいそうに、失神したように蹲《うずくま》っていた雄鶏は、いきなり立ち上がると、半分にぱかっと割れた首をおったて、後ろをふりかえりながら逃げていく。誰かをさがしているように見える。落とし物をさがしているようにも見える。これを見ていたわれらの主人公は、このときついに思い出した。そうだ、夢に見たあいつだ。それから、あの歌も思い出した。からだを寄せながらがたがたふるえている愛する妻には、かけることばがみつからない……そのあいだも、狂暴な男はぎらぎら光る庖丁をふりまわしながら、顔色ひとつ変えずに作業をつづけている。正真正銘の死刑執行人だ。鶏たちは次から次へと投げ捨てられ、首筋を庖丁でくすぐられた次の瞬間にはもう泥の中だ。脚をつっぱって、血を流しながらじたばたするやつもいれば、首をふりながら、泥まみれになって羽ばたくやつもいる。生贄たちは次から次へと喉をかき切られていき、おかみさんや女中たちはつったって見ているだけで、知らんぷり。それどころか、まだ死んでもいない鶏につかみかかって、羽根をむしりはじめる女もいる。血が流れようと、水程度にしか感じないで、ぺちゃくちゃ話しながら、けらけら笑っている女もいる。いったい、みんなどこに目がついているのか？　耳は？　心は？　正義感は？　そして、神は？

われらの哀れな二羽のインド鶏は、縛られたまま、この早朝の悲劇、残虐無比の光景をじっとみつめていた。自分たちも、雄鶏や雌鶏、鵞鳥に家鴨と同じ目的のために、ここに連れてこられたのだろうか？　インドからわざわざ連れてこられた由緒正しい二羽なのに、そこいらの連中と同じ悲惨な最期を迎えるのだろうか？　狂暴な人間たちの物語は、案外、作り話ではなかったのかもしれない。赤い雄鶏の預言だって、まんざらでまかせではなかったのかも。

二羽にもこの赤裸々で冷酷な真実がのみこめてきた。いままでに聞いたこと、見てきたこと、何もかもの謎がとけはじめた。残された謎は、あの肩かけのおばさんがしきりに口にしていた「神さまの寵愛」と「二羽を育てているのは過越の祭のためだ」という「過越の祭」の意味だけだった。神さまはいったい何がお望みなのだろうか？　神の愛とはこんなものなのか？　あの狂暴な人間たちが信じる神というのはそんなにも極悪非道の神なのか！……………………

それから数分後、われらの誇り高いインド鶏の愛らしいつがいは地面に横たわり、ごくふつうの食用七面鳥と化した。あたたかい首と首を重ねあわせて横たわる二羽は、遠目には安らかに眠っているかのようで、甘い甘い黄金の夢を楽しんでいるかのようにさえ見えた。

二羽にはうってつけの聖書の一文がみつかった――「命ある時も死に臨んでも二人が離れることはなかった」(「サムエル記」下一・23)。

みっつの贈物

イツホク・レイブシュ・ペレツ

イツホク・レイブシュ・ペレツ（一八五二〜一九一五）

ロシア領ポーランドのザモシチ生まれ。ワルシャワを文学活動の拠点とし、ショレム・アレイヘムとともにイディッシュ文学の黄金時代を築く。ポーランドでは稀なスファルディム（イベリア半島系）の家系に属する。ユダヤ教の教育を受け、世俗的学問に転じ、弁護士業のかたわら文筆活動を行う。一八七〇〜八〇年代には、ヘブライ語やポーランド語による著作もあるが、ショレム・アレイヘムによるアンソロジー「ユダヤ民衆文庫」（一八八八）の刊行の呼びかけを契機に、もっぱらイディッシュ語で創作するようになる。世俗的教養に富む現代作家でありながら、東欧系ユダヤ人の支持するハシディズムにユダヤ性を求めた点に特徴がある。

原題　דרײַ מתּנות

むかしむかし、何代もむかし、あるところで、ユダヤ人がひとり息をひきとりました。もちろん、人の死ぬのは世のならい。人間である以上、命には限りがあります。死ねば、おとむらいには決まりがあって、約束どおりの手順をふんで、ユダヤ人であれば、ユダヤ人どうし、同じイスラエルのお墓に埋めてもらいます。お墓の上には石を置いて、それが済むと、追悼《カディシュ》の祈りを、遺族を代表する息子が唱えます。そして、たましいは天上に向かい、天の法廷での審判にのぞみます。

着くと、そこは正面に、はかりが置いてあります。これは、ありし日の、善と悪とを、天秤にかけるための道具なのです。間もなく、天使が二人入場します。右側のお皿には、故人の良心をつかさどった天使がつき、これから死者の弁護役をつとめます。雪のように汚れのない袋をひとつさげています。

左側のお皿には、悪事へと人をそそのかす、かつての誘惑の天使がつき、死者の糾弾役をつとめます。どす黒くなった袋をさげています。

真っ白い袋の中身は、善行のかずかず、きたならしい袋の中身は、悪行のかずかずです。そして天使たちが、善のおこないは右のお皿に、悪のおこないは左のお皿に、それぞれ袋をあけて注いでいくと、善は、香水のように馥郁《ふくいく》とかおり、悪は、口で言うのもけがらわしい悪臭をはなって、純正タールの黒びかりがしています。

裁かれるたましいは、かわいそうに、立ったまま、この光景を、ぼんやりと眺めているほかにすべがありません。善と悪が、こんなにも白黒のはっきりしたものだとは、予想もしえなかったことです。地上では、どちらとも見分けがつかないことがほとんどだからです。

天秤は、ゆっくりと揺らぎ始めます。あるときは右、あるときは左。てっぺんにとりつけられた針は、右に左に行ったり来たりをくり返します。

均衡が生じたかに見えても、一瞬ののちにバランスは崩れてしまいます。しょせん、平凡なユダヤ人のことですから、極悪非道のおこないとも無縁、あっぱれな自己犠牲とも無縁です。どれもこれも細かな切れ端や屑に限られ、なかには目がちらちらして見えないほど細かいものまで含まれています。

とはいっても、針が右に傾き左に傾きすると、そのつど、雲の上では歓声がわき、ため息がもれ、それとなく全能者の耳にまで、それは達しました。

天使たちは、ひと粒でも疎《おろそ》かにはせず、一心不乱に任務を遂行します。そこらあたりの富豪たちが小銭を積んで、シナゴークでの祈りの第一行目「あなたは教えたもうた」を唱える権利を買おうとしている懸命な姿をお考えください。

しかし、どんな泉でもいつかは涸れてしまうように、袋の中身だって無尽蔵というわけではありません。

「そろそろだろうか?」――法廷の世話をとりしきっている天使が尋ねました。

善の天使と悪の天使は、袋を裏がえしにして、底をさらいました。

さて、針は右と左のいずれを指しているでしょう。助手が、針の確認に向かいました。

助手は、そのとき自分の目が信じられませんでした。開闢《かいびゃく》以来、一度もおこったことのない珍事が目の前で生じていたのです。

「何をぐずぐずしているんだ」――裁判長が、じりじりしながら言いました。

「互角です。針は、まんなかを指しています」――答えながら、助手の舌はもつれました。善と悪の勝負は引き分けに終わったのでした。

「ほんとうか?」――法廷席から、口々に質問がとびだしました。

「目に狂いはありません!」――何度、目を皿にしても結果は同じでした。

そこで、天の法廷はやむなく協議に入りました。熟考のすえに法廷が下した判決は、こうでした――

「悪が善をしのいだのではない。したがって、地獄行きにはならない。しかし、善もまた悪をしのいだのではない。だから、楽園の門を通過させるわけにもいかない。したがって、このたましいには、放浪の道を歩んでもらうことにする。天にも地にも属さない中間をさすらってもらうことにする。そして、神がこのもののことをお忘れにならず、憐れに思われて、慈悲のお気持ちから、お呼び戻しになる日まで、これをつづけることにする」

たましいは、助手に手をひかれながら、法廷を去るのでした。かわいそうに、たましいは、しょんぼりと、わが身の不運を嘆きました。

「何を泣いているのです」――助手は、尋ねました。「エデンの園に行けるのなら、それにこしたことはない、さぞかし嬉しかろうし楽しかろう。しかし、地獄に落ちたことを考えてもごらんなさい。それは、ほんとうに悲しくて辛い。おあいこで済んでよかったじゃないか」

しかし、これしきでは気休めにはなりません。

「どんな拷問であっても、何もないよりはまだましだ。何もないとは、あんまりじゃないか」

相手のことが不憫でならない法廷の世話人は、よい知恵を授けてやることにしました。

「それでは、こうなさい。下界まで下りるのだ。そして世界を見わたしてみなさい。高いところを見てはいけない。下界からいくら天を仰いだところで、見えるものなど何もない。せいぜい星が見えるだけの話だ！　星は、明るいのは明るくても、しょせん冷えきった被造物にすぎない。同情する心が、星には欠けているのだ。だから、おまえのことを神に思い出していただくという大役はとうていつとまりっこないのだ。夢も希望もない流浪のたましいのために、あいだをとりもってくれるのは、楽園の聖人《ツァディク》しかいない。そこでひとつ、耳寄りの話がある。実は、楽園の聖人たちは、贈物をされるのが大好きな連中だ。それも美しい贈物に限る」――そして、世話人は、あきれ顔で、こうつけたしました――「いまどきの聖人ときたら、みんなこうなのだ」

「さあ、元気を出してお行き。あの低い世界の上空をまわってみるんだ。そして、人びとの生きざま、人びとのおこないに細心の注意を払って、それこそ目のさめるような美しい何かを発見して、それをたずさえておいで。きっと、楽園の聖人たちが泣いてよろこぶ贈物になるはずだ。手ぶらではいけない。そして、門をお叩きなさい。受付で名前をはっきり告げてから、わたしから聞いたと言えばいい。みっつで十分だろう。楽園の扉はきっと開かれるはずだ。全能の神は、毛並みのよい連中ではなく、下からはいあがってきたものをこそ、かわいがってくださる」

話しおわると、法廷の助手は、とてもひとごととは思えないという表情で、去ってゆくたましいを送り出すのでした。

*

こうして、あわれなたましいの放浪がはじまります。命あるものたちの世界を、低空からながめながら、楽園に住む聖人たちに貢ぐ贈物をさがすのです。集落が見つかりさえすれば、どんなに小さな部落でも、しらみつぶしに見てまわります。夏の盛りには灼熱の日差しのなかを、雨降りの日には雨粒と雨脚をぬって、夏が終わりに近づくと、こんどは空中にかかった銀色の蜘蛛の巣ごしに、そして冬が来れば、降りしきる雪のなか、大きく目を開いて、じっと目を凝らすのです。

ひとりでもユダヤ人を見かけると、飛んでいって、目の奥を覗きこみます。そうすれば、その人間が神の名誉に身を献じようとする人間か、そうでないかは一目瞭然です。

夜、どこかに、人家のうすあかりがもれていたなら、飛んでいって、ようすをうかがいます。物音のしない家に、ひょっとしたら、人知れず善行が、かぐわしい信仰の花々を咲かせていないとも限らないからです。

しかし、悲しいかな、多くは、おぞましく、目を背けて逃げだしたくなるような光景でした。

季節がめぐり、歳月が過ぎて、たましいは、うらぶれた憂鬱のどん底においこまれました。かつて町だったところは墓地と化し、墓場は耕して畑にされ、森は木を切られ、川原の小石は砂粒と化し、河は床を削られ、幾千もの星が地に墜ち、無数のたましいが天上に消えていきました。神は、いっこうに思い出してくれそうにはなく、目のさめるような善行、美談など、どこにも見つけることはできませんでした。

「あわれな世の中だ。人間はどっちつかずだし、たましいはすさんでいる。やることなすこと、どれもとるにたりない。目のさめるような何が彼らにできるだろう？　このようすでは、永遠に、ぼくは住む場所もなく、さすらうしかない」

しかし、そんな思案にふけっていた最中のことです。いきなり、真っ赤な炎が、目にとびこんできました。真っ暗な闇夜に、真っ赤な炎は鮮烈です。見わたしたところ、それは建物の二階の窓からでした。

富豪の家に、盗賊が押し入ったのです。盗賊は、みな顔に覆面をつけていました。松明を持ったひとりが、部屋を照らし、もうひとりは、ギラギラするナイフを、主人の胸に突きつけ、ばかのひとつおぼえのように、くり返しているのでした。

「動いてみろ。ユダヤ人め。命がないぞ。背中からナイフの先がのぞいてもいいのか」

そのすきに、残りの盗賊は、簞笥やら金庫やらをあらしまわっています。

しかし、ユダヤ人は、ナイフを恐れるでもなく、平気を装っていました。明るい目の男でした。長い顎ひげは腰にまで達しそうでした。しかし、男は、眉ひとつ、顎ひげ一本、微動だにさせずにいました。盗まれるといっても、これはもともとは自分のものではない。神の手から授かったものを、神が奪い返していくだけだ。神に讃えあれ！　べつに持って生まれた財産ではないし、墓場まで一緒に運んでいけるものでもない。血の気のうせた唇は、そうつぶやいていました。

つぎつぎに抽斗《ひきだし》を開けていった盗賊たちが、一番最後の簞笥の抽斗に手をかけ、なかから金銀や宝石の入った袋をさがしあてるのを見ても、男は声ひとつたてようとはしません。これは、もう諦めの境地に入ったのだとしか思えません。

ところが、そんな彼が豹変したのは、とっておきの隠し場所の一番奥から、盗賊たちが、ちっぽけな袋をひきずり出したときのことです。男はわれを忘れて、わなわなと震え、目つきも変わり、さわらせまいと右腕をいっぱいに伸ばしながら、思わず声が出かかりました——「やめてくれ！」

ところが、それは声にはならず、かわりに真っ赤な血しぶきとなって噴きだしました。

ナイフが、任務をまっとうしたのでした。心臓から噴きだした血は、ほとばしり、袋を汚しました。

男は倒れ、このなかには、一番の宝ものが入っていると信じこんだ盗賊たちは、思いっきり袋を引き裂きました。

しかし、それは大きな見当外れでした。何のための流血だったのでしょう。その袋には、金も銀も、めぼしいものなど何も入ってはいなかったのです。この世の中では、何の価値も、意味もない、それは、わずかばかりの土くれでした。ユダヤ人が死んだときに、墓場に埋めるつもりで、イスラエルから運んできた故郷の土。男は、それを敵に触れさせず、あばかれたくない一心から、かえり血を注ぐことになったのです。

さまよえるたましいは、血に濡れたイスラエルの土をすくうと、天国の門へと直行しました。

第一の贈物は、受領されました。

＊

「忘れるんじゃないぞ」――通用門の扉を閉ざしながら、天使は、遠くから呼びかけました――「あとふたつだ」

神様は、きっと救ってくれるはずだ。期待に胸をふくらませながら、たましいは、下界へと下りました。

しかし、喜びは、そうそう長くはつづかず、時間は、無駄に過ぎ、何年たっても、目のさめるような美しいものには、めぐりあえないままでした。またもや、鬱《ふさ》ぎの虫にとりつかれ、心の晴れない日々がつづきました。

絶え間なくわきでる泉と同じく、世界は神の意志に源を発し、時の歩みとともに、流れをなす。そして流れれば流れただけ、土砂を含んで、水は濁り、汚れていく。天上にもたらす贈物が見つかりにくいのも当然の話です。人間は、日に日にちっぽけになっていき、善も悪も、小ぶりで、顕微鏡をのぞくかでもしないと、目に留まらないほどの大きさになっていました。

「いま、もし神様が」――そう考えてみることにしました――「いきなり全世界の善と悪を天秤にかけるようお命じになったとしたら、そのとき、針は、ほとんど動かないのではないか。せいぜいほんのすこし振動するのが関の山だ。上昇する力、下降する力は、もはや世界にあってないに等しい。世界もまた、輝かしい天と、暗黒の冥府のはざまで宙ぶらりんに漂っているのだ。天使どうしは、にらみあったまま、いつまでも決着はもちこされ、光と闇が、暑さと寒さが、生と死が、まさに拮抗している。

「世界は、どっちつかずで優柔不断にできている。結婚があれば離婚が、男子誕生を祝う割礼式があればお葬式が、祝いの宴があれば葬儀をすませたあとの慰安の席がある。永遠に、愛しあい、憎みあうのだ。永遠に」

そのときでした。突然、ラッパと角笛のかん高い響きが聞こえました。見下ろすと、そこはドイツの町でした。要するに歴史の古い町だと思ってください。市庁舎前の広場には、反りかえった風変わりな屋根をつけた建物が、思い思いに軒をつらね、周囲をとりかこみ、色とりどりの衣装に身を包んだ市民たちが、広場をぎっしりと埋めつくしていました。窓べには鈴なりの人だかりができ、屋根の上まで陣どって、露出した梁の突起に馬のりになっているものまでありました。

市庁舎の正面玄関の先には、テーブルが置かれ、緑の卓布からは、金色の縁飾りや房がたれさがっています。席についた市参事会の面々は、ビロードの礼服に金釦《きんぼたん》といういでたち、黒貂《くろてん》の帽子には、白い羽根飾りや、きんきらきんの石がちりばめてありました。上座に陣どった議長閣下の頭上には、たけだけしい鷲をあしらった旗が翻っています。

そして、その真向かいに、ユダヤ人の少女がひとり、縄をかけられ、立っていました。すぐうしろでは、男たちが十人がかりでじゃじゃ馬を一頭おさえつけています。議長はこれから、腰をあげ、少女に対して、判決文を読みあげるところです。広場にあつまった会衆に向かって言いました。

「ここにおりますユダヤ人の娘は、大罪を犯しました。いかに慈悲深い神といえども、けっしてお許しにはなれないほどの大罪であります。こやつは、先の祭りの日に、ゲットーを抜けだし、われわれキリスト教徒の住む神聖なる地区をうろつきまわったのです。そして、その恥知らずな目は、神聖なる行列を汚し、われわれがささげ持った主イエスの御姿に泥を塗ったのであります。われわれは、聖歌をうたい、太鼓を打ち鳴らしました。それを、女は、呪われたその耳で盗み聞いたのです。汚れなく、真っ白い衣装に身をつつんだ子供たちの清らかな歌声と、太鼓の音に対して、何ということでしょう。こやつは、あのいまいましいラビの娘で、ユダヤ少女の身なりこそしておりますが、ほんとうは、汚らわしい悪魔なのです。こやつが、われわれの純粋さに触れ、それを汚さないと誰が言えましょう。悪魔は、うるわしい少女に扮して、いったい何をたくらんだのでしょうか。この娘の美貌に関しては、わたくしとて異論の余地はありません。美しいというだけなら、たしかに美しい。しかし、この美しさは、悪魔の仕業にちがいないのです。伏目がちにしておるものの、ごらんなさい。この淫らに鋭い眼光を。長い監禁生活のせいか、蒼い顔をしておりますが、ごらんなさい。曇ることのない、この石膏のような顔を。ごらんください。この細くて長い指先を。太陽が透けて見えそうなほどです。行列に加わって、神との交わりに酔いしれる精神をかどわかそうという、これは陰謀でありました。名家に生まれた名うての騎士が、ひとりまんまと術にはまったのでした。『見よ、何と美しい娘だ！』――何というはしたないことばでしょう。これは、度をすぎた手口でした。憲兵たちは、女を見つけだして、とらえあげました。悪魔ともあろうものが、素直にひきさがるとも思えません。しかし、そこは清廉潔白な兵士たちのお手柄でありました。彼らの潔白さが、こやつから歯向かおうとする力を奪いとったのです。

「そこで、ユダヤ人の少女を装った悪魔に対する判決は、以下のとおり――

「この女の悪魔のような長い髪の毛を、あばれ馬の尻っぽに縛りつける。そして、かつて女がうろついて、われわれの聖なるおきてをふみにじった道筋を、亡骸同然に引きまわし、じぶんが汚した敷石のひとつひとつを、血によって洗い清める刑に処す」

そのとき、会衆の口から、思わず、喝采がわきおこりました。そして、津波のようなどよめきが去るのを待って、最後に何か望みをかなえてやろうという提案が出されました。

「それならば、ピンをいただけないでしょうか」――少女は、答えました。

「恐怖で、ついにあたまが狂ったか」――市参事会のみなは、そう考えました。

「ちがいます」――冷静沈着に女は答えました。「これが、わたしからの最後のお願いです」

そして、望みはかなえられました。

「とりかかれ！　くくりつけよ」

槍を持った憲兵たちが前に出て、震える手でラビの娘の黒いおさげ髪をつかみ、あばれ馬の尻っぽに縛りつけます。馬をじっとさせておくだけで、すでにひと苦労でした。

「あぶないぞ！」――市長は、広場の群衆に向かって声を張りあげました。広場は、騒然となり、全員総立ちとなって、軒下の壁づたいにかたまりました。あるものは鞭を、あるものは棍棒を、あるものは布きれを手に、高くそれをふりかざして、うしろを追いかける準備を整えました。固唾《かたず》をのみ、顔を紅潮させて、目をらんらんと輝かせながら、これを見守っていた全員は、興奮のあまり、娘がこっそり体を折り、洋服の裾の部分を足にピンで留め、深く深く、体の奥まで突き刺したことに、誰ひとり気づかずじまいでした。引きまわしにあって、肌が露出するのを恐れた、いじらしいまでの心くばりでした。

しかし、ひとりだけ目ざとくこれに気を留めたものがいました。さすらいのたましいです。

「馬を放て！」――命令の合図とともに、憲兵たちが道をあけると、馬は、勢いよく疾走を開始しました。誰もかれもが大きな口を開き、怒号を発し、鞭が棒が布が、空をよぎって、うなりました。恐れをなしたのか、馬は、あっという間に広場のなかをかけぬけ、通りや横丁をへて、町のはるか向こうまで走り去ったのでした。

さまよえるたましいは、ちゃっかりと血まみれのピンを抜き取ったかと思うと、天に向かって急ぎました。

「あとひとつでおしまいだな」――門のところで、天使は、はげましました。

＊

たましいは、ふたたび下界へと下りました。あとひとつを残すだけです。

季節はめぐり、歳月が過ぎて、時をおうごとに、憂鬱はつのる一方でした。世界は、いっそう卑小化の一途をたどるように思え、同じことは、人間や、そのおこないについても言えました。この場合も、善であれ悪であれ、同じでした。

「いつの日か、神様が――神よ讃えあれ――世界の動きを止めて、あるがままの世界を対象に最後の審判を試されたとしてみよう。ふたりの天使が、それぞれの袋の中身を注ぎ、こまごました破片をはかりにかけたとしてみよう。たぶん、空っぽにするには、多大な時間を要するにちがいない。とるにたらない粉屑なら、世の中には、こんなにも無数に存在する。しかし、そのせめぎあいが大詰めを迎えたときのことを考えてみよう。結果は、どうだろう。針は、かならずや中央をさすにちがいない。こんなにも、細かな屑だらけでは、勝負もくそもあったものではない。羽毛一葉、藁しべ一本、籾がら一個、砂利一粒の差でしかない。そのとき、神様は、どうなさるだろう。どのような裁定をお下しになることだろう。

「ふりだしの混沌へと、お戻しになるのだろうか。いや、そうではない。べつに罪が勝つわけではない。

「それならば、救済だろうか。いや、善が勝つわけでもない。

「そのままつづけよ！——そう、おっしゃるにちがいない。地獄でも楽園でもない場所、愛でも憎しみでもない中間、もらい泣きと血しぶきのはざま、そしてゆりかごから墓場へといたる途上を、もっともっとさすらうようにと、おっしゃるはずだ」

しかし、このたましいひとつに限っていえば、いままさに、彼は救済のときを迎えつつあったのです。深い憂鬱に沈んでいたたましいは、太鼓の音でわれに返りました。いったい、ここはどこなのだろう。時代はいつなのだろう。場所も時間も定かではありませんでした。

刑務所前に広場があって、小さな窓枠の鉄格子のうえで、太陽の光が、滑るように戯れていました。壁に何本ももたせかけた銃にもそれは反射して光りました。兵士たちは、棍棒を武器として、あてがわれていました。

二列に長い隊列を組んだ兵士たちの、そのあいだには、花道が一本狭い間隔で通してありました。この回廊を、誰かに走らせようというもくろみのようでした。

いったい誰なのでしょう？

どうやら、ユダヤ人のようでした。シャツにあいた穴を通して、やせぎすの体がのぞき、帽子の下の頭は、坊主っくりに刈りあげられていました。その彼が、いま連行されてゆく途中でした。

何があったのでしょう？　遠い昔の話ですし、誰ひとり知るよしもありません。窃盗、強盗、暴行、場合によっては冤罪なのかもしれません。昔の話だからくわしいことはわかりません。

兵隊は、にやにや笑っていましたが、ただ何ゆえにこんなにも大勢が駆りだされ、整列を強いられているのか、その理由だけはいまひとつのみこめずにいました。どうせ半分までも耐えきれないだろうと、相手をなめて考えていたからです。

そのとき、男は花道の中央へ突き出され、進みはじめました。まろびも、ころびもせず、一直線に走ります。打たれても打たれても、怯《ひる》むことがないのです。

兵隊は、怒りで頭に血がのぼったようでした。まだ走るつもりか！

宙をよぎる棍棒のうなりは、まるで悪魔の口笛のよう、全身にまとわりつくそれは、まるで蛇のようでした。ぱっくりあいた傷口からは、血がとめどなくほとばしりました。あえぎながら、それでも彼は走りつづけます。

半ばまでさしかかったときのことです。ひとりの兵士が、上体に狙いをすまし、頭上の帽子をはたきおとしました。何歩か進んでから、はたとこのことに気づいた死刑囚は、立ちどまり、一瞬、ためらいながら、思ったのです。公衆の面前を無帽で歩いたりしてよいものだろうか。彼は、帽子の落ちた場所まで引き返すことにしました。そして腰をかがめ、それを拾いあげると、振り向きざま、ふたたび何も言わず、前へと進みはじめます。全身は真っ赤な血に染まっています。それでも帽子だけは、身から離しません。まだしばらく歩きつづけたのち、とうとう息切れて崩れおちたのでした。

男が倒れると、たましいは、早速、そばへ寄り、帽子を握りしめました。この帽子ひとつのために、男はどれだけ余分な打撃を食らったことでしょう。たましいは、このいわくつきの帽子を拾うと、天上の門へと向かいました。

そして、この第三の贈物も、納められたのです。

聖人たちは、仲介に動きだし、みっつがそろったところで、ついに楽園の門の開かれるときが来たのです。

「なるほど美しいものばかりだ。心が洗われるようだ。毒にも薬にもならないしろものだが、飾っておくのには、まことに上等だ」——聖人の長は、こんなふうに言うのでした。

天までは届かずとも

イツホク・レイブシュ・ペレツ

原題　אויב נישט נאָך העכער

大贖罪日を前にした悔い改め《スリホット》の季節になると、ネミロフの師《レベ》（「レベ」は、ハシディズムの導師）は毎朝行方をくらまし、消えてしまうのがつねだった。

どこを探してもレベは見当たらない。会堂にも、二つある学習所にも、成人男子十人衆《ミニヤン》（「ミニヤン」は、祈禱などのユダヤ教の儀礼を執行する際に必要とされる定足数）のところにも。自宅については言うまでもない。家は開けっ放しで、出入りしようと思えばいくらでもできた。レベの家で盗みを働く者こそいなかったが、家はもぬけの殻だった。

レベはどこへ行ってしまったのだろう。

いったいどこへ行ったというのか。そうだ、きっと天上に違いない。レベともあろうお方が、畏れの日々《ヤミム・ノライム》を前に暇を持て余すことなどありえようか。われわれユダヤ人は、生計やら安息やら健康やらよい縁談やらを必要としているし、みな善良で敬虔でありたいと願っている。ただそうは言っても、罪はあまりにも大きい。そこでサタンは、千の瞳を世界の隅々まで光らせながら、なにか告発の種はないかと見張っている。だとすれば、レベ以外の誰が助けてくれようか。

ユダヤの会衆はおよそこんな風に考えていた。

だが、あるときリトアニアから男がやって来て、そんな噂を笑い飛ばした。ご承知の通り、リトアニア男とはそういう輩だ。連中ときたら、道徳の書にはあまり重きを置かないくせに、タルムードや後代の注解書はまるで詰め込み式に暗記する。案の定、そのリトアニア男も、タルムードの一節を引きながら、さっそくわれわれに目つぶしを喰らわせた。なんでも、あの我らが師モーセでさえ、天まであと手のひら十個分のところまで達しはしたが、生前に天に達することは叶わなかったそうだ。リトアニア男と議論すれば、万事この調子だ。

「じゃあ、レベはどこへ行ったと言うんだい?」と誰かが尋ねると、

「そんなこと知ったことか」

リトアニア男はそう答えて肩をすくめる。だが、そう言いながらも、この謎を解いてやろうと彼は心に決めた(リトアニア男にできぬことがあろうか!)。

その晩、夕べの祈りを済ませた後、リトアニア男はレベの部屋にこっそり忍び込み、ベッドの下にもぐって身を横たえた。悔い改めの祈りの時間にレベがどこへ行き、何をしているのかを見届けるために、彼は夜を徹して待ち続けることにした。

これが別のユダヤ人だったら、うとうととして寝過ごしてしまっただろう。しかし、リ

トアニア男に限ってそんな抜かりはない。なんといっても、タルムードの議論を暗唱できる御仁なのだから。私など、それが「屠殺篇《フリン》」なのか「誓願篇《ネダリム》」なのかもわからないというのに。

夜が明けると、悔い改めの祈りを知らせる合図で、戸口を叩く音が聞こえてきた。レベは大分前から目を覚ましていた。かれこれ一時間近くも、リトアニア男はレベが呻く声を聞いていたのだ。

ネミロフのレベの呻き声を一度でも聞いた者は、その呻き声一つ一つに、イスラエルの全会衆に対する嘆きや苦しみがどれほど込められているかを知っていた。この呻き声を聞いて魂を揺さぶられぬ者はなかった。ところが、鉄のような心を持ったリトアニア男は、呻き声を聞きながらも身じろぎ一つしなかった。レベも横になったままだ。レベはベッドの上で、リトアニア男はベッドの下で。

その後、リトアニア男はじっと耳を傾けていた。家中のベッドというベッドが軋み始め、家族がベッドから這い出す音を、誰かがぶつぶつとつぶやく声を、手洗い桶に水を注ぐ音や扉という扉を叩く音を。家の者たちが外に出かけると、静けさと暗闇が戻ってきた。雨戸を通して、月光の小さな光がかすかに差していた。

後日、リトアニア男はこう告白している。レベとともに部屋に二人だけになったとき、畏怖に襲われたと。恐ろしさのあまり鳥肌が立ち、もみあげの生え際がまるで針のようにこめかみに突き刺さったという。

レベと二人だけで、夜明けの、しかも悔い改めの時刻に、同じ屋根の下で過ごすことになろうとは。

しかし、リトアニア男は弱音を吐かなかった。水中の魚のように身震いしつつも、そのまま横たわっていた。

ようやく栄えあるレベは起床なされた。

レベが真っ先になさったのは、ユダヤ人がなすべきことだった（起床時にユダヤ教徒は、まず魂を自身の許へ戻してくれた神に対する感謝の祈禱（モデ・アニ）を捧げ、次に両手を水で洗い、手の洗浄を命じた神を祝福する）。次に、衣装箪笥に近づいて、包みのようなものを取り出された。出てきたのは百姓の服だった。亜麻製のズボンに大きなブーツ、外套、大きな毛皮帽、それに真鍮鋲を打ち付けた幅広く長い皮製のベルト。

レベはそれらを一つ一つお召しになった。

外套のポケットからごつごつした紐の端が突き出ていた。百姓が使う紐である。

レベが部屋を後になさる。リトアニア男はレベを追う。

レベは途中で台所にお立寄りになり、腰をかがめてベッドの下から斧を取り出されると、斧をベルトにはさんで外に出られた。

リトアニア男は身震いした。だが、そこで引きさがるような男ではなかった。

暗い通りを、畏れの日々《ヤミム・ノライム》に特有の静寂と戦慄が支配していた。ときおり、どこかで十人衆が上げる悔い改め《スリホット》の嘆きが、あるいはどこかの窓から病人の呻きが聞こえてきた。レベは家々の陰になった通りの端に沿って、家から家へと縫うように進んだ。リトアニア男もそれを追う。

リトアニア男には、心臓の動悸がレベの重々しい足音と溶け合うように感じた。それでも彼は歩き続け、気がつけばレベとともに町の外に出ていた。

町の背後には小さな森が広がっていた。

レベは森に分け入り、三、四十歩ほど進んでから、ひとかたまりの木立のそばで立ち止まった。レベはベルトから斧を取り出し、木立めがけて振り下ろした。リトアニア男はそれを見て茫然自失した。

彼はレベが斧を何度も振り下ろすのを見、木が呻き声を立てて裂けるのを聞いた。そして木は倒れた。レベは倒れた木を割って丸太にし、丸太をさらに割って木片にした。レベは木片を束にしてポケットの紐で結び合わせた。薪束を肩に担ぎ上げ、斧をベルトに再び突き刺すと、レベは森を後にして町に戻った。

レベは、裏通りのみすぼらしい壊れかけた小屋の前で立ち止まり、窓を叩いた。

「誰だい?.」家の中から恐る恐る尋ねる声が聞こえた。声の主は病床にあるユダヤ女だと窺い知れた。

「おらだ《ャー》」レベは百姓言葉で答えた。

「『おら』って誰のことだい《クトー・ャー》?.」家の中から女が再び尋ねた。

「ワシーリだよ」レベはもう一度小ロシア語で答えた。

「どこのワシーリだい? で、何がお望みだい、ワシーリ?.」

「薪さ」ワシーリに扮したレベが答えた。「買ってくれんかね、負けとくから。半分はただでいい」

返事を待たずに彼は家の中に入った。

リトアニア男もこっそり忍び込んだ。早朝の青白い光の中に、みすぼらしいあばら屋とぼろぼろの家具が見えた。ベッドの上には、ぼろきれを身にまとった病身のユダヤ女が横たわっていた。彼女はつらそうな声で言った。

「買ってくれだって？　どうやって買えっていうのさ。貧乏な後家に金があるとでも思ってるのかい？」

「ツケでいいよ」ワシーリに扮したレベは言った。「しめて六グロシュでどうだ」

「どうやって払えっていうのさ？」哀れな寡婦は呻いた。

「ばかだな」レベは彼女をたしなめた。「よく考えてみな。おまえさんは貧しい病気持ちのユダヤ女だ。おらはこのわずかばかりの薪を信用で貸してやるが、あんたが支払ってくれることは信じて疑っとらんよ。あんたには、あんなにも偉大で頼もしい神様がついてなさるのに、神様を信用せんと言うのかい。たかだか薪代の六グロシュのことで、おまえさんは神様を信用しないのかね？」

「でも、誰があたしに火を起こしてくれるんだい？」寡婦が呻くように言った。「焚き付ける力があたしに残ってるとでも思うのかい？　せがれは仕事に出て当分帰ってこないというのに」

「焚き付けもおらがしてやるさ」レベは言った。

そこでレベは薪を暖炉にくべると、呻き声を上げながら、悔い改め《スリホット》の祈りの最初の一節を唱えた。

彼が火をつけると、薪は軽やかに燃え盛り、続いて二番目の節を、こんどはもう少し軽快に唱えた。

火が燃え盛ってから、彼はブリキの口を閉めて三番目の節を唱えた。

一部始終を見ていたリトアニア男は、すでにネミロフのレベの門徒《ハシッド》になっていた。

後年、弟子の誰かが、ネミロフのレベは悔い改めの日々に毎朝空高く舞い上がって天上を駆け巡っているのだという話を切り出すと、リトアニア男はにこりともせずに、静かにこう付け加えるのだった。

「たとえ天までは届かずとも」

ブレイネ嬢の話

ザルメン・シュニオル

ザルメン・シュニオル(一八八七〜一九五九)

ベラルーシのシュクロウに生まれ、オデッサ、ワルシャワ、ヴィルニュスなどを転々としながら、ヘブライ語やイディッシュ語を使った創作活動に入る。その後、パリに拠点を移し、一九四〇年のナチス侵攻後にスペイン経由で渡米。底辺の生活者、とりわけ青少年の風俗を荒々しく描き、イディッシュ文学のなかに「性」の主題を登場させた最初の作家としても知られる。

原題 **ברײנע מױד**

ブレイネのことを「お嬢さん」と呼ぶものなどなかった。誰もが「嬢」と呼び、両親や隣人も「嬢」としか呼ばず、見ず知らずのひとたちでさえ、ひとめ見れば、こいつは「嬢」と呼ぶしかないと考えた。

なんとも大きな女で、頬は赤く、緑がかった小さな目には脂肪が浮き、唇はだらりと垂れ下がって青い。それに、おそろしくごつく、いま赤蕪の皮をむいてきたばかりだとでもいうような赤い手をしていた。

長身で、骨太で、どっしりした図体は、牛を何頭ぶらさげてもびくともしない肉屋の梁のようであった。それでも、夏も冬も変わりなく、大きなパンをこねるのに忙しい。商売だとはいえ、夏には苛酷な労働だ。額から珠の汗が湯気をたてて顔面を伝い、鼻先に垂れ下がる。はらうか、袖でぬぐう時間があればいいが、それがない。こねて、こねて、こねつづけるのが商売だ。しかし、冬は反対だ。窓越しの隣りの軒がきれいな雪におおわれ、水運びのフェデクのあごひげにつららが下がり、それがシャンデリアのように見える季節も、パンだねにかがみこんでいれば辛くなかった。外は冬でも、そこだけは夏だ。ここちよいぬくもりが骨を伝って全身に広がり、体がほぐれてくるように思え、ひとりでに上半身がはずみ、ゴムか何かを揉んでいるようだ。

ママのアスネは、それほどの齢でもないが、すっかり老けこんでいる。それでも毎日、市場に小さな台を広げて、村の百姓たちに、パンや、ケシの実のローストを売っている。パンひとつを誰が売るかで商売がたきと張り合い、大声で悪態をつきあい、冬の晩には、全身が凍え、皹《ひび》だらけになって帰ってくる。そして、蒼白の顔をして、いきなりどなりちらすのだ。

「嬢ったら、椅子にすわって、がつがつしていやがる。いっぺん市場で寒い思いをするがいい。じぶんの方がずっとたいへんな仕事をしてるつもりかも知れないが、そんなもんじゃないんだよ」

こうやって、いつもぶつぶつ言いながら、凍えた手に息をふきかけ、足をこすりあわせて温まる。痩せほそり、背の低いアスネが、大きな男物の靴をほこりまみれにして冷たくなっている姿を見ると、冬眠に入りそこねた大きな迷い蜂みたいだ。やっと家をみつけたはよいが、悪態をつこうが、羽音を立てようが、誰も耳を傾けない。助けてもくれない。そう思い知らされる。

こんなとき、ブレイネは反芻しながら物思いにふけっている雌牛のように、ただ腰をおろして、アスネを見ているしかない。そこへ老いた酔っ払いのパン焼き職人、ザベルが、妻の声を聞きつけて、ソファーから立ち上がり、深々とお辞儀をする。

「奥さま、ご機嫌よろしいようで何よりでございます。そこで、一杯やるのに二十グロシュばかりお恵み下され」

「あんた、罰があたるよ」

「いえいえ、奥さま、ユダヤ人なら一日に百度は神に祝福を捧げねばなりません。ところが、わたくしはまだ今日になってから一度も祝福を……」

毎日がこんなふうである。女房と話すときは、けっこうお茶目なザベルだったが、娘あいてでは口のききかたからして別人だった。一日中、藁のソファーにごろごろして、二日酔いの頭を揺らしながら、耳だけは澄ましている。「嬢」がパンをこねる音。大きな蜂蜜ケーキがぷすぷす発酵する音。大きな台ががたがたいって、きしむ音。男みたいに大きな手でこねるから、深いパン桶もぎしぎしいう。ところが、窓の向こうでニワトリが決闘を始めたり、山羊が喧嘩を始めたりなどして、パンをこねる赤い手がパンだねに半ばめりこんだまま動かなくなり、小さな目が飛び出して外に釘付けになったりすると、ザベルは、寝つきの悪い子が、ママの子守歌が途切れたからといって文句を言うように、跳びおきてくる。どうやら、パンだねの笛の音や、桶の連打が聞こえないと眠れないらしい。

「嬢っ！」おやじは、二日酔いのがらがら声で、むずかるようにわめく。「こねろ、骨がなまるぞ」

しかし、毎日毎日、神を讃え、祝福するための小銭が頂戴できるわけもなく、そんな日は、荒れほうだいで、ブレイネがよそ見でもしようものなら、のそのそ起き上がって、泥だらけの靴を静かに脱ぎ、片目をつぶって、わき腹や肘、一度は何と頭に狙いを定め、靴が目標に命中すると、はでに浮かれた。

「あはは」

「っと！」ブレイネは声にならぬうめきをあげ、また発奮してこねはじめる。あまりの力のいれように、窓がかたかたいう。

ブレイネは「っと！」と言うだけで口をきかない。靴のやってきた方角をふりむくまでもなく、靴が何を意味するかわかりきっていたからだ。パンだねは笛を鳴らし、赤い拳の下で桶はかたかたいう。ザベルは、片足だけ靴につっこんで、体をぼりぼりやりながら、耳を傾ける。おとなしく横たわり、パンだねの音に耳を澄ますのだ。そして、静かになったかと思うと、またいきなり思い出したように、起き上がって言う。

「嬢っ、靴を返せ！」

ブレイネは、さっきの靴を足で蹴りかえすが、それでも後ろをふりむこうとはしない。靴は、床板を滑るあいだ、泥と粉にまぶされ、ザベルを直撃する。ザベルはそれを拾って、だらだらと足にはく。そしてふたたび埃まみれ泥まみれのソファーに横たわり、まどろむ。まどろみながら、聞き耳をたてるのだ。

しかし、おやじもとうとう眠りこんだなと思えるときがないわけではなかった。そういうとき、ブレイネは仕事の手を休め、まず伸びをしてから、目をぎらつかせ、おやじの近くの、鍵のかかった戸棚を覗く。そこには大好物の焼きたてのケーキやケシの実のローストがしまってある。それを承知のブレイネは、鼻をひくひくさせながら、ゆっくりと棚に近寄り、ナイフを使っておそるおそる鍵を外す。これがばれてひどく打たれたときのことは、記憶に新しい。そのときは、ママが戻ってきて、ケシの実が少ないことに気づき、いきなりブレイネをつかまえて、悪態をつき、打ちのめし、ついでにおやじまで片足立ちになって、脱いだ靴をふりまわし、ブレイネのわき腹を狙って、部屋の中を跳ねまわったのだった。

「このがっつき女め。目玉からケシの実がとびだすがいいんだ」

そう言って、ママは打ちすえた。

「アアアアーメンッ！」と、おおげさな節まわしで、ザベルは背中に靴をたたきつけた。凍りつくような手をした痩せっぽちのユダヤ女と、くしゃくしゃ頭で、手と足にひとつずつ靴をはいたユダヤ男。小柄なふたりが、ブレイネのまわりを踊りながらぐるぐるまわる。ふたりがともに悪態をつきながら、暴力をふるうのだ。そしてふたりにはさまれて、巨大で、どっしりとして、火花のように赤く、頭のてっぺんから爪先まで罪にまみれた「嬢」が、いいように打たれる。どう反応していいかわからず、ただ目をぱちくりさせながら、くたびれはてた馬のように、はあはあいうだけだ。

「おまえは壁か！　嬢めっ」

ママはそう叫び、いっそう強い一撃を食らわせた。

「アアアアーメンッ！」

かけ声に合わせて、ザベルは靴の先でわき腹を狙った。この強烈な一撃に、ブレイネはうめき、一歩あとずさった。

ブレイネはそのときの痛みを思い浮かべた。なぜかおやじの泥靴が恐ろしくてしかたがない。それ以来だ。おやじが動いているとも、おやじが眠っているとも考えなくなったのは。ザベルの野郎が動いている。ザベルの野郎が眠っている。ザベルの野郎が喧嘩をおっぱじめた。そう感じるだけになった。鍵のかかった戸棚が、こっそりとブレイネを呼んでいる。炒りたてのケシの実はとてもいい匂いがする。ザベルの野郎の靴、あの靴さえ……。

安息日。新しい更紗のブラウスを着け、窓べに腰かけながら外を眺めるのがブレイネの日課であった。両親が眠りこけているあいだ、白い更紗のブラウスを着たブレイネだけが、窓に胸をおしつけながら、ひとり目覚めている。真白な上着のせいで、赤い手がいつもよりいちだんと映える。アヒルが沐浴をしにひょこひょこ歩いていく。真青な空には、小さな綿毛のような雲がのんびりと、いかにも安息日らしく流れていく(安息日にあらわれるという魂の分身とは、このことをいうのだ)。こうのとりが川向こうの沼地へ飛んでいく。そんな光景をただぼんやりと眺めているのである。その間の抜けた姿は、耳の聞こえない誰かが会話の中にぽつりと混じっているようだ。ところが、そんなブレイネの緑がかった悲しげな目が、がぜん輝きはじめる。女連れの若い衆の一団をみつけたときだ。靴屋のベルベルは新妻といっしょだ。肩幅の広い漆喰屋のイェンクルはいつものドヴォーシェとだ。ブレイネは、短い首を思いきり長くのばし、赤い額を温ったガラスにおしつけ、緑の目をらんらんと輝かせる。そして男が女の腋のしたに手をまわしていたり、腰に手をやったりとかしていようものなら、ブレイネは静かに声を殺して笑った。からだの奥がきゅんとなり、苦しくて笑わないではいられない。それは胸の奥からひびく、くぐもった不気味な笑い、まるでニワトリの笑いだった。笑っても口は開かず、鼻から抜ける笑いとでもいうのか。わき腹が、背中や胸もろとも、不気味な笑いにのたうちながら、はずむ。ブレイネ嬢のような健康な巨体から、こんなにもちぢこまった笑いがこみあげてくるとは信じられないほどだ。

「クッ……クッ……クッ……」

すると、うつらうつらしていたママが目を覚ます。

「おい、嬢っ」

ママの「嬢っ」が何をあらわすかはすぐわかる。ザベルとあの靴が目を覚ますよという合図だ。しかし、それでも笑いを堪《こら》えることはできない。わき腹のあたりがなんだかくすぐったくてしかたがないのだ。若い衆が、通りを結婚相手といっしょに歩いていく。それもひと組ふた組ではない。それを思うと、笑いはこみあげてくるばかりだ。笑いが止まらず、苦しくてたまらない。ザベルがうなり声と共に寝床から起き上がり、やってくる。そして、あのどた靴がわき腹に襲いかかり、悲しいかな、おろしたてのブラウスに染みがつく。それでも胸の奥からこみあげる笑いはおさまらず、鼻の穴はたまらなくむずむずする。

「クッ……クッ……クッ……」

こんな安息日の晩は、からだが火照って、寝苦しい。ふだんなら、夜になれば石のように眠りこけるのに、こんな晩は悶々とする。ザベルはいびきをかくし、ママはがらがら声で何か言う。家具は闇の中できゅっといい、寝返りを打てば、体の重みでベッドもきしむ。そしてこのベッドのきしみを耳にすると、心臓がかきむしられ、笑いそうになる。だから寝返りは打たないようにと努めるが、暑くてしかたがない。そして、真暗なところでベッドやマットレスのぎしぎしいう音に耳を澄ませているとたまらなくなる。

ベニ・リップは、村でカゴさらい《コシク》の泥棒として知られる。あだ名のリップは、上唇が割れて、歯が覗くためだ。痩せこけ、おなかを空かせた十九か二十そこらの男で、いかにも生意気そうな顔をし、やぶにらみの目には不思議な光があった。生まれついての泥棒やスパイに多い目つきだった。

ある晴れた日、リップが町内に姿をあらわすと、みんなは眉をしかめて、扉にかんぬきをかける。そして腹を空かせたリップがうすきみわるい声で「あうう……あうう」とうなりながら、うろつきだすと、これはベニ・リップは怒っているぞという合図だ。しかし、「だまれ」と叫びでもしたら、その女はたいへんな目にあう。声を発した女の窓際まで来て、何時間もうなりつづけるのである。ここまで執念深く悪意に満ちた男が相手では、逃れられない。

ベニがどこに住み、どこで眠り、どこで食事にありついているのかは誰も知らなかった。胸元からときたま鉄屑だの古い蠟燭のかけらが覗いていることがあるかと思えば、パンがにょきっと突き出していることもある。そしてパンをちぎり、口に運んでいるところをみつかると、「あうう……あうう」と言いながら消えていく。

この痩せのベニは、ときたまザベルのところから、小銭でケシの実のローストを買っていく。いきなり押し入り、ブレイネの手をつねくり、さっと部屋の隅に身をよける。ブレイネは呆気にとられて目をぱちくりさせ、まるで笞でおどされているように懸命にパンをこねる。そしてザベルは、ソファーをひっかきながら言う。

「ろくでなし、何の用だ?」

「ケシをもらおう、ケシを」ベニは肩をそびやかして踊り始める。

ザベルは大儀そうに起き上がり、ぶつぶつ言いながら、古ぼけた錆びた鍵で戸棚を開き、ケシのかたまりを切ろうとするが、ナイフが錆びついていて、切れが悪い。なかなかうまく切れないので、ザベルはしまいに頭に来る。

「いくらにするんだ?」

「二グロシュ」戸棚に近づきながら、ベニは答える。

「おまえ……」ザベルは、パンをごっそり盗まれまいと用心深い。

「向こうにいろ。おまえに手伝ってもらおうとは思わねえ」

「なんなんだよ」そう言って、ベニは後じさりする。

やっとスライスを切り終えたザベルは、戸棚の鍵を掛けなおして言う。

「金が先だぞ《ダーバイ・デンギ》」

ザベルは、素面《しらふ》だとロシア語を話すくせがある。

「なんなんだよ」ベニはそう言って、二グロシュ渡す。

そして、ようやく商品を手にいれるのだ。

ベニ・リップは、ケシの実をザベルのいる目の前で、立ったまま食べるのだが、ぺちゃぺちゃと、じつにうまそうに食べる。背中を、鼻を、白い膜のかかった目を、体じゅうを動かしながら、黒いケシを嚙む。裂けた唇の間から真白な強そうな歯がとびだしている。こうなるとザベルにも打つ手がない。腰をおろしたまま、眉をしかめ、動物のような目でベニをにらむだけだ。ブレイネは顔を真赤にして、これこそが生きがいだとでもいうようにパンをこねたり、桶をひっかいたり、仕事に熱が入る。

「ザベルのおっさんよ」たいらげたベニは、口を開く。「あと二グロシュぶん、くれねえか。金はあした払うからさあ。おれだってユダヤ人だ」

ザベルは返事をしない。

「なんなんだよ」

リップは、そう言って、後ろをふりむき、ブレイネに目をやる。

「ザベルのおやじ、あいつをどうして嫁にやらねえんだ。なんなら、おれにくれてもいいんだぜ」

「うるせえよ」

ザベルは落ち着いて、そう答え、棒きれを拾おうとする。

「骨袋ぶらさげて、とっとと消え失せろ」

ベニは、ドアまですっとんでいくが、途中、またブレイネをぎゅっとつねくる。そして扉のところに立ち止まり、ザベルをにらみながら、喉のところを指ではじいて言うのだ。

「おやっさん、酒がほしいんだろ。酒がさ、あうっ、あうっ」

そして行ってしまう。

すると、ザベルは、この腹立ちをぜんぶ「嬢」にぶつけるのだ。靴と棒きれで思い切りなぐり、ブレイネの体は汗びっしょりになる。そして、二、三日後には、またベニがおしかけて、ザベルとふたりは、同じすったもんだをくり返すのだ。

ある日、年に一度の命日でシナゴーグに出向いたザベルが、午後の礼拝から戻ったときのことだ。アスネもいつも通り市場にでかけ、ブレイネひとりがうちに残っていた。ところが、ザベルは玄関先でベニ・リップと鉢合わせた。これにはかなりどぎまぎしたらしく、リップはザベルをみつけるや否や、身をひるがえし、通りにとびだしていこうとしたが、ザベルは首ねっこをつかまえた。

「待て《ストイ》」

「なんなんだよ」いつもの調子で口答えを始めたが、突然、はっと思ったのか、調子を変えた。

「おれだってユダヤ人なんだぜ、ザベルのおやじ。おれは何も盗んじゃいねえよ」

ザベルは片手で首をおさえながら、もう一方の手で体をまさぐった。

何かがみつかりはしないかと思ったのだ。ところが、何もなく、しかたなく手を放した。

「ろくでなしめ、骨袋ぶらさげて消え失せろ」

ベニはしめしめと立ち去り、ザベルはしばし玄関先に立ちつくした。ベニの野郎が冷やかしてくるだろうと見越していたからだ。指で喉をはじきながら、「あうっ、あうっ」とやるだろうと。ところがベニは一度脅えた顔をしてふりかえったきり、そのまま消え失せた。ザベルはいぶかしく思いながら、中に入った。

見ると、ブレイネが桶のそばに腰掛けている。手を半ばパンだねの中におしこんだまま、髪の毛を乱し、頬をおそろしく紅潮させている。そして、腰を下ろしたまま、くすくす、あの気味悪いニワトリ笑いをしているのだ。だまって、椅子に座らせておくわけにはいかない。ザベルは、しわがれ声で叫んだ。

「おい、椅子なんかに座りやがって……それでパンがこねられるか。立てねえくらい具合でも悪いか」

なかなか気持ちの収まらないザベルは、こんどはわき腹責めに転じた。

ブレイネは立ち上がり、パンをこねはじめた。

「あの盗人野郎に何をされた?」

ブレイネはくすくす笑う。

ザベルは靴を脱ぎ、怒りにまかせて打ちはじめる。

「嬢、あいつは何をしたかって聞いているんだ。何をした?」

そのときだ。ザベルはブレイネがいつもでは想像もつかない反撃に出るのを感じた。

あのなされるがままではなく、やおら身をひるがえし、パンだねをつけた赤い手を握り締めて、どすんどすんと走りまわり、歯をむきだしにしながら、まるで獣のようにうなったのだ。

「うう、うう、うう」

ザベルは真青になり、生まれてはじめて、相手が自分より強い生き物だと知った。急いで靴を履き直したが、手はふるえ、声もふらついた。

「さあ、こねろ。こねろと言ってるじゃねえか。かまどの中が灰になるぞ。罰あたりめ」


この事件があってから、親と子の関係は変わった。何がどうなったのか誰にもわからなかった。ともかく、ザベルは靴で責めることをやめ、口ぎたなくののしるだけになった。これでは、市場の女たちと同じだ。ブレイネの落ち度をあげつらうだけあげつらって、あとはぶすっとして、唾をはいたり、舌を打ったりするだけで、ソファーに伸びてしまう。

ベニ・リップはもう姿をあらわさず、町でみかけても、ザベルだとわかると、踵をかえして、あの変な「あうっ、あうっ」を始める。

何もかもがザベルにはふしぎに思え、ひそかに「嬢」に探りを入れることにした。恐ろしくて、アスネには打ち明けられない。ろくに見張りも果たせなかったのかとなじられ、お仕置きをうけるのがこわかった。そんなことになれば、喉をうるおすおいしい酒にありつけなくなる。

そこで疑いを心に秘めながら、時機を待った。それでも、パンをこねるブレイネの背中から首筋にかけて眺めながら、ついひとりごとのように悪態をつく。

「罰あたりめ」

一度は、とうとう抑えがきかず、靴をふりあげ、なぐりかかったこともあった。そのときブレイネは気味の悪い野獣のような声を出し、いきなりパンだねを放りなげ、台から、パンだねから、桶から、何もかもをひっくりかえした。そして壁にどて腹をおしつけ、まるでたけりたった獣のようにうなった。

「うう、うう、うう」

ザベルは思わずパンだねを拾い上げ、沈黙し、アスネにも内緒にした。

こうして「嬢」自身もまた変わっていった。

じぶんが親よりも力持ちだとわかってから、なまくらの大喰いにもなった。パンをこねるのも、洗い物も、火を起こすのも、前よりも手際が悪く、飽きっぽくて、ごろごろしているくせに、目の下に隈ができる。だいたい目つきが変わった。うつろな目でも、陶酔した目でもなかった。途中で仕事を放り投げたかと思うと、腕まくりをしたまま部屋の中をうろうろしはじめ、ニワトリ笑いをする。窓から外を見ているうちに、笑いは高まり、真白い馬のような歯で真赤な手を噛んだことさえあった。あとからわかったことだが、そのときちょうどベニ・リップが道を通りかかったのだそうだ。眠れない晩が多く、寝返りを打って、笑いをおし殺すのに懸命だった。

アスネはこれを聞くたび、ザベルに向かってこっそりと尋ねた。

「ねえ、あんた。嬢ったら、眠れないみたいだよ」

「なんでもないさ」ザベルは答える。

「あんたが何も言わずに、嬢を放ったらかしにしておくから」

「あんなやつ、地獄に落ちろ」ザベルはろくにとりあわず、寝たふりをして、いびきでごまかした。

こうして何カ月かが去った。

ザベルは酒びたりになり、ブレイネはむら気が多く、なまけてばかりいるようになった。アスネはあいかわらず市場に出たが、家に戻ると、どなったり、悪態をついたり、それでもブレイネがこわいのか、何でもかでも怒りはザベルにぶつけた。

ある晩、泥酔して酒場から戻ったザベルが、藁のソファーに横になろうとしたとたん、玄関から、アスネの声が聞こえた。台所に行ってみると、座りこんだブレイネに向かって、アスネが何やらきいきいわめいている。

「ほら、粉袋を納屋に運べって言ってるだろ」

「こわいよ、こわいよ、こわいよ」胸に両手を押し当てながらブレイネが言っている。

「さあ、運ぶんだよ。でないと放り出すよ」

「こわいよ」

「あんた、また酔っ払ったね」ザベルをみつけたとたん、アスネはザベルに怒りをぶつけてきた。

「あたしが困ってるのがわかんないのかい。なんとか言ったらどうだ、黙ってないで」

これを見ていたザベルは、思わず靴を脱いだ。

「こわいよ、こわいよ、こわいよ」

嬢は、膝を抱えこんだ。

ザベルはそこに一発食らわせた。

ザベルの目が酔いで霞み、騒ぎにまきこまれてくらくらしているところへ、いきなりブレイネの立ち上がるようすが目に入った。アスネはもう地べたに伸びている。そして、力強い手が首をつかみ、締めあげるのを感じた。目の前がぐるぐるまわりだし、もう嬢の声しか聞こえない。猛獣のような、くぐもった、がおという声だ。

「うう、うう、うう、ザベルめ」

やっとのことで、アスネに助けられ、ブレイネの手から逃れた。

ザベルは泥酔状態のまま、ひと晩じゅう、寝かせてもらえなかった。あの物凄い手をした頑丈な嬢に首を締められやしないかと思うと、おちおち眠ってなどいられなかった。

夜明けごろ、うとうとできたと思ったら、アスネのせっぱつまったような声に、また目を覚まさせられた。

「たいへんだあ、たいへんだあ、こいつ孕んでるよ。罰あたり!」

「アーメン」いつものように言いながら、ザベルは薄目をあけて身を起こし、アスネのようすを見た。半裸のアスネが、ごつごつした指で頭をかきむしりながら、叫んでいる。

「こいつったら孕んでるよ、なんてこった」

「アーメン」ザベルは、うなだれながら言った。

平然としているザベルがアスネには不可解だった。まるであたりまえのような顔をして、よくも腰をかけてなどいられるもんだ。アスネはベッドの脇に立ったまま身動きひとつできないでいる。声も出ない。ザベルはこの沈黙に耐えられず、かといってことばもみつからないので、ただ口ごもるだけだった。

「奥方様《パニ・マダム》！　ご機嫌よろしいようで、祝福の飲み物に二十グロシュのお恵みを」

ギターの男

ズスマン・セガローヴィチ

ズスマン・セガローヴィチ（一八八四〜一九五一）

ロシア領ポーランドのビャウィストクに生まれ、その後、ウッチに移り住む。両大戦間期はおもにワルシャワのイディッシュ作家クラブではたらき、ナチスの侵攻後はパレスチナに脱出。旅行先のニューヨークで客死。失われた古きワルシャワを偲ぶ長編詩『其処』、回想記『トウォマツキェ十三番地』などで知られる。

原題　**אַ מענטש מיט אַ גיטאַר**

町には魂がやどっている。憂鬱な魂。陽気な魂。日常の魂。祝祭の魂。通りにも魂がある。古い礼拝堂の通りと、(罰当たりな比較で恐縮だが)黄色い明かりの灯る通りでは、やどる魂が違う。もちろん建物にも魂はやどっている。貧しい魂。豊かな魂。よい噂もあれば、悪い噂もある。開放的な魂と閉鎖的な魂。陽気な子どもたちがいたずらばかりしているアパートと、老人たちが寸暇を惜しんで日光浴にあらわれるアパートとではまるで違う。

大戦が始まるまで私が住んでいたワルシャワのアパートは、旧市街の一隅にあり、なんともふしぎなアパートだった。ずいぶん奇妙な魂にとりつかれていたのだろう。壁の漆喰は皮膚病にかかったように剝がれ、中庭に面した四方の窓も、向かいにはまったくの無関心。妬んだり羨んだりすることもなく、ひとびとはひたすら没交渉だった。その荒れはてた壁の奥に住むのが、生身の人間なのか半死人なのか私にもわからなかった。奇人変人ばかりで、そりの合わないものどうし、老いぼれて、覇気がなく、退屈で、意地悪で、寡黙な住人ばかりだった。たぶん、ほんとうは意地悪でも、退屈でもないひとたちだったのだろうが、正体がつかめなかった。ほとんど開かずと化した扉。窓からおとずれるものもなかった。

そしてその窓だってめったに開け放たれるわけではなく、きれいな小鳥を飼っていて、小鳥に逃げられないために窓を締め切っているとでもいうような隣人ばかりだった。もちろん、これも譬え話にすぎない。仮にこのアパートに鳥を飼う住人がいたとして、せいぜい鉛の鳥が関の山で、生身の鳥であろうはずがなかった。そこは墓場だった。どいつもこいつも墓場に生き埋めにされたような連中ばかりだった。

アパート全体がおし黙って、古漬けの酢キャベツみたいな空気を放っていた。

子ども？　子どもを持つうちなど一軒もなかった。死人と子どもほど不釣合いなものはない。子どものおしゃべりが聞こえないことが、このアパートを不気味にしている最大の理由だったかもしれない。

ピーチクパーチクさえずる子どもの不在。だからおしゃべりだけでなしに、子どもの笑いとも泣き声とも無縁だ。犬を飼っている住人ならいたが、それも犬らしからぬ犬ばかりで、主人といっしょにごろごろするだけで、吠えたことすらない。灰色の毛の猫も住みついていたが、なかば毛のない猫で、いつも建物の奥のゴミ箱を漁っている。しかし、古代遺跡に壁画が欠かせないように、この半分死骸と化した猫がこのアパートには欠かせない存在なのだった。このアパートの屋根に来るスズメたちも余所のと比べると、心なしか色もくすんで見え、さえずりも単調だった。

このようなアパートを一度見たら忘れられない。このなかば牢獄のような建物の記憶は脳裏にやきついて、その前を通り過ぎるものはつい足を速める。あなただって、気のおけないひとたちの家には必要以上に長居するだろうし、気の重たくなるような家には長居をすまい。同じことなのだ。

あなたのアパートで、今朝、だれかが自殺したばかりだとしよう。すると建物全体から生気が失せ、あたたかみが失せてしまうだろう。喪に服している気配がたちこめる。そんなふうだ。

ここで、隣人たちを具体的に紹介しよう。

まず三十年つとめあげたあと、公金横領で解雇処分にあったロシアの鉄道員。馘首《くび》になったあとも横領金で生活をたて、泥棒をとらえるやつらが悪いと、お門違いの怒りを抱いている。

つぎに通称元公証人。白髪まじりの大きな鼻髭をはやかしたポーランド人で、かたぎな仕事はしていない。人相の悪い鼻髭を剃ろうともしない。

もぐりの弁護士。ユダヤ人なのだが、「エステル記」のハマンなみの反ユダヤ主義者で、その代わりみごとなポーランド語を話す。大学教授を十人集めたくらいの雄弁家で、この話術があればこそ貧しいなりに食っていけるらしい。大のロスチャイルド嫌いで、ロスチャイルドは貧乏じゃないところが許せないという。

ハシディストの親子。ふたりで一日中読書に余念がなく、商売が何なのかはだれも知らない。管理人の話によれば息子の頭がおかしいらしく、向かいの商店の店員によれば、おかしいのはおやじのほうだという。どちらの説も本当なのかも知れない。親子の部屋の窓は開いたためしがなく、硝子ごしに髭づらが見えたら、髭が白髪まじりか黒いかで、おやじか息子かがわかる。それだけだ。

それからおたかくとまっている軍医がいた。おたかくとまっているとはいっても、それは吸玉療法の客筋に高貴なひとたちがいるというだけなのだが、おかげで稼ぎはなかなからしく、歩かせるとポトツキ公、目つきはザモイスキ公、話せばラジヴィウ公(これらはポーランドの大貴族)、黙ればブロツキ公(ユダヤの大富豪)といった風貌だ。世の中の医者という医者を憎んでいて、あいつらはたかだか免状を持っているからって、みなから「ドクトル」「ドクトル」と呼ばれるところが許せない。しがない町医者でしかない自分は何なのか。この呪われたアパートにひがみっぽさを与えているのはこの男だ。

それから、もうひとり、宝くじを売る老人がいて、この老人とは個人的に親しくさせてもらっている。腰のまがった面長のこのユダヤ人は、いつも上の空のような目をしていて、「この一枚の紙切れに、だんなの運命がかかってるんですぜ」というのが口癖だった。

私は老人の表情から、ついその運命を想像してしまう。籤《くじ》を引くのを待っているときの彼は自分の得ではなく、お客が儲かればいいと、それだけを神に祈っていた。自分は損をしてもいいから、客に得をさせてやりたいと。ところが私の知る限り、ここで大金をあてた客はいない。それはきっと建物のせいなのだ。こんなところに住んでいる人間に、大金が舞いこむわけがない。

ここには訪問客がひとりも来ない日もまれではなかった。音楽が鳴るとか、がやがや騒ぎ声が聞こえたりとか、愉快そうな物音を聞いたおぼえがない。押し売りの行商人でさえ、このアパートの前はおしだまって通り過ぎる。

このアパートでは何も買ってはもらえそうにない。どいつもこいつも自分の世界にこもって、ひとを締め出すことしか考えていない。不平だらけで、だれからも相手にされない。幸運なんてあてにはせず、だれが相手でも愛想がない。その無愛想は四方の壁にまでしみついてしまっていて、そんな壁にも朝日が昇ることのほうがふしぎなくらいだ。

その朝日の下で、貧しさが際立ち、苦虫を嚙みつぶしたようなこの建物が照らされるということじたいが……

もしこのアパートのテーマ・ソングをこしらえるとして、私なら、べったり灰色のイメージの交響曲にしあげるだろう。抑えに抑えた活気のない音色で全曲をまとめ、指揮者は、あののっぽの椰子の木みたいな軍医にお願いしよう。聴衆はこのアパートの住人だけで十分だ。だいたい、この木石たちのアパートの住人以外に、だれがそんな曲を聴きたいと思うだろうか……

ところが、一度、この灰色の綱が断たれ、首つりの家のような、死の家の気配が薄められた時期があった。隣家の一室を借りる若者があらわれ、このおしだまったアパートに突如として魂がやどったのだ。

門番と話すポーランド語から察するかぎり、この新入りはリトアニアから来たらしかった。住人たちは、ユダヤ人もクリスチャンも同じように、この胡散臭い男のことをあしざまに言った。ひとのことを悪く言わずにはおれない連中ばかりだった。どいつもこいつもリトアニア出身者が相手だと口が悪い。

小柄で肩幅の広いこの若者は、服はしわくちゃで、髪の毛は切ったことがない。だれもがこの若者を黙殺した。ところが、この男のほうはこれが堪らない。だいたいひとを無視することのできない性分だったのだ。

若者はギターを持っていた。弦をそなえた本物のギターだ。弦があれば、とうぜん音がする。そしてこなれた指で爪弾けば、ひとの心を打つ旋律がわきだして、ひとを眠りから覚まし、過去をよみがえらせ、何かを呼び起こす。

墓場にメロディーが流れれば、死者たちだって動き出す。墓場の陰気さを愛する死者たちにはむかつく音楽だった。高い響き、低い轟き、悲しげな、それでいて明るい音色、野性に近づいた音……

朝に音楽
昼に音楽
夜に音楽

リトアニアの男の腕は大したものだった。暇さえあれば椅子に腰掛け、夏の昼も晩も、窓を開け放して、ロシアのロマンスやコサックのメロディーをかき鳴らす。

このような墓場の気配を漂わせる建物にはなんとも不似合いな、孤立無援の沈黙を何年も生きてきたこの建物とはしっくりこないメロディーだった。

住人は窓のところへ向かい、窓をにらみつける。

このメロディーに過去の忘れていた古傷をよびさまされ、それで気分を害したというようなことがあったのかもしれない。そのふしぎな音色は、開け放った窓から、締め切った窓から、そして壁伝いに、ひとびとの心にしのびこみ、ひとびとの忘れかけた夢をよびさました。無口なひとびとを挑発し、からかいながら活気づけるメロディー。人生から見離され、人生を見離してしまった住人たちばかりのアパートをメロディーがおおった。

みなはリトアニアの男を罵ったが、ギターを責めるわけではなく、すべてリトアニアのせいにしているように思えた。そして聞くものがいようといまいと、彼はたったの半時間でも、暇さえあればギターを手にとって、かき鳴らす。これが男の日課であり、元公証人は歯嚙みをして、富籤屋《とみくじや》はうなりごえをあげた。

「あのリトアニアの野郎のために、おれは……」

いかさま弁護士も喚きつづけた。

「警察はどこだ。警察は何をしておるんだ」

それでもリトアニアの男はやめなかった。

それどころか、そのうち、この男のところに若い女が出入りするようになった。

無口で、何にも興味をそそられないかに思われた住人たちが、とつぜん、聞き耳を立て、目を皿にして窺うようになった。彼らにも目や耳があった。

「あのリトアニア野郎が女とキスをしておった」

「腰に手をまわしたぞ」

「ひざまずいたよ」

目も耳も口もなかったはずの三重苦の面々が、しっかりと目を開き、耳を開いた。

リトアニアの男はふたたび仕事にとりかかり、ギターを鳴らした。

私の隣人で彼のところを訪ねるものは、私の知る限り皆無だったが、彼には困りものの訪問客がひとりいた。その友人はしょっちゅうあらわれて、窓を開け放したまま議論をふっかける。熱が入って大声で激論するものだから堪らない。しかも、そのもうひとりがやっぱりリトアニア出身者らしかった。

「おれのおやじが二グロシュ送ってきて、何を頼むつもりかと思ったら、祈禱を頼む、だってさ。わかったわかった、祈ってあげてるよって返事を書くしかないね。そうだろ、イサーク。祈禱ったって、おれのはギターを弾くだけだ。このアパートの連中はどうも気に入らないらしいがね。おい、歌っていかないか、イサーク」歌とギターのデュエットが始まった。

墓場を愛する隣人たちは、怒りに身をふるわせた。曲が終わるとまた論争だ。

「ねえねえ、イサーク。いつかは花が咲くさ。もう半端な抜歯屋の時代じゃなくなる。みんな自分の店を構えて、開業するのさ。あいつの歯を抜いてやれるなんて楽しみじゃないか……」

「もう始めるのか、いやみなやつだな」

ふたりは音楽を鳴らし、議論し、煙草を吹かした。品のない話。高尚な話。世界改造の話。身辺整理の話……しかし、これを大声でやるものだから、そのやりとりは建物に轟きわたり、隣人全員が身をふるわせる。

「おい、イサーク。ほんとは君にも話したくない話なんだが……生きるってことがこんなにむかつくものか、いくら訴えてみても、君にわかってもらえるとは思わない。いったいぼくは何のために生きているんだろうか。自分の人生にぼくは何をしてやれるっていうのか。歯医者になって、歯を抜いて、一生、他人様の口の中に首をつっこんで、ほじくりまわすのかと思うと空しくてね。ぼくが将来を案じながら何を感じているかなんて、君には想像もつかないだろうけど……べつに心配はいらない。ぼくだって気に病んでるわけじゃないんだ……いつかは花が咲くさ。もう半端な抜歯屋の時代じゃなくなるし、みんな自分の店を構えて、開業して、結婚相手だってみつかるし、持参金だって手にはいる。そんなもんさ」

そして、ふたたび話し声がやみ、ギターがうなりはじめる。

リトアニアの男は、心の襞までわきまえた男だった。いつかは夜更けまで弾き続け、隣人はとうとう反乱の画策を始めるにいたった。その結末やいかに。

もし戦争が始まらなかったら、それこそどうなっていたことだろう。それはだれにもわからない。動員。若者は戦場へ。街は騒然となり、通りには人があふれた。ところが灰色の家だけはおしだまり、灰色のまんま、あの毛なし猫はゴミを漁っていた。

ただ、ある晩のこと。あのリトアニアの男が一晩中ギターをかき鳴らし、そのあと、まるで生きた人間の手足をねじるように、弦をひきちぎった。部屋の窓が大きく開け放たれていたので、締め切った窓や分厚い壁ごしにもその音は響いた。

戦争だ。戦争だ。

あのリトアニアの男も戦争へ行く運命にあった。そして朝早く、アパートの住人たちは階段を転げ落ちているギターを発見した。

墓石と化したアパートからギターが消えた。

逃亡者

ドヴィド・ベルゲルソン

ドヴィド・ベルゲルソン（一八八四～一九五二）

ロシアの小都市（現ウクライナ西部のサルヌィ）で木材商を営む裕福なユダヤ教徒の家庭に生まれる。一九〇三年、キエフに移住し、創作活動に没頭。最初はロシア語とヘブライ語で書き、一九〇七年から執筆言語をイディッシュ語に切り替える。デル・ニステル、レイブ・クヴィトコらとともにキエフのイディッシュ文学を盛り立てた。ロシア革命後ウクライナ全土でポグロムが荒れ狂うなか、一九二〇年にモスクワに移住。翌年、より自由な創作活動の場を求めてベルリンに亡命。一九三四年にナチスを避けてモスクワに移住後も、社会主義リアリズムの作品を多数発表するが、一九五二年にスターリンの粛清によって処刑された。

原題　צווישן עמיגראַנטן

七月の暑苦しい一日だった。一日を終えてベルリン市街から家に戻ると、家族がなんだかそわそわと落ちつかない様子だった。顔は青ざめ、ひどくおびえていた。すぐに事情を聴くと、三時間も前から男が書斎に入ってお待ちかねで、見たこともないが、若者で、ユダヤ人だという。

——あの手の男は……

——何をしでかすか分からない……

家族は、わたしの帰りが夜になることを伝えたらしいが、若者は取り合わず、そのまま書斎で待つと言って上がり込んだのだという。あとで出直してくるよう促しても、はじめは聴く耳を持たず、それからあとは上の空だった。それが、いきなり声を荒げて言い放ったのだという。

——いやあ、ぼくが出入りしているところは人目につかない方がいいんじゃないですか……　警察沙汰になったら面倒でしょう。

わたしは、その若者とやらを見てやろうと思って書斎を覗いてみたが、じっさい知らない男だった。

二十六、七歳ぐらいの見かけで、部屋の奥の方で屈みこみ、薄暗いところにあるふわふわの肘かけ椅子の上で、眠っているかのようにも見えた。目は切れ長で、肩はいかり肩。見た目は田舎の道端に転がっている灰色のごみ屑のようで、息を切らしながら遠い道のりをやってきたといった風だった。

お目当ては本当にわたしなのかと訊くと、半分寝惚けた様子で、不機嫌そうにこう答えた。

――でなければ、わざわざ押し掛けたりしやしませんよ。ただ、誰にも言わないでください。ぼくにはこの街でなしとげるべきことがあるんです……　ぼくは……　なんと言えばいいか？　ユダヤ人テロリストなんです。

何のことやら分からない話だった。

――政党か何かの関係ですか？　と訊くと、

――とんでもない、と男は顔を顰めた――党だなんて吐き気がします。

どうやら、わたしが相手をすべきは、ずいぶん修羅場をくぐってきた男のようだった。しかし、どういう行きがかりでここに来ることになったのだろうか？　わたしはひとまず男を残して書斎を出た。食堂で腰を下ろしてみたものの男の顔や姿が片時も頭から離れない。考えまいとしても、帰ってくるなり耳にした男に関する言い分が頭から抜けないのだった。

——あの手の男は……

——何をしでかすか分からない……

どこにも埃などくっついていないのに、なんだか埃っぽい感じがする人間というのがいる。その若者がまさにそういうひとりだった。頬骨が張っていて、しかも右と左がちぐはぐなので、二種類の頬を持っているようだった。右の頬はまっすぐでなんの変哲もない頬だったが、人生を謳歌したがっている様子で、こんな風に語りかけてきた。

——みんなと一緒にいたい。

ところが、左の頬はよじれていて、彼のものであって、そうでないみたいだった。まるで世界に楯突いてばかりいるせいで、人生に見放されてしまった挙げ句、ますます人生が嫌になった、そんな頬だった。そのせいで見た目が損なわれていたにもかかわらず、男は左の頬に愛着がある様子だった。まるできれいな子どもと醜い子どもを持つ母親のように、公平であろうとするあまり、できの悪い方を贔屓にして、その醜さを丸ごと抱え込んでいる感じだった。男が口髭を生やしていたのも、その醜い頬が原因だった——少しでも醜さを隠したかったからだ。ところが、髭は髭で煤けた銅のような変な色をしていたので、右の頰にとっては迷惑な存在に過ぎなかった。しかも、目につくだけついて、こんなことを言ってよこすのだ。

——おれにかまうな。いらいらする。おれはおれでやっていくから、おまえはおまえの道を行け。

こうしたことがどれも若者の顔にはっきりと読み取れるのだった。わたしは隣の部屋にいたのに不気味な感覚にとらわれた。厚い壁の向こうから透視されている気がしたのだ。

部屋に戻ると、男は投げやりな様子で、相変わらず同じところに座っていた。男の目には、めらめらと炎が燃えていた——まるで日没前に灯される命日の蠟燭《ヤールツァイト》のようだったが、日没時だったのでそのように錯覚したのかもしれない。長いカーテン越しに外の様子も感じ取ることができた。

家の外では、巨大な格子柄の歩道が活気にあふれ、人でごったがえし、長い一日をかけてたっぷりと吸い上げてきた乾いた熱気を吐き出していた。それは、まるで一年かと思うくらいに長い一日だった。その長さは道のりの長さにも似ていて、そのような日に後ろを振り返ると、途轍もない距離を歩いてきた気になるものだった。こんな日には、家にこもっていた孤独な「不審人物」も、のそのそと外に出てきて、迷える魂のように黙ったまま徘徊するものだ。

　これと同じような日のことだったが、公園のベンチに座っていたら、寂しげな男が近づいてきて、隣に腰かけ、いきなり話しかけてきたことがあった。男は、大都会にいれば人ごみに揉まれるが、人ごみに揉まれれば揉まれるほど、孤独を感じるものだと、そう言うのだった。若者を目にすると、その寂しげな男を思い出さずにはいられなかった。そこで、男にこう訊いてみた。

――きみも逃げてきたくちかね？

――逃げてきました。

――どちらから？

　男はヴォルィーニ（ベラルーシとポーランドに接するウクライナ西部に位置する地域の歴史的呼称、主要都市はルーツィク）の砂地帯にある大きめの街の名を挙げ、後ろの扉がしっかり閉まっているかどうか確かめると、本当にそこの出身で、一時はパレスチナで開拓者《ハルーツ》たちの一員だったことなどを証明する書類を見せてくれた。そして、ウクライナの悪名高いユダヤ虐殺者《ポグロムチク》の名を挙げると、その壮絶な虐殺について知っているかと尋ねてきた。めらめらと炎を宿した目でこちらをじっと見つめている様子から、これから始まる話が、ひどく厄介で恐ろしいものだと察せられた。これまでのところ、男はとても礼儀正しかったが――それは右の頬の持ち主として話をしていたからにすぎず――これから先は左の頬、その歪んだ頬の持ち主として語りはじめるのだ……

わたしたちは部屋の薄暗い片隅に向かい合って座っていた。男はその悪名高いユダヤ《ポグロ》虐殺者《ムチク》を呼び捨てにすると、こんな風に話しはじめた――じつは…… あいつは今まさにこの…… ベルリンにいるんです。

じっとわたしの顔を覗きこみ、話しはじめた。

＊

――いいですか。ぼくはかれこれ三週間、あいつと一緒に下宿に住んでいるんです。ぼくは三号室で、あいつは五号室。向かい合わせなんです。この街ではぼくはよそ者だから、ぼくのことを知るものなんていません。あいつだって、それは同じなんですが、ぼくはあいつを知っている。

廊下でばったり顔を合わせることもあります。下宿の玄関に赤色のぼろマットが敷いてあるんですが、二人とも、そこで靴の汚れを落とします。同じ一枚のマットです……そこで擦れ違いざまに、あいつに顔を見られてしまって。ぼくはあわてて部屋に飛び込みました。あいつの視線が体にべったり貼りついている気がして……（そして、いきなり頰をぱちんと叩いた）、思わず鏡を覗きこみました。相手にはどんな風に見えていたのかが気になって。むさ苦しいユダヤの若造が映っているだけでした。何日も髭を剃らないことがよくあったし、たいていは寝不足で目が血走っていて、二日連続で断食をしている男みたいなひどい顔色でした。これで全部だろうか？　本当は相手にどう見られていたのだろうか？……

――ぼくがあいつを知るようになったのは、子どもの頃に過ごした故郷ででした。ユダヤ人にとって苦難つづきの時代で、その頃、あいつは、四県《グベールニエ》ぶんの住人を丸ごとひとりで煽動していました。プリシケヴィチ（帝政ロシア末期のドゥーマ議員で、黒百人組を組織するなど反ユダヤ主義運動を牽引した）やクルーシュヴァン（キシニョフのポグロム（一九〇三年四月）を煽動したことで知られるロシアの極右ジャーナリスト）のような手合いだったとお思いですか？――いや、そんなもんではないのです。あいつがひとりで手掛けたポグロムは、ひとつやふたつじゃないし、どれも最後の頃にあった、恐るべきポグロムでした。神出鬼没というのでしょうか、あいつが現れる場所には必ず新たにユダヤ人虐殺が起きるんです。顎鬚を生やして乱暴な話し方をするものだから、農民はあいつをなかまだと勘違いして、簡単に丸め込まれてしまいました。ところが外国に来ると、鬚を剃って、さっぱりした身なりをしているじゃないですか。貴族に返り咲いたというやつです。あいつは恰幅もいいし、背も高い。ぽっちゃりしていて、血色のいい顔に、ぴんと反り返った口髭をしています。だけど目つきは悪いし、毒々しい笑い方をする。人殺しを繰り返すことで身についた毒がしみついたような笑いです。

――あいつに比べれば、ぼくは血色も悪いし姿勢も悪い。そうでしょ？　背が低いというほどではないけれど、背筋が曲がっているんです。それに顔にしても、小さい頃から車に轢かれたみたいにぺしゃんこで、ひしゃげています。そこで口髭を生やしてみたりしたけれど、男前に変わるわけではない。とくに横顔がひどい。そういう血筋なんです……　それくらいのことは自分でも分かっていました。これまで見てきたたくさんの同年輩の男のなかで、ぼくが断トツで醜男だったし、故郷の町でも、ぼくは一番の醜男でした。そのせいで、子どもの頃からみんなの仲間はずれでしたし、親のない子のようにひとりぼっちでした。あれは夏の夕方のことです。その頃は十二歳で、真鍮ボタンの制服を着てギムナジウムに通う学生でしたが、祖父のあとにくっついてばかりいました。敬虔なユダヤ教徒の祖父と一緒に、午後の祈り《ミンハー》をあげ、夕方の祈り《マアリブ》をあげるのに、シナゴーグに足を向けていました。まるで祖父に守ってもらわなければ生きていけない仔犬のようでした。しかも、べつにイジメを受けるとかいうのではなかったのですが、誰からも相手にしてもらえなかったのです。ぼくはみんなにとって、いてもいなくても同じ存在でした。祈りの場所へ行くには、目抜き通り《プロスペクト》を通りましたが、そこは夏の夕暮れ時になると、おしゃれをしたギムナジウムの学生たちが、五、六人のグループを作って、よくぶらつくあたりでした。祖父の後ろを歩いていた少年は、立ち止まって、散歩中の連中をじっと見つめるのですが、誰もその存在には気づかない。それで急に不安になって、祖父のもとに駆け寄るのでした……　でも実際に、ぼくは親がいなくて。八歳の頃からです。祖父の子どもたちはみんな早死にしてしまって……　祖父は背が低く、白髪頭で、顔中から毛が生えていました。顔は蠟のように青白く、鼻毛も耳毛も伸び放題だし、厚ぼったい唇に、猿の目のように、落ちつきなく動く冷たそうな黒目をしていました。毛が生えていないのは目玉ぐらいのものでした。祖父が話をしても、理解できる人はほとんどいなかったし、訪問客も少なく、たまの客も、お金か手形《イスカ》を支払いにやって来るだけでした。祖父の家は、がらんとして広く、目抜き通り《プロスペクト》の突き当たりにありました。大きな家ではありましたが、住人は祖父とぼくとお手伝いのおばあさんだけでした。祖父には変わった習慣があって、子どもが亡くなるたんびに、時計を買いもとめ、部屋のひとつに置いたり掛けたりしていました。こうして、ぼくが十四、五歳になる頃には、家中でチクタクいっていたんです。ひと部屋ごとに時計がひとつ。子どもたちがみんな死んでしまったからです。祖父は明け方近くに目を覚ますと、母親が毎朝子どものために朝食を用意するように、時計のねじ巻きから一日を開始します。鼻歌なんか歌いながら。しかも、それは歌なんてものではなく、テーブルの下で猫が唸っているのかと思うほどでした。とはいえ、人のことは言えなくて、かくいうぼくも音痴なんですけれどね。いまでも頭の中で、祖父の毛むくじゃらの顔と時計とが重なって、鼻が針になり、両目は二つの数字になって、時計のチクタクに合わせて、祖父が鼻歌を歌っているんです。

——ぼくたちが住んでいた目抜き通り《プロスペクト》の突き当たりには、お向かいにピンスキー一家が住んでいました。大所帯のにぎやかな家で、ほとんど毎週、何かお祝いごとがあって、パーティーを開いていました。ちょうど、うちの閉め切った窓の真向かいが年下の息子ゾレフの部屋でした。向こうの窓はいつでも開けっ放しで、楽しげで、バルコニーも楽しそうでした。そして、ゾレフの家には何人も娘さんがいて、それがとびきり若々しく、ぱりっとした白い襟つきの焦げ茶の洋服を着た、とびきりの女学生で、とびきり可愛くて、石鹸の香りがただよう黒髪の娘さんたちでした。なかでも一番下の子は、前歯のあたりにキュンとくるような愛らしさがあって。分かります？…… その子はよくお姉さんたちと並んで自転車に乗っていたのですが、その口元が覗くと、姿も身のこなしも、何もかもが美しく見えたものです。あの家では家族全員がピアノを弾きました。いまでもどこかでピアノの音を耳にすると、ピンスキーの家のピアノを思い出して、ああって嘆息してしまうことがあります。誕生会などがあると、向こうの家には、学校のクラスメートが集まっていたようですが、祖父の家の窓から、バルコニーの様子が見えました。――ぼくたちの家では時計の音がチクタクいっていましたし、たくさんある部屋のどこかから、ぶつぶつと聖書を読む祖父の声と、年老いた猫みたいな唸り声が聞こえていました。ぼくは時計に囲まれて暮らしていました。時計は、ひとつひとつが墓というか、命日《ヤールツァイト》に灯す蠟燭みたいなものでした。当時のぼくは、朝から晩まで、夏のあいだもずっと勉強をするまじめな学生でした。ところがどうです。そのぼくは何を考えていたと思いますか？　腹いせを考えていたのです……　分かりますか？　腹いせに何かやってのけようと考えていたのです。お向かいのバルコニーでわいわいやっている連中は絶対にやるはずのないことです。腹いせに、人は下劣な行動もやってのければ、善行をなすことだってできるんです――腹いせだという意味ではどちらも同じですけど。

――そうこうしているうちに戦争が始まってしまったのですが、ぼくはみんなのように一旗揚げようと頑張ったのではないんです。分かりますか？――ぼくの場合は、腹いせでしたからね。ところが戦争が終わった途端に、腹いせの気概も納まりがついたんです。胸が痛むだけでした。

あの腹いせの気持ちはどこに行ったのか、と。

そういうこともあって、ポグロムが町を襲ったとき、ぼくは真っ先に故郷を飛び出して、肉体労働者としてパレスチナに移住したんです。これも腹いせの行動です。やがて、同じ町からは良家の坊ちゃん、嬢ちゃんも、パレスチナにやって来ました。ピンスキーの子どもたちもです。しかし、ぼくはそこもあとにして、今度はこの異国の街へとやって来たんです。そこで、ひもじい思いをしながらも物書きで暮らして、今に至るというわけです。きっと、ぼくのような人間のなかから、ダイナマイトで世界を爆破しようと考えるやつが出てくるんだろうと思います。でも、いけない、いけないって自分に言い聞かせて、逆の方向に自分を持っていこうと思っています。

ちょうどその頃、自分ではない他人についての物語を思いつきました。物語は、この街に住む裕福なユダヤの貧乏人の記述からはじまります。貧乏人は木曜日ごとに異教徒の地区に住む裕福なユダヤ人を相手に物乞いをします。しかし、そこでも、キリスト教徒の子どもたちからは毛嫌いされていました。子どもたちには受け入れられない存在だったんです。子どもたちは、男を目にすると石を投げつけ、犬をけしかけます。すると、地区一帯に叫びが響きわたり、悲鳴と悪餓鬼どもの喧噪と犬の吠え声とで、上を下への大騒ぎです。男は犬が大の苦手で、歯をがたがたといわせています。しかし、彼はなんだか嬉しそうなんです。というのも、犬の吠え声や悲鳴は、貧者が街区にやって来たことを伝えてくれて、ユダヤ人の家々から施し物が集まるからなんです。ユダヤ人の家を一軒一軒まわる必要はなく、手間が省けるというわけです。異教徒の地区に着くと、道の真ん中で咳をするだけでよく、そうすれば、悪餓鬼どもが貧者を見つけ、犬をけしかけてくれるという寸法で……

この話は一息で書き上げました。ここまでが最初の数章ですが、これを書いた直後に、その貧乏人は自分のことだと気づいたんです。またもやこの自分です……　異教徒の地区も一見違うように見えてもぼくの郷里だし、ぼくの人生でした。実際には犬をけしかけられたわけではなく、犬に吠えつかれもしないのに、なんだか吠えられているような気になる。貧乏人がする咳にしても、ぼくにとって、兵役について戦地に赴いたり、肉体労働者としてパレスチナに移住したりすることは、どれも咳をするのと同じだったんです……　子どもの頃からやろうとしていた腹いせは、言うなれば、ぼくなりの物乞いだったのかもしれません……　でも本当はぼくの方が与えたかった……　そんな風に思うことはないですか？　一度でいいからお金持ちになって、両手いっぱいのお金をばらまいてみたいと……　そんなことを考えていた時(そのせいで寝不足が続いていたんですが)、ある早朝に、下宿の廊下で騒がしい物音がしたんです――甲高い声のウクライナ語も混じっていました。廊下を覗いてみると、重そうなスーツケースをふたつも抱えた宿のお手伝いさんが目に入りましたが、そのうしろに、口髭をぴんと反らせたあいつ、がいたんです。やたらぺこぺこする若者をひとり従えていました。

——で、どうなんだ《ア・ヤク》——周囲をくんくん嗅ぎながら、あいつは若者に訊きました——ここには《ア・トゥト・トゥヴォ》……　ユダヤ人はいないだろうね《ジディフ・ト・ニマ》。

ドアの隙き間から窺っていると、そいつが正面の五号室に入っていくじゃないですか。頭が真っ白になりました。なんだかぼんやりして、急に気が軽くなったんです。ひとりぼっちじゃなくなったというか。自分の片割れがやってきたような感じです。どういう軽さなのかは分からないんですが、ふわふわした感じなんです。しばらくすると、それが不思議に思えてきました。

何を楽しんでいるんだ……？　おまえ、どうしたんだって。

＊

書斎のドアをノックする音がした。家族が食堂に来るように呼んでいる。急に夜が到来したかのように、部屋は闇を深めていった。若者は水を少し求めた。グラスの縁を持つ手は震え、考え込むように床に目を落としている。これから始める物語を、そこらあたりで見失って、それを探しているような様子だった。男は言った。

——どうしてこんな話を始めたのかというと、ぼくが何者なのかを、あなたに知ってもらいたかったからです……

これだけの内容を丸ごと妄想でこしらえることなんて不可能ですし、ぼくの話を信じていただけていると思います。言い落としはなかったでしょうか……？　ゾレフ・ピンスキーとその娘さんについては話しましたよね……？　ですね……　じゃあ、これで全部です。ぼくに起こったことのすべてです。その上で、ぼくはあいつの殺害を考えるに至ったというわけです。ユダヤ人はごまんといますが、こういう経緯になるのは、ぼくだからこそなんです。だってそうでしょう。ぼく以外に誰がこんな目に遭いますか？

部屋の暗がりのなかで、男の口角には白い点が浮かんで見えた。喋り過ぎてできた唾の白濁だ。男はグラスを下に置いた。

わたしたちは再び向き合って座った。男に質問を投げかけると、二本の命日に灯す《ヤールツァ》蠟燭《イト》の光が男の目のなかで、夜の海上信号灯のように点滅した。男は再び語りはじめた。

＊

――どうしてそんなことを知りたいんですか？　あいつの殺害を決意したのはいつかですって？　それがいつかで何が違うんです？　……第一、それは決めるものでしょうか？　最初にぼくが決めたのは場所です……　それはこういう具合でした。あるとき、廊下に出てみたら、そこにあいつがいて、電話口で話をしているんです。気に食わない知らせだったようです。耳に受話器を押しあて、大きく開いた両目には残忍な毒の炎がいつも以上に燃え上がっていました。「なんだって?」と相手を詰問していました。長く間延びしておびえた「なんだってえ?」です。ぼくは少し離れた場所にいましたが、ぼくのなかで、誰かにひらめいたようなんです。電話の近くが最高の場所だ。あそこならあいつを一発で仕留められる、と。でも、分かっていただけるかどうか自信がないのですが、そうひらめいたのはぼくにじゃなくて、誰か他人になんです。

たしかに、あいつのせいでたくさんの虐殺が引き起こされたし、そのひとつでぼくも祖父を殺されたんです。蠟のように蒼ざめた顔中が毛に蔽われていて、猿のような、すばしっこく動く冷たい目をした祖父でしたが、ぼくはずっと祖父を哀れだと思っていました。でも、その哀れみすら本当はぼくではない他人の感情だったのかもしれないんです……　これと同じ感じでした。そうなんです。

――そう、あの電話の近くだと、誰かがそう考えるんです。やるとしたらここしかないぞって。

でも、そう考えると、なんだか明るい気持ちになって、何か楽しいことでもと、とつぜん考えました。レストランに入って、有り金をはたいてランチを食べたんです。グラスワインつきのランチです。心のなかに、これまで一度もなかったし、ぼくだけでなく、まわりの誰も経験したことがない何かが宿った感じでした。外に出ると、生まれて初めて目にするような美しい夏の昼下がりです。通りには大勢の人々が行き交っていましたが、どの人も愛すべき人に見えました……　通行人を見ていると、どこか遠くに出発しなければならないのに、家族に別れをきりだせないでいる、そんな気持ちになります。しかるべく家族を抱擁すべきなのに、ぎゅっと胸に抱き寄せるべきなのに、それすらできずに別れなければならない。誰も彼もが影のような存在になって、その体に身を寄せることができず、そこを立ち去らねばならなかった。

　そんな気持ちを抱いたまま、一日中外をぶらついて、部屋に戻ったのは夕刻でした。すると、どうでしょう。ぼくとあいつのドアがにらめっこをしているではないですか。あんな風に睨み合いをするドアなんて、ああいうことが起こる下宿のドアぐらいのものです。三号室が五号室を睨む様子は、まるで相手にこう告げているようでした。

　――おれの後ろに住んでいるやつが、あんたの後ろに住んでいるやつを殺《や》るそうだ。

　あなた、こんなドアとドアにめぐり逢ったことがありますか？　部屋に戻ってから、朝までぐっすり熟睡したのに、深い眠りに落ちたはずなのに、夢のなかでも、あなた、数字だけは憶えているんです。五号室を見つめる三号室の夢です……

そして、明け方早くに跳び起きました。廊下を覗くと、ぼくとあいつの靴が磨きに出してあります。こっちのドアにはぼくの靴、あっちのドアにはあいつの靴。ぼくのは、パレスチナでも履いていて、擦り切れてクタクタになった、いかにもユダヤ的な短いブーツ。あいつのは、ズボンの裾からちらりと胴が見える、いかにも異教徒的な長ブーツです。

――あいつは部屋にいるんだな、と考えました。

そう思うと、自分ひとりじゃないような気持ちになって、ホッとしました。気づくと、電話の近くの場所に目をやっていました。まさにおあつらえむきの場所です……

すると、またあの時のように、何か楽しいことでもという気分になり、通りに面した窓を開けました。

日が昇るところでした。

まだ人通りは多くありません。

眠気覚ましに洗ったというような顔がちらほら見えました。

労働者が、ぽつぽつと仕事場へ歩いていました。

「ピチュピチュ」と、近くの梢から鳥の囀りが部屋まで聞こえてきました。すると、その囀りが、どんな囀りよりも人生を感じさせてくれるような気がしたんです。前の日の午後に通行人に感じたものと同じです。遠くに旅立とうとしているのに、この「ピチュピチュ」となかなか別れられないでいる、そんな気持ちになったんです。

下宿であいつを見張るようになったのはこの頃からです。向かいの五号室にあいつがいると分かると、元気になるのに、あいつが部屋からいなくなると、こっちの心まで空っぽになりました。そんなときは一時間がやけに長く感じられ、一分間も同じでした。

部屋のなかや廊下を行ったり来たりして、数分以内にあいつが帰らないと心臓が破裂するんじゃないかと思ったほどでした……

――そういえば、こんなこともあったんですよ。

宿帳にあいつの直筆で書いた名前を見つけたんです。署名の下には、悦に入った感じの飾り文字がくるくると躍っていました。あいつはコペンハーゲンから来たとのことでした。死者の街の異名をとるコペンハーゲンです。そこでもユダヤ人はかつがつ生きてはいますが、あいつを追跡するようなユダヤ人はいなかったでしょう。

その飾り文字を見ているとあいつのお気楽さに腹が立ってきました。あいつには、身を守ろうという警戒心すらないんです。あいつにとってぼくらは南京虫同然だというわけです。ぼくも、あなたも、あいつが殺してきた人間も、みんながそうなんです。

あいつの部屋には来客がありました。最初の日にあいつを下宿に案内した若いロシア人も来ましたし、鬚を生やした老人や、黒服の若い婦人が来ることもありました。

そういうときは、向かいの扉の奥の方から、愉快そうに笑う下品な笑い声が聞こえてきたものです。

そんな日は、夜中になってもなかなか寝つけず、ナイフを手に廊下に跳び出して、何かをなしとげたい衝動に駆られました……　廊下に出してあるあいつの靴に穴を開けてやるだけでもよかったんです。だってそうでしょう。誰かに尾けられていることぐらいは思い知らせてやらないと。あいつが安穏としていると思うだけでムカムカしましたから、どうにかしようと……

でも、やめておきました。それで何もかもがオジャンになってしまいそうでしたし。電話の近くのあの場所がぼくら二人を守っていました。いまとなっては、あの場所がぼくらを支配していたんです。

あいつは一日に何度もそこで電話をしていましたが、あれを決行するのは夕刻、少なくともお昼より前ではないと、そこは決まっていました。

事前に計画していたわけではなく、自然とそう決まったんです。仕事を命じる調子でいついつどこどこでやりなさいと、誰かの声が語りかけてくるんです。おかげで、すべてがお膳立てしてもらえる気になって、なんにも心配しなくて済みました。ただ実行に移せばよかったんです。でも、ある晩、ハッと気づきました。――ぼくにはあれを実行に移すための道具がないじゃないか、って。

お分かりですか？　ナイフ一本では間尺に合わない。軽い傷を負わせるのが関の山です。確実にしとめるにはリボルバーが必要なんです。これでもぼくは元軍人なので、腕力もあれば、銃も撃てます。しかし、いまのぼくは、所詮、大釜のような街に沈んだ、しがない外国人にすぎず、誰に頼めば銃が手に入るのかさえ、見当もつかなかったんです。お金だって、なんとか数日を食いつなぐのが精一杯だった。そんな小銭で銃を買えるわけがないし、たとえお金がたくさんあっても、どこで銃が買えるでしょうか？　武器店でしょうか？　無理ですよ。こんな身なりですし、有り金をはたいてリボルバーを買うような人間は、何かしでかすに違いないって、誰だって思うはずです。許可なんかなくても自由に店で武器が買えるとお思いでしょうが、それほど世の中は甘くありません。ごった煮の大釜みたいな街なんですから、どこぞの不良が悪さをしないか警察が目を光らせているに決まっています。武器店といえば、警察がまず目をつける場所だし、とっつかまる危険もあります。その場で何も出てこなくても、厄介なことにはなるでしょう。ベルリンの警察にとって、ぼくの身分証ほど胡散臭いものはないのですから。

警察が下宿まで聴きこみにやって来ないともかぎらない。

そうなれば、あいつも勘づいて、行方をくらますでしょう。

そうなれば、計画は何もかもオジャンになります。

なんというおとぼけ《シュリマズル》でしょう！

なんとかして打開策を見つけなければならないのに、頭を使うだけでへとへとな状態でした。だってそうでしょう？　計画の準備にとりかかる前から、いろいろと考えてきたんです。まるで酔っ払いみたいな感じで、しかも、酔っ払いだと気づかれないように必死になって。こうしたタイプは、ちょっとした動きひとつで、周囲に見破られるんじゃないかと気が気じゃなくなるんです……

あなたがぼくの立場だったらどうされますか？

想像してみてください――あなたは素面《しらふ》でいらっしゃる……

普通なら誰かに協力を求めるはずです。でも、分かっていただきたいのは、この街には、ぼくの家族も友人もいないということです。

郷里が同じ人間は何人かいますが、その誰とも会ったことがないし、どこに住んでいるのかも知りません。

そんな同郷人の一人にベレレ・ブムという野郎がいるんです――本名はボリス・ブルームなんですが、地元ではそう呼ばれていました。いつもシオニストのまわりでハエみたいにブムブムやって来たからで、ロシア語のシオニズム紙に投稿もしていました。ともかく、有能な男だったことは確かで、言葉ができましたし、見ず知らずの相手で、それがキリスト教徒であっても、兄弟のように交わることができました。

この異国の地にやって来ても、さっそく二、三のドイツ語新聞に取り入って、書かせてもらえているようです。いつも書類カバンを持って走りまわっています。

それから他に、すでにお話しした、ゾレフ・ピンスキーとその娘もこの街に来ています。娘は町で一番の美女だったので、ポグロムの際に、ひどいめに遭ったとかで……ピンスキー本人から聞いた人間は誰もいないのに、みんな勝手なことを吹聴していました。

――ピンスキー家では腫れ物が割れただの、食べて口をぬぐった（「箴言」三十・20に「そうだ、姦通の女の道も／食べて口をぬぐい／何も悪いことはしていないと言う」とある）だの。

ピンスキー家はポグロムを無傷で生還したと聞きました。ともかく、ポグロムの時代にあっても、生き抜く術を知っていたわけです……

ピンスキーの一家が外国に腰を落ち着けていることは、実はパレスチナを発つ前から聞き知っていました。だけど、ピンスキー家には協力を頼みたくはないんです。ここにいることだって知られたくない。分かりますか？　これは何よりも重要なことなんです。そこだけは譲れないんです。

　ぼくは、毎日、公園に行ってベンチに腰掛け、名案はないものかと考えていました。座って考えていると、ピンスキー家は何も知らないんだなと思うだけで、なんだか嬉しくなりました。あれをなし遂げたら、遠からずピンスキー一家にも伝わるし、早ければその日の夕方には夕刊で知るはずです。その日は曇りか、雨か、晴れわたった空を夕日が沈んでいくのか、そこはどうだろう？　どうだろうと同じことですが、ともかく、あれをなし遂げたら、ぼくの人生は毎分毎秒がこれまでと違って見える気がします。見ず知らずの人間だろうが同郷人だろうが、ぼくにとっては同じように近く、同じように遠い存在に思えるでしょう。いつしかそうした考えは、遠くの教会から聞こえてくる夕べの鐘の音と溶け合い、ああ、自分は、ベンチに座って一日中あれを考えていたのだなと思うのです。

　そんな状態でしたので、大釜のような街にうごめく、午後の喧噪にも雑踏にも気をとめる余裕なんてまったくなかった。その雑踏のなかに、あのピンスキーの家の娘がいたとしても、です。あれをなし遂げようとする目的のなかに、あの娘が含まれていたとしても、です。

公園に通いつめていたあの日々が、頭から離れません。それがどれぐらいの期間だったのか、正確には覚えていません。一週間、あるいはもっとかもしれないし、三日とか五日とかかもしれない。ぼくはもう一週間も十日も、日数を数えることをやめてしまっていたのです……

あるとき、通行人の多い並木道で休んでいると、ベレレ・ブム、すなわちボリス・ブルームが通りかかりました。書類カバンを持って、前髪を汗で濡らし、せわしなく歩く姿は、まさに都会の雑踏を生き抜く男そのものでした。胸ポケットの白いハンカチで額の汗を拭おうとしたとき、黒く日焼けした顔が、ふっとこっちを向きました。きょとんとした目でぼくを見ると、会釈して隣に腰を下ろし、驚いた様子でいろいろと訊ねてきました。

――ベルリンは長いの？

――いや――とぼくは答えました――それほどでもない。

――きみはパレスチナにいるって聞いてたけど。

――パレスチナを出てこっちに来たんだ。

――仕事は何を？

——仕事はなくて——とぼくは言いました。

会話の内容をすべては思い出せませんが、気になったのは、ボリスが困ったような目でぼくを見つめていたことです。

身なりから姿かたちまでじろじろ見るんですよ。

なんだか気味が悪くて。

たぶん、そのせいだと思うんですが、あなたにしてきたような話を、全部、といってもかなりつづめてではありますが、話しはじめたのでした。ボリスは故郷にいたころのぼくのことをよく憶えていました。ぼくの祖父も知っていたし、ぼくの話も嘘じゃないと信じてくれて。

それで、いまや計画の成否はボリスさんの手にかかっていると伝えたんです。ぼくらの出会いは偶然では片づけられない。ぼくがやろうとしていることは、ぼくひとりの問題ではなくなった。他に頼れる相手がいないのだから、計画に必要なものは、ボリスさんに入手をお願いするしかない。それに、ボリスさんはいろんなユダヤ社会のあいだで顔も広いし、持ちつ持たれつの関係を結んできたではないか。ともかく、そういうわけだから、ボリスさんはそこいらの山師でもただの通行人でもなく、責任ある存在なのだと伝えたんです。ボリスさん以外の誰にお願いできるでしょうか、と。

するとボリスは、なんだか忙しそうでもあったし、戸惑いを感じてもいたようだったけれど、話はちゃんと聞いてくれたし、まるくした大きな目には、よそよそしさよりも共感がこもっていたくらいです。

——驚いたね！——と、ボリスは言いました——パレスチナのユダヤ地区でアラブ人がユダヤ人を殺害しようものなら、数時間後にはそのアラブ人は死体で発見されるというのに。ここには、これだけ大勢のユダヤ人がいて、それでも、たくさんのユダヤ虐殺者《ポグロムチク》が大手を振って歩いている。その一人すら始末できるユダヤ人がいない。ありえない民族だ！　まったくありえない！

そう言うと、もう一度、当惑した目で、頭の天辺から足の爪先まで眺めてくるんです。

——驚いたね！——とボリスは言います——じつに驚いた！　確かに、計画をなしとげるには、ナイフ一本では物足りない。むかしのユダヤ人学生であれば、ナイフを使ってユダヤ人の敵に傷を負わせるということもあった。でも、きみの場合にはリボルバーが必要だね。そうだ……　きみは戦争に行っていたんだったね……　だったら銃は撃てるわけだ……　いや……　ちょっと待って……

そう言うと、ボリスは頬杖をついて考えはじめました。

そして、いきなり、よし！と言ってベンチから立ち上がると、握手を求めてきました。

——ぼくがなんとかしよう。銃を届けるよ。でも時間がほしい。待つといっても、いつがいいかな……？　明日だ。住所を教えてほしい……　明日の午前中にメモを届ける……　いや、待てよ？　やっぱり、どこかで落ち合う方がいいな……　どこがいいだろうか……？　公園のここがいい、このベンチにしよう。じゃあ明日、この場所で、午後三時きっかりに……

ボリスは書類カバンを手に早足で去って行きました。その後ろ姿を眺めていると、少し行っては振り返り、また行っては振り返る、とまあ、そんな風に遠ざかっていきました……

翌日の午後三時ちょうど、ぼくは昨日と同じ公園のベンチに腰かけていました。ずいぶん長いあいだボリスを待ちました。じっと待っていましたが、そのうち、ボリスはやって来ないのかもしれないと思ったりもしました。

それでも諦めずに待っていました。

すると、五時頃でした。並木道を近づいてくるボリスの姿が見えました。しかし、ベンチに近づこうとはしません。

——こっちに来て——と歩きながら、目で合図を寄こしてきました——ついて来て。

ぼくらは出発しました。ボリスが前を歩き、こっちは数歩遅れて、互いに赤の他人のふりをして。

ボリスがトラムに乗り込むと、ぼくも飛び乗りましたが、互いに他人を装いつづけました。

ボリスが座席の端に座ると、ぼくは反対側の端に座ります。

かなり長いあいだトラムに揺られていた気もしますが、気が急いていただけなのかもしれません。

どこに連れて行く気なのだろう？　と思いました。

すでにトラムは人通りの多い都心部に入っていました。

さらに進むと、また人通りの多い通りがありました。

そこでぼくらは降りました。ボリスが最初で、ぼくはその後ろ。知らない通りを過ぎて、横町に入って、また別の通りに抜け、中庭をくぐりぬけて階段を上ります。扉を開けて入ると、細くて暗い、埃っぽい廊下が続いていました。

人が住んでいる建物でないことはすぐに分かりました。事務所のようでしたが、午後三時には、従業員は仕事を終え、そこは無人となっていたのです。

廊下をわたって二つか三つ目の部屋に入ると、テーブルを囲んで五人の男が座っていました。椅子のひとつに座ると、どうやらぼくの計画のために特別に招集されたメンバーだと思いました。どの男も組織の活動家のようで、ベレレ・ブムが一人で責任を負いたくなくて、集められたのだと思いました。みんなかなりの年配で、一人は白髪でした。別の一人は背が高く、ぷくぷくしていて、禿げあがり、威圧的な眼でこっちを睨んでいました。顎はしゃくれて、いつもふくれっ面をしているような顔です。想像してみてください。ぼくは気もそぞろになって、その男が奥さんと家で喧嘩している場面、そのつるっ禿げの男がですが、そんな場面を想像したりして。自分でもなぜだか分からないんですが、そんな風でした。その間、向こうは向こうで、ぼくのことをじっと見ていました。

誰一人として、ぼくに話しかけてこようとするものはいませんでした。しばらくは、ひとつのテーブルを囲んで、全員が押し黙っていて。ぼくは、いずれ誰かが話しかけてくるのだろうと、ただただ待っていました。

ところが、ぼくに話しかけるのではなく、お互いに合図しあって、一人がもう一人と、というように隣の部屋に入って行き、内緒話をはじめたんです。最初は二人でこそこそやっていたのが、三人、四人となって、とうとうベレレ・ブムまで一緒になって、みんなでこそこそやりだしました。隣の部屋からはすぐに戻って来るのですが、すぐにまた一人抜け、二人抜けして……

そのうち数が減っていることに気づきました。一人ずつ抜けていたんです。

一人が廊下に出ると、飛ぶように階段を駆け下りていく音が聞こえました。

しかも、最初に消えたうちの一人が他でもない、ベレレ・ブムだとはどうしたことでしょう？　こればかりは理解しかねました……

全員が出て行ってしまうと、部屋に残ったのはぼくと、あの背が高く、ぷくぷくとして禿げあがり、眼のぎょろっとした男だけでした。

ふと気づくと、男がぐっと身を乗り出して、ぼくの顔をじっと凝視しているんです。あまりに凄みのある目つきなので、相手のぎょろ眼が、ぼくの眼、ぼくの心臓の中まで迫ってくるような感じにとらわれました。相手はますます接近してきて、胸と胸がぶつかるくらい近づいたところで、こんな風に言ってきたんです。

——わたしは医者……　精神科の医者なんですが……

そう言うと、もっと凄みのある眼で、こっちの眼を覗き込んで、ますます厚かましい態度をとりだしました。

——わたしは精神科の医者なんですが……

こっちとすれば、どう答えるべきだったのでしょう……？　心臓がどきどきして、思わず腰が引けたのですが、それでも向こうは話しかけてくるんです。

そのとき、相手の方向へ押すような力を感じました。体ごとではなく、ぼくの手をぐいっと押すんです…… この手をです…… ほら、筋肉質の手でしょう…… 戦争をくぐり抜けてきた手です…… それから外の通りに出ると、意味のないことをやってしまったと後悔しました。相手の頬を張りとばしてしまったんです…… しかし、みんながぼくのことを頭のおかしな人間だと考えていたとしたら、あの平手打ちのせいで、ますます確信してしまうでしょうから…… それに…… ぼくにしたって気持ちが晴れたわけでも何でもない。

ベレレ・ブムのせいで何もかもが台無しでした。

健康そうで恰幅のいいユダヤ人が集合して、何が目的だったのでしょうか？　好奇心でしょうか？　ぼくをちょっと見てみたかった？　ベレレ・ブムもその見物人のひとりでした。前日はこんなことを語っていた男がです。

——驚いたね……！　ありえないことだ…… パレスチナのユダヤ地区でアラブ人がユダヤ人を殺害しようものなら、殺された者とは赤の他人であっても、そのアラブ人をすぐに殺してしまうのがユダヤ人なのに、と。

しかし、あれほど大量の血を流した責めを負うユダヤ虐殺者《ポグロムチク》を殺してやろうと考えたからといって、なぜぼくが頭のおかしい人間だということになるのでしょうか？

とぼとぼ歩きながら、あの背が高く、ぷくぷくして禿げあがった男がぼくの方に迫ってきながらささやいた言葉が、やっと呑みこめてきました。サナトリウムとやらの話でした。そこで何週間か体を休めるのはどうかということで……　しかも、この町には、サナトリウムの滞在費を払いたがっている同郷の裕福な人たちがいるというじゃないですか……

その同郷の裕福な人間とやらが、ゾレフ・ピンスキーのその一家でないとしたら、誰でしょうか？……　要するに、ベレレ・ブムはピンスキーらにも計画のことを伝えていたわけです。したがって、ピンスキー家でも、ぼくのことを、あいつらと同じように考えているというわけです……　これまでに経験したことがない惨めさを味わいました。

身のまわりのすべて、通りすがりに目にするものすべてが、街並みも路地も車も雑踏も、そして何よりも時間が、ぼくには苦痛でした……　夕方の七時。ちょうどあいつが廊下で電話にしがみついている時刻です……

前の晩、ぼくは一晩中部屋を行ったり来たりしていました。そして、まさに今晩七時に電話の前で片をつけようと決めていた……

他に何をやれというのでしょうか？

ぼくは、ますます何がなんでも計画をなし遂げなければと思いました。そして、みんなは夕刊紙で事件のことを知るでしょう。あの五人組の面々も全員が記事を読むはずです。ベレレ・ブムもだし、ピンスキーの家では、あの娘もまた読むはずです…… あの計画を実行に移すのは、その他大勢のためでもあるけれど、あの娘もそのなかのひとりなんです……

そこでぼくは協力してくれそうなユダヤ系の組織を探すことにしました。組織が無理でも、誰かひとりでも。ひょっとして作家ならばどうだろうか？

そうだ、作家とは民族の良心ともいうべき存在です。民族の感性であり、世界に向けて民族を描き出すのが作家です。作家が書いたものを通じて、ひとは民族がいかに時代を生きてきたのかを学ぶのです。

ぼくがあなたを訪ねてきたのは、そういうわけです。これで全部です。いずれ、あなたは知ることになりますよ。明日か明後日になれば、あいつは起き上がって下宿から消えているでしょう。そして、こうやってすべてをあなたに話した以上、あなたもまたぼくと同じか、それ以上の責任を負うんです。だって、あなたは作家なのですから…… ところで、ずっと暗い部屋であなたと向かい合っていたわけですが、ここで、ようやく申し上げられます。部屋の明かりを灯していただけないかと、お願いしたくて仕方がなかったんです。お顔を拝見させてください……

＊

わたしは真っ暗闇のなかを手さぐりで、明かりをつけようと席を立った。若者の最後の台詞は、どうせただの冗談か、「変人」ならではの言いがかりだと受け流した気でいた。ところが、明かりをつけて若者の顔を見た瞬間、それどころじゃないと分かった。

若者の左の歪んだ頰は暗い鋼色をして、炎に燃えているようだった。右の頰は目元まですっと眠たげで、なんの役目も果たせず、生気がなかったが、左の燃えている頰は、歪むだけ歪み、我がもの顔に振舞っていた。若者は、話し相手を求めてただやってきたというのではなかった。それこそ談判に来て、出すものを出せと言っているようなものだった。男が出せと言っているのは、ただひとつ。

——リボルバーだ。

眠そうな目に炎を宿して、わたしを睨みつけながら、彼は悲鳴に近い声で訴えかけてきた。

男の両目に宿った炎からわたしは目が離せなかった。

若者はせがみつづけた。

——お願いですから、拒絶するつもりでも、まだ答えは出さないでください。その前に考えてほしいんです。ひと晩だけ待ちます。もしご協力いただけるとなったら、リボルバーをぼくに届けてください。住所を置いていきます。ひと晩待ちます。

それから数日ほど経って、歪んだ頬を持つ若者から郵便で走り書きが届いた。

《ようやく出口を見出しました。三号室のぼくの部屋には鏡がかかっており、その裏に鉤がついています。あとは、鏡を吊るしている紐とで十分に間に合いそうです……いまになって思い知らされました。ぼくは故郷を棄てた逃亡者だということを……　どこを見ても逃亡者だらけ……　でも、こんなのはまっぴら……》

塀のそばで（レヴュー）

デル・ニステル

デル・ニステル（一八八四〜一九五〇、本名はピンヘス・カハノヴィチ）

ウクライナのベルディチウ生まれ。筆名のデル・ニステルは「隠遁者」の意。兵役を避けて各地を転々としたあと、一九〇七年、『着想と主題』で作家デビュー。象徴主義の影響を受け、神秘主義やフォークロアを題材とする幻想的な物語を書く。ユダヤ人一家の没落を描いた『マシュベル一家』の第一部はソ連で刊行（一九三九年）、第二部はニューヨークで刊行（一九四八年）。独ソ戦時はタシュケントに疎開しユダヤ反ファシズム委員会に参加して、ポーランドにおけるユダヤ人虐殺を描いた。一九四九年、イディッシュ文化人への弾圧により逮捕。一九五〇年、獄死。

原題　**אונטער אַ פּלױט**

死ぬほど苦しい……。

娘よ、おまえだけだ、私のことをわかってくれるのは。

人望も厚く、共同体の名誉職に就いたお父さんは、今夜、よりにもよってサーカス小屋に姿を現したのだよ。道化師の一人としてでも、客席に座った観客でもなく、ただ、楽屋へと迷宮のように続く、暗く曲がりくねった狭い階段を昇っていった。我が家の庭で摘んだ最後の花束、残されたはした金、そしてなけなしの愛を携えて、ある部屋までたどり着いた。そこで、そっと、野良犬のように恐る恐るノックし、耳を澄ませた。

「よろしいでしょうか？」

「どうぞ！」中から声がした。

入ったのは、サーカスの乗馬女の部屋だった。ステージ用の肌色のコスチュームに着替えていた女は、手に持った鞭で乗馬ブーツを打ち鳴らしていた。女は私と贈り物を一瞥したが、私のことはくっついてくる余計物のように見下した。花束を受け取ると、女は、馬の頭に飾れば似合いそうねと言った。だが、私が贈った菓子を口一杯に頬ばったまま、私の愛の告白など聞こうともせず、相変わらず鞭でブーツを鳴らし続けた。

「リリ」そっと、恥らいながらも、私はようやく声を出した。

女は憐れむように私を見つめたが、まるで打ち解ける素振りは見せなかった。彼女と親密になる道は閉ざされ、それはどうあっても叶わぬように思えた。

その時、もう一つの楽屋のドアが開き、別のサーカス団員が乗り込んできた。体操選手だった。脚とふくらはぎははち切れんばかりで、二つの金床のような胸板にはメダルをぶらさげ、手足を露出し、顔は樽のごとく、面構えは満月のようだった。男は、リリの前にいた私を認めると、「誰だこいつは？」と訊いた。菓子をもぐもぐやりながらリリが答えた。「こちら、町の学者さんよ。有名な方で、私の崇拝者の一人なの……、あははは……。」贈り物の花束と私が持参した一切合切を彼女が差し出すと、男はそれらをまじまじと見た。そして、娘よ、お父さんの顔もじろじろと見たのだよ。

男の眼差しに嘲りの色が浮かんだ。私が取るに足らぬ存在に見えたらしい。男はどうやらリリに腹を立てたらしく、リリはそこはお茶を濁そうとしたようだった。彼女は男に恐れを抱いたらしく、私の訪問のことを詫びた。体操選手は彼女は赦したが、私のことは容赦しなかった。男は私に近づくと、私の帽子を耳元まで小突き下ろした。そして、リリから鞭を奪うと、私に向けてひと打ちし、「出ていけ」と命じた。「この部屋でおまえと同じ空気を吸わなくても済むようにな。学者面したおまえなんぞの骨をこれ以上拝まなくても済むようにな。」……

私は部屋を出て、迷宮のように暗く曲がりくねった廊下を引き返した。道すがら、馬と馬小屋とサーカス小屋の匂いが漂っていた。それが、その晩、私が受けた見返りだった。リリに捧げた贈り物と愛に対する見返りだった。

帰宅して着替えを済ませ、いつもの安楽椅子に腰かけると、生徒の一人がドアをノックした。生徒は慇懃に、恭しく尋ねた。

「よろしいですか、先生？」

「どうぞ」私は答えた。

生徒は部屋に入ると、大いにかしこまって私の前に座った。私が彼にした話は日頃の話とはまるで違い、生徒が言うには、二人の間で交わされるべき内容ではなく、場違いな、二人にとって無縁な話題とのことだった。なにしろ、突然、愛について語り始めたのだから。……

驚愕の眼差しを私に向けていた生徒は、畏敬の念ゆえか、耳を傾けたまま話を遮らなかった。私は、愛とその末路について興奮気味に語った。愛に目がくらんで頭がぼうっとした挙句、どれほど子供じみた危険な道へと誘《いざな》われたかを。「ほんとうに」と私はつけ加えた。「その果実を得られないというのは、なんとつらいことか。それを享受する者はなんと幸いなことか。」……

私をまじまじと見つめていた生徒は、最後まで聞き終わると、こう考えたようだった。私の話は寓話であって、まもなく教訓が示されるだろう、そしていよいよ本題に入り、二人の興味を惹く事柄が語られるだろう、と。

だが、私は相変わらず同じ話を続けた。愛が時として拒絶され、嘲笑され、こっぴどくあしらわれることを。拒絶された者の苦しみを。両手いっぱいの贈り物を顔めがけて投げ返され、笑い者にされ、床に這いつくばってかき集めなければならなかったことを。

生徒は最後まで私の話を聞いた。聞いているあいだ、いかにも感銘を受けているかのような素振りを見せた。そして、私を安心させ、本題を引き出そうとしてか、私の言葉に同意し、さも共感したかのようにこう言った。

「おっしゃる通りです。拒絶する者には拒絶される者ほどの値打ちはありません。当然です。」

「そうかね」私は言った。「君はそう思うかね。つまり、拒絶された者に慰みはあると。……だが、何の慰みもないまま、また愛し、また拒絶されてしまったら?」

すると生徒は、無邪気に答えた。

「そうなれば、拒絶された者にはもはや何の値打ちもないでしょう。……十分な自尊心をもって、我が身に値しない愛の対象を高みから見下せないのなら、無価値な我が身に奉仕するという愚を犯したことになります。」

生徒は無邪気なあまり、議論を戦わせながら自説の正しさを信じて疑わなかった。私のおしゃべりなど彼にとってはどうでもよく、ただ礼節と畏敬の念から問答に応じているだけだった。この話題を早々に切り上げ、然るべき事柄、ここへ来てまで傾聴すべき事柄、したがって、当然、彼の関心を惹く話が始まるのを待っていることは明らかだった。

だが、私は相変わらず同じ話題を続けた。私はますます興奮し、安楽椅子から立ち上がって部屋を歩き回りながら、愛に値するかどうかについて、まるで自分に言い聞かせるかのように熱っぽく語った。

「では、『値する』とは、どういうことだろう。そもそも愛について『値する』なる言葉は相応しいものだろうか。我々は、値するもののすべてを彼女の足元に差し出したのではなかったか。そうすることで、我々がもつ一切合切をこの愛に捧げたのではなかったか。それによって、愛について清算を済ませ、帳尻を合わせたのではなかったか。」

生徒は答えようとしたが、こうした一切は彼の望んでいた話題とはほど遠く、その目はずっとただこう尋ねているかのようだった。「どんな意図がおありなのですか、先生、どうしてそんなことをおっしゃるのですか。当然、何か別のことを念頭に置かれているのですよね。」……

だが、その時、私には何の意図もなく、この世の他のいかなることも念頭になかった。ただただ屈辱の想いに身も心も苛まれ、焼き尽くされていた。サーカス小屋での一件、そこで我が身に降りかかったこと、そして、とりわけリリの姿が目の前に蘇った。様々なポーズをとったリリの姿が思い出された。ある時は馬を走らせ、またある時は馬から降り、道化師と喜劇役者たちを脇に従え、真ん中に鎮座した彼女をみなが囲んでいた。なんと麗しい唇、なんと甘美な口許。彼女を抱きかかえて持ち上げた喜劇役者たちは、富める者も貧しき者もみな、その接吻を得るためとあらば、全身はおろか全生涯をも捧げたことだろう。

気がつくと、生徒が本当に聞きたがっていた事柄を語ることのないまま、いつしか生徒が立ち去るのを見送っていた。生徒の退出を望んでいたためか、別れ際の挨拶を交わしたかどうかさえ覚えていない。私は独り残された。

その晩は何も手につかず、学僧たちの誰一人として相手にすることができなかった。一冊の書物をひもといてはすぐに脇にやり、二冊目も、そしてさらに次もという具合に、どんな考えにも集中できず、何も突き詰めて考えることができなかった。

気がつくと、私は、自分の居場所も地位も帰属する共同体のことも忘れ、肌色のコスチュームに身を包み、喜劇役者のような恰好になっていた。サーカスの乗馬師のように鞭を手にした私の前に、サーカス小屋のアリーナが広がる。引いてこられた美しい馬にまたがると、目の前を、もっと美しい、リリの乗った馬が駆け抜ける。彼女は、片足で馬の背に立ち、もう片方は背に乗せずに宙に伸ばしたまま飛んでゆく。それを追いかける私。満席となったサーカス小屋の大観衆が目の前でぐるぐる回る。四方八方で、無数の人という人が、目という目が、そして熱狂が、めくるめく渦巻く。観客はリリの跳躍のたびに息を呑み、「ハイドー」という掛け声のたびに熱狂と恍惚が生まれる。私もまた、熱狂に駆られて彼女の後を急ぎ、馬上に両足で立つ。軽やかなコスチュームをまとった彼女の肉体が目の前で風を切る。……

不意に彼女は向きを変え、馬の頭から尻尾の方に振り返った。馬はいっそう早く駆け抜け、彼女は馬を走らせながら私の方に向き直った。観客が拍手する中、リリは馬上に立ったままの姿勢で私に手を差し伸べ、私も手を伸ばした。だが、互いの馬に阻まれて、手と手は結ばれなかった。それでも、実際に手と手をとりあっているかのように感じられた。私は、彼女の成功を我が物とし、観客の熱狂とも一体化した。リリはもういちど振り返って背を向け、鞭をひと打ちして馬を疾走させた。円を一巡、二巡、三巡し、二人が乗馬ショーを終えて馬が退いて消える舞台袖まで来たとき、先に馬から地上に飛び降りた私は、リリと馬に近づき、手を添えて彼女が飛び降りるのを助けた。馬はサーカスの団員に引かれてゆき、私たちもそれに続いた。だが、立ち去ろうとしたところを観客に呼びとめられ、振り返った。それが私たちの最初の演目だった。

馬に乗った私たちが再登場したとき、どこからどうやって現れたのか、馬や猛獣の曲芸といった見世物と道化師や喜劇役者の出し物が演じられるサーカスのアリーナに、娘よ、おまえも姿を現したのだった。

私とリリが馬を疾駆させていると、不意におまえが現れ、私たちの到来を待ち受けた。おどけて合図をしたおまえは、馬が駆け抜けてゆく途上で、二人のどちらかの馬に飛び乗った。

事の次第はこうだ。はじめにおまえを迎えたのはリリで、おまえは彼女の馬に飛び乗った。愛らしく、若々しいおまえの身のこなしにサーカスの観客は圧倒されていた。……おまえが馬上に立ったままの姿勢で、二人の馬は疾走し、おまえはリリに支えられていた。私もおまえたちを追って馬を走らせた。そしてまたしても不意に、娘よ、おまえはもう一度おどけて合図し、リリの両手を支えに持ち上げてもらおうとした。おまえの手はリリの手に支えられ、宙に浮いた体のバランスをとり、曲乗りと相成った。……私は一部始終を見守った。馬の足取りやペースに気をつけ、前のめりになって速度を上げはせぬかと。リリのことも見守った。馬上の彼女がバランスを失ってしまわないかと。すべては私の眼前で起きたことだった。馬とリリのどんなささいな動きも見失ってはならなかった。見失ったら最後、サーカスの評判は地に落ちてしまうだろう。見失ったら最後、最悪の事態が起きて、不幸に見舞われるだろう。リリは馬から滑り落ち、彼女もおまえも振り落とされてしまうだろう。

事の次第はこうだ。持ち上げられたおまえをリリが支え、おまえと一緒にサーカスのアリーナを半周回ったときだった。観客が突然拍手し始めたからか、何か他の理由のためか、あるいは、誰か別の人間のせいだったのか、不意に馬が頭を下げた。リリは危うく滑り落ちるところだった。ちょうどおまえたちが観客とアリーナを隔てた柵の際を通り過ぎた瞬間のことだった。娘よ、おまえは落馬し、おまえの頭蓋が丸太の柵に当たって砕ける音が聞こえた。……

観客は息を呑み、みな一斉に「あっ」と叫んだ。リリは馬から降り、馬はその場に留まった。私はおまえに駆け寄り、何かしてやろうとした。何がどうなったのか、気がつくと、私は自分の部屋にいた。すると、サーカス全体が、アリーナ、観客、おまえの落馬をめぐる大騒動が、視界から消えていた。部屋にはおまえと私の二人しかいなかった。傷ついたおまえは、頭に包帯を巻き、私のベッドに臥せっていた。おまえに氷をのせてやり、ハンカチを濡らしてやった。うわごとを言うおまえを見守りながら、すまないという気持ちで一杯だった。おまえの痛みは、私の恥辱だった。熱に浮かされてうわごとを言うおまえの前で、大いなる不安に襲われた。

そばに座っているあいだ、おまえはずっと唇を動かしてはうわごとを言い、何度も同じことを繰り返した。「私とお父さん、お父さんはサーカス小屋にいる。喜劇役者のお父さんがサーカス小屋にいる。」……私はいたたまれなくなり、恥じ入った。おまえには私が見えず、目を閉じたおまえを私も見つめていなかったというのに。

夜はもう更けていた。誰かがドアをノックしているようだった。「よろしいですか」と尋ねる声がした。「どうぞ」私は答えた。ドアが開くと、またあの生徒だった。さっき私を訪ねてきて、話した後で立ち去ったあの生徒である。生徒の入室を促し、晩の挨拶を交わした。

「こんばんは、先生！」

「どうかしたのかね。こんな遅くに何かあったのかね。」私は尋ねた。

生徒が答えた。

「サーカス小屋での一件について小耳にはさみまして。娘さんがお怪我なさったそうですね、先生。……それでひと目お会いしようとうかがったのです。ことによると、誰かの助けを必要とされているのではないかと思いまして。」

「ほう、そうかね。」そう言いながら私は息を吞んだ。「ということは、サーカスの一件は周知ということなのかな?」

「ええ、町中、その噂でもちきりです。みな驚き、怪訝に思っています。一体全体、どうしてあなたのような方が馬などに乗ることになったのかと。あなたが乗馬だなんて。みなどうしても理解できず、口々に言っております。これはきっと、サーカスの団長が団員の一人にあなたの扮装をさせたのに違いないと。ただ、どんな料簡でそんなことをしているのかまではわからず、宣伝のためなのか、団長が(ひょっとすると、かつて金銭上のトラブルか何かであなたを恨むなどして)あなたとあなたの名声を貶めようとしているのではないかと。そんな風に、あれやこれやと囁かれています。ですが、弟子である私たちは、その場にいた観客の多くと同様、あれはあなたではなかったと考えています。ただ、この目でそれを確かめるため、私が仲間たちから選ばれ、依頼を受けたのです。それでこんな遅い時間にもかかわらず、あなたの許を訪れて、あれがウソでなりすましだったことを確かめることになった次第です。」……

だが、娘よ、生徒は、部屋を見まわし、ベッドにいるおまえの姿をみとめると、まごついて口ごもった。

「ですが……、お見受けしたところ、先生、サーカスについて言われていたことは本当で、サーカスの客が騙されたというわけではなさそうですね。となると、これは一体どういうことなのですか。あなたの弟子である仲間たちになんと言えば？」

生徒が言った。私に見つめられた彼は、どう答えてよいかわからず、ただそう口ごもった。

「なんと言えばだって？　もちろん、言ってやりなさい、……やはり本当のことだったと。娘がベッドに寝ている、これが何よりの証拠ではないか。」

すると、娘よ、生徒はおまえのベッドを一瞥し、その目はおまえに釘づけになった。生徒の顔に苦悶の色が浮かんだ。彼は、私の堕落について同情しつつも、非難するような眼差しを私に投げかけた。しばらく立ち尽くした末、生徒は踵を返して立ち去ろうとした。去り際、彼はもういちど振り向いたが、結局、出て行った。ドアが独りでに閉まった。

そして娘よ、私とおまえの二人だけが残されたのだよ。その後も、おまえはベッドに横たわり、私はおまえのそばに座って、熱に浮かされて意識のないおまえを、包帯の巻かれたおまえの頭を見守っていた。

不意に、部屋の壁という壁が持ちあがって開き、穴と裂け目が現れた。穴という穴に頭が覗き、裂け目という裂け目に眼が、壁一面に人間の顔が浮かび上がった。ある者は歯ぎしりし、またある者は悪意のこもった眼差しを投げかけ、またある者は穴から手を伸ばし、石つぶてを一斉に雨あられのごとくおまえのベッドに浴びせた。もちろん、おまえにではなく、私に向かってだ。石つぶての隙間から声が聞こえてきた。「この老いぼれの姦通者め、娘をサーカスに売るとは、娘を売女にするとは。」……

ああ、娘よ、石は雨あられのごとく飛び、壁人間たちは激情に駆られて石を投げつけた。その場で私が身を投げ出さなかったら、石はすんでのところでおまえの頭をしたたかに打ち、熱と意識不明の状態からおまえは二度と立ち上がれなくなっていただろう。……そこで素早く私は身を投げ、おまえの上に屈み込み、おまえを守ろうとして自分の背中と頭を晒し、降り注ぐ石に対して全身で的になった。石は命中した。鋭くとがった石が私の頭に直撃した。負傷した私は麻痺し、意識が朦朧として何も感じられなくなった。ただ、頭から血が流れるのを感じた。流血のおかげで我が身が軽くなり、まるで空っぽのようになり、気が楽になった。

気がつくと、私はもう自分の部屋にはおらず、見知らぬ法廷の広間に居合わせていた。

そこには、テーブルクロスの敷かれたテーブルがあり、周囲には椅子とベンチが置かれていた。椅子とベンチに着席していた者はみな、私の生徒ばかりだった。彼らは判事で、私は裁かれるためにテーブルの前にいた。上座に当たる側のテーブルの真ん中に、年配の判事が着席していた。はじめは見知らぬ人物のように見えたが、よく目を凝らすと、誰だかわかった。久しく見かけず、消息も途絶えていた、メダルドゥスその人だった。

彼は残念そうに私を見つめ、我が生徒たちも同様の眼差しで私を見つめていた。私はテーブルの前に立ち、広間には、私と判事たちの他は、証人も傍聴人もいなかった。テーブルに近づくように命じられた私は、言われた通りにした。

身内に裁かれるために、生徒らと師の前に居合わせるのは幸いだった。私に理解を示しながらも、彼らが容赦なく正しい判決を下すのを待ち受けた。

メダルドゥスが手をひと振りすると、壁の一面が開き、娘よ、おまえがベッドに導き入れられた。私の罪とはすなわち、娘よ、おまえに対する罪であり、それこそが法廷で裁かれるはずの罪だった。おまえが落馬して負傷した件について、私は陳述し、答弁しなければならなかった。

メダルドゥスが私に目配せすると、私はかつてのように、自分が彼の弟子であると、すなわち、学僧の一人であると改めて感じた。実際、私は一学僧に他ならなかった。

……生徒らも学僧であり、みな学僧の衣装をまとっていた。ところが、私一人だけが、サーカス小屋にいるかのように、肌色のコスチュームを着ていた。私は恥じ入りながら、途切れがちに語り始めた。

「みなさんは、私に自己弁護の機会をお与えくださいました。ところが、弁護すべきことなどないのです。今みなさんの前に立っている私は、まるで甲羅の外に出てしまった亀のように感じています。剝き出しになった、裸同然の。……実際、メダルドゥス先生、私は、我が塔から、我らが学僧の家から出て行ったのです。……身も凍る思いでした。……寒さをしのぐためとあらば、人はどんな温かい場所にでも引き寄せられるものです。身を覆ってくれさえすれば、肥やしでも汚物でもいい。……服の代わりになりさえすれば、ボロ切れでもいい。着る物ならば、肌色のコスチュームだっていい。……食べるものもなく、仕事もないとき、道化師だって家業になるのです。家もなく、屋根もないとき、サーカス小屋だって家になるのです。サーカスのつねとして、ここでの人生は安っぽく、それは、ただ他人の物見高さを満足させるためだけのものです。ここでは人の魂は針の上にのっかり、精神に価値はありません。そうであるなら、我が子も同様に無価値だったとしても、何の不思議もありません。無に等しいいいものや、ご褒美のおやつのためでさえ、我が子を平気で売り渡してしまえるのです。……

何の不思議もないのです、メダルドゥス先生。私が我らの家を捨てたとしても、あなたを驚かせたりしないでしょう。それは、あなた自身もよくご存知のはず。あなたの代に開花した我らの家が、私の代には萎んでしまったとしても。あなたの代には、我らの尖塔が近隣のみならず遠方にまで輝き、黄金に染まっていたのに、私の代には、塔のてっぺんのみならず、家ごと崩壊してしまいました。もはや誰も寄りつこうとはせず、ただ野良犬がときおり壁際をうろついては放尿するだけです。……あなたの代には、王国を従え、玉座に就いたあなたの地位はまだ安泰でした。しかし、我々の代には、その座はもはやすり切れ、その脚もすべて、今にも崩れ落ちようとしています。……

ほんとうに、メダルドゥス先生、あなたがそれをご覧になったら、ご自身もあの家から立ち去るように命じられたことでしょう。あなたが我々の許から去って行かれたとき、あなたの遺言にはこう書かれていました。壁の中にも、廃墟にも、錆びついた城にも、留まってはならぬ、と……。けれども、私たちは留まったのです。……ただ、あなたへの大いなる敬意から、我々はその後もしばらく、あなたを慕って、家の中に秩序を打ち立て守ろうとして、あなたが遺産として遺された秩序を保ちました。ですが、誰も我々を支えてはくれませんでした。もはや誰も私たちの許へ学びにはやってきませんでした。我々はもはや、あなたがそうであったようには、誰の手本としても役立つことがなかったのです。……

私たちは、貧しい学僧の祝宴を自分たちだけで催しました。食卓はもはや悲しいものでしかなく、我々の許へは、あなたの許にやってきたような客人も来訪者も来ることはありません。助言を仰ぐために我々の許を訪ねる者などいないのです。……贈り物をもたらしてくれる者もなく、貯蔵室と穀物倉庫はもはや空っぽになりました。なけなしのパンには浸すものもなく、喜びもないままに身を清め、悲しみに沈んでは想い焦がれました。使用人たちが一人また一人と、我々の許から去って行きました。軟弱な生徒たちが使用人に続きました。残された者は立ち去った者を悪しざまに言うこともできず、非難することもありませんでした。誰もが、残された者までもが、居残ることを無駄なことだと思っていたのですから。去り行く者をたしなめることもできず、彼らの弱さや彼らのだらしなさを正当化しなければなりませんでした。……やがて、留まる者はほんのわずかとなり、ついに私の番もやってきました。そんな折、私の身にある出来事が起きたのです。我が身に起きたことについて、これからみなさんにお聞かせいたしましょう。どうか聞いてください。

あるとき、私は塔に独り居残っておりました。とても陰鬱な気分でした。表は一歩外に出れば、近所の街角は賑やかだったのですが、我らの施設と家の中は荒れ果て、訪ねて来る者もおりません。ただ、稀に、町から教師が児童を引き連れて現れることがありました。教師は、我々の貧困と退廃ぶりをよく観察するように促しました。子どもたちが、我らの塔とその歴史について質問しました。これは誰にとって必要なのですか、何の役に立つのですか、と。教師が答えました。何の役にも立ちませんから解体してもいいのですが、そのままにしてあるのは、単にそれが古いので、記憶に留めておくためです、昔のことについて知る必要があるとき、その名残から学ぶことができるからです、と。たまに、中庭で私か生徒か使用人の誰かを見つけると、子どもたちは、この人たちは誰ですか、彼らは何をしているのですか、何のためにこんな人たちがいるのですか、と尋ねました。すると教師がまた答えます。もはや何のためでもないし、ここの人たち自体が単に昔の名残に過ぎません、ただ、彼らの観察を通して、なにがしかのことは学ぶことができるのです、と。……

そんなある日、私は施設の中に独り居残っていました。そのとき、使用人も生徒たちもみな出払っていました。中庭にも人っ子一人いません。私は室内で腰かけ、考えごとをしながら部屋の片隅をじっと見つめておりました。すると突然、目の前で錯覚か何かが起き、部屋の隅っこから壁と埃にまみれた人物が現れたのです。その人物の睫毛は埃だらけで、ぼろぼろに擦り切れた服は、どんな色なのかさえ判別できません。頭には、わずかながらもふさふさした髪が残っていましたが、顎鬚はありません。はじめに見たときは、目は半ば死んだようで、どこか埃で覆われているようでした。ただ、遠まきに見ると、目の片隅に湛えた鋭い微笑は、どこかしら曖昧で焦点を欠き、そこから盗み見ているかのようでした。

この埃人間には驚かされましたが、どうやら相手にとって、私はもっと驚きだったようです。埃と壁をいくらか払い落とすと、相手は四方八方を見回してから、私に向き直り、私は何者でどうやってここに来たのかと尋ねました。『どうやって』とはどういうことか、と問い返しました。というのも、私はここの人間なのだし、私の場所はいつもここだったのですから。この人こそ、この埃と白カビ人間こそ何者で、そもそもどうやってここへ来たというのでしょう。

『私は』と、彼は目の下に微笑みを湛えながら言いました。『あの片隅から来たんだよ。いつもここにいたし、ずっとここが居場所だったのさ。』

『じゃあ、どうして今まで誰もあなたを見かけなかったのですか？　なぜこれまで一度も姿を現さなかったのですか？』

『だって』と彼は答えました。『現れる必要のある奴なんていなかったしね。』

『何ですって。では、ここの住民やここにいた学僧たちは？』

『いや』埃人間が言いました。『連中の許に現れても、きっと私のことを幻や妄想だと思って唾を吐き、背を向けて目にも留めなかっただろうね。』

『では、今の私とあなたは?』私はもう一度尋ねました。

『今は昔のようじゃない』彼は答えました。『それに君は連中じゃない。君は私にとっては学僧じゃないし、私は君にとってはもう幻じゃない。しかもどうだ、君はここじゃ最後の人間だ。君の先生はもうあの世の人だし、君の生徒も立ち去り、今日か明日には完全に散り散りになるだろう。そうなったら、あの片隅でやることもなくなり、私の最後の糧もやがて使い果たされる。それで出てきたというわけさ。君にこの私のことを紹介しようとね。私も君も最後の者同士、ならばお近づきになろうではないか。……こちらは君も君の稼業のことも知ってるよ。なにしろ、君のことはいつも壁越しに見てきたからね。だが、君は違う。君の方じゃ私のことを覗き見たことなど一度もなかった。ならば、ご案内させていただこうじゃないか。覗いてみたまえ。……どうやら、ここじゃ君は何も失うものもなさそうだし。私にも失うものなんてない。つまり、我々は二人とも同じ状況にあるわけだ。ならば、お近づきになった後で、一緒に出かけようじゃないか。新しい場所、新しい稼ぎ、新しい糧を一緒に探してみようじゃないか、え?』

『それで、あなたの稼業とは?』

『こっちへ来な、覗いてみるがいい。』

埃人間に招かれるままに、後について壁の中に入ると、狭くて小さな正方形の小部屋に案内されました。白昼にもかかわらず、部屋の中では蠟燭の燃えさしが灯り、小さなベッドがありました。ベッドの脚のそばに錆びついた柄杓《ひしゃく》がありました。

その部屋では、何かを見極められるまでずっと凝視しなければなりませんでした。そこには何も見当たりませんでしたが、ベンチのそばに小さな食卓と薄っぺらい食器がありました。他に探すべきものはありませんでしたが、よく見ると、驚いたことに、ベンチの上に、三体の人のようなものが横になっているではありませんか。父、母、子の三体の人で、真ん中に父、壁際に母、部屋の側に子が。三人とも藁でできていて、萎びて、饐《す》えた匂いがしました。やせ衰えた感じの母親はまるで板のようで、その胸は乳飲み子には小さすぎました。丸々と太っていた父親は男らしかったのですが、奇妙なことに、父親には乳房があり、子がその一つに這いつくばり、乳を吸っていました。今申し上げたように、子も藁でできていました。藁でできたその口が乳を吸うあいだ、父親は刺すような痛みを感じているようでした。乳を与えているあいだ、父親は呻き声を上げ、身をよじらせ、しかめっ面をするのです。

するとと埃人間は、ベッドの方を指し示し、見るように命じました。よく見ると、父親の乳もすでに涸れ果て、藁の子が糊のような液を吸い込むあいだ、父親は蛇のように身をよじらせて呻き、叫び声を上げているではありませんか。

この父親のことを見れば見るほど、彼の痛みは私の痛みに変わりました。彼が体をよじればよじるほど、身をくねらせればくねらせるほど、私も身をよじらせ、くねらせ始めました。

気がつくと、私はベッドの真ん中の父親の場所にいて、母親が私のそばに、子がその隣にいました。埃人間は立ったまま私を眺めていました。『どういうこと、いったい何が起きたの?』と尋ねると、彼が言います。『これが私の稼業だよ。つまり、ここでの普段の仕事がこれなのさ。藁の父親には与えるべき乳がない。母親にはそもそも乳房がない。それでも子は喰らいつき、刺すように乳を吸い尽くす。だからこの三人全員を食べさせて、支える必要があるのさ。錆びついた柄杓がそこにあるだろう。それで壁から水分とカビを掬って、三人に分け与えているんだ。そのおかげで、彼らはベッドに寝転んで楽になる。そこで、私が、自分の顎鬚と学僧たちの禿頭から毛をかき集めて蠟燭の芯をつくり、火を灯すというわけだ。』

『私はここで何を?』埃人間に改めて尋ねました。『どうやってこのベッドの上に?この母子や藁と私に一体どんな関わりが?』

『君は』彼が答えます。『それは君の藁で、君の稼業も藁みたいなもんさ。君も君の同胞の学僧たちもみんな、要はそんなところだ。で、君たちの藁のような人生から、君たちの許にこういう子どもが現れたわけだ。子どもたちに乳を飲ませようとしても、与えるべきものがない。それで君たちは、身をよじって苦悶する。』……

私は寝床から起き上がり、ベッドの上に座り直りました。そして、妻から離れ、子をベッドごとそっと引き寄せると、足を床に投げだし、そのまま座り続けました。頭を垂れ、地面を見つめながら目は濡れ、涙が流れました。

私は泣きました。涙ははじめ、両手に落ち、次に膝に、そして床に落ちました。涙はまるで屋根からしたたり落ちるかのように、まず床を濡らし、その後、すぐに小川のようになりました。埃人間は私の頭上でますます聳え立ち、私の頭を見つめています。すっかり泣きはらすと、涙が奔流となって溢れました。そこに足を入れるように埃人間から命じられ、言われた通りにしました。

やがて向かいの壁に光の輪のようなものが見えました。輪は小さく、ランプのガラスから放射されたかのように、ときおり壁の上で輝いています。輪は輝きを増して徐々に広がり、たちまち壁全体を覆いました。やがて壁が自ずと開きました。板の上に腰かけ、足を涙に浸していた私の前に、だだっぴろい野原が開けました。小部屋のささやかな常夜灯に照らされた後だったので、とてつもない輝きで目がくらみました。大海原を見ているような気がしました。

それは本物の海でした。私の部屋とベッドからそう遠くないところに岸が見つかり、岸辺には一群の人びとがいました。みな、誰かの埋葬に立ち会っているようでした。群集の真っただ中に、とても馴染のある人物がいました。その人は誰よりも背が高く、誰よりも蒼白で、誰よりも敬意が払われていたのですが、まるで被告のようでした。群衆が集まったのは、その人を岸辺の高みから海に投げ入れるか、高地に葬り去るためのようでした。

突然、人びとが動き出しました。群衆はその人を抱え上げると、しばらくの間、太陽に向けて高く持ち上げました。そこでにわかに気づいたのです。持ち上げられて支えられていた人物は、メダルドゥス先生、あなたではありませんか。それで私もあなたを支えるのを手伝いました。またもや不意に、群衆は一斉にあなたを放り投げ、私も同じことをしました。メダルドゥス先生、あなたは下に向かって飛び、飛びながら鳥に変身し、破裂して笑ったのです。翼が折れるとまた笑いました。鳥をよく眺めると、あなたの中に埃人間の顔が見えました。埃だらけのその人は、破裂して笑う度に、老人のように鼻を鳴らし、くしゃみをしました。鳥は群衆という群衆に近づき、周囲を旋回し、笑っては埃をまき散らしました。そのとき、埃人間は私と私のベッドにも近づき、やはり笑ってから、こう言い放ったのです。

『君も笑って、自分の埃を出しちまいな。』

それで私も笑いました――ひと笑いすると、私の口から鳥が――一羽の鳥に続いて、次から次へと鳥が現れました。耳から、目から、鼻から、さらに頭からも鳥が現れました。私たち全員が一緒になって笑うと、どこか空っぽになったように気分が軽くなり、陽気になりました。すっかり楽になった私は、埃人間、あるいは鳥たちに次に何を言われても、きっと従うに違いない。そんな風に思われました。

そのとき、埃人間がまた現れ、手をひと振りすると、海も一群の人びとも消え去りました。彼がもうひと振りすると、鳥たちもいなくなりました。そして三度ひと振りすると、彼の小部屋の壁がもういちど私の眼前に現れました。ベッドの上にまた現れた妻と子が、小部屋に照らされています。

埃人間は常夜灯を指さして言いました。これをとって妻に灯油を振りかけ、妻をそこに寝かせたまま、藁の子を抱えて懐中に入れろ、子は藁なのだから、懐中に収まるだろう、と。言われた通りにしました。子を懐中に入れ、藁の女の上に灯油を振りかけました。埃人間がすぐさま部屋から私を連れ出したので、その後どうなったのかはわかりません。その場には居合わせなかったのです。何がどうなったのか、気がつくと、彼と私は、藁の子とともに家の外に、外出用のドアの反対側にいました。手に握っていた鍵束から錆びついた鍵を一つ取り出し、鍵穴を回してドアを閉めました。

そこで、娘よ——私は判事たちとメダルドゥスの前でさらに語り続けた——埃人間と一緒に施設の中庭を去って通りに出たのです。最初の通行人が私たちを見かけるや否や、誰もが我々の様子に驚愕しているのが見てとれました。ただ、誰に驚いているのかはわかりません。私なのか、埃人間なのか、あるいは、私の服、懐中からはみ出していた藁の子なのか。それとも、子と一緒にいた我々全員なのか。

そこでまずは身辺を見回してみました。私は、施設内では普段通りの見慣れた恰好だったのですが、次に埃人間を見ると、まるで別人のようでした。壁から現れた時とも、小部屋で見た時とも様変わりしていました。通りを行き交う一番裕福で目立った人びとよりもいっそう裕福で目立つ恰好だったのです。新調の帽子は輝き、黒のフロックコートはよく似合い、靴はよく磨かれ、シャツはアイロンがきき、ベストには深い切り込みが入っていました。ステッキのようなものを手にしていたのですが、普通の杖ではなく、オーケストラの指揮者か魔術師が手にするようなものでした。

人びとが一斉に私たちの方を見た時、真新しい衣装を着た埃人間と比べて、私はいかにも学僧といった風情で、破れ放題の服は古びてテカテカに光り、ところどころほつれていました。おまけに、懐中には子を抱え、嚢がはみ出していました。驚きのあまり思わず立ち止まる人や、我々に遭遇するや否や踵を返す人もいました。薄笑いを浮かべる人や、サーカスか何かの興行の宣伝なのだろうと思う人もいました。ただ、我々がプラカードを一つも抱えていないのを見てとると、この宣伝がどんな意図で、どこに呼び込もうとしているのか図りかねている様子でした。

通行人の関心を認めた埃人間は、居心地の悪かった私と違って、満更でもない様子でした。それどころか、衆目の関心に彼自身も関心を寄せていて、それこそは彼が望み、意図したことだったのがわかりました。

その後、通りをさらに進み、もっと賑やかで、喧騒に満ちた場所まで来ました。私たちを取り囲んでいた人の数も増え、やがて、ちょっとした人だかりができました。埃人間は群衆の前で、我々の歩みを制してから立ち止まりました。人びとはここでも驚き、はじめは問いかけるような眼差しで我々を見つめ、次第に口々に尋ねました。あなた方の意図は何なのか、あなた方は何者なのか、どんなパフォーマンスを見せてくれるのか、何の宣伝なのか、と。すると埃人間は、みなに話すべきことがあるからとくと聞いてほしいと言わんばかりに、ステッキをひと振りしました。

人びとは待ち構えました。埃人間は、人びとの興味をさらに惹きつけようと、しばし間を置いて沈黙し、やがて語り始めました。

『そう、これは宣伝であります、みなさん。みなさんの目の前にいる学僧は、生計の糧を奪われました。この人には何もすることがなく、ご承知の通り、彼の店は、今や他の学僧の家と同様、すでに錠前が下ろされています。この人には部屋も家もありません。なぜなら、この人の部屋も家もこの人の店とともにあったのですから。店じまいをしたとき、自分の部屋を、部屋の住民もろともに遮断したのです。この人には藁でできた妻がいたのですが、家を後にするとき、妻に灯油を振りかけました。お望みでしたら、まもなくご覧いただけますよ。紳士淑女のみなさん、あの塔と施設の方を向かれて、煙突と屋根をご覧ください。あそこから煙と炎が立ち上がるのをご覧いただけます。』

人びとは興味を示しました。そしてその言葉通りになりました。誰もが後ろを振り向き、埃人間が指さす方角に視線を向けたのです。誰もが学僧の施設に注目しました。案の定、やがて、久しく煙の上がらなかった煙突という煙突から煙が立ち上がるのが見え、煙に続いて炎も上がりました。突然、炎の中に女性が現れました。女性はすぐ見えなくなり、炎の中に消えました。……

煙突から上がった束の間の火事が消え、それ以上見るものがなくなると、人びとは埃人間に向き直り、『次は何？』とか『他にもまだ何かあるの？』などと口々に尋ねました。彼は言いました。

『こちらがその学僧です。私は、この人の手助けをしていて、俗世に導いているのです。学僧が偉大だった時代、私はこの人の傍らで身を削りながらも、その偉大さと富のおかげで生きていました。ですが、今や偉大ではなくなり、落ちぶれてすっかり凋落したからといって、この人を見捨てることなどできません。この人は孤独で八方ふさがりなのです。長年にわたって施設内に居座り、隠居して過ごしてきたため、心は打ちひしがれ、ご覧の通り、羊のように愚直で、力も残っておりません。わずかに残っていたとしても、死体のように硬直したその足では、施設から出て、生者の世界への敷居を跨ぐだけの力しかありません。みなさんの前にいるこのみすぼらしい人物は、何の役にも立ちません。とはいえ、そんな彼にも、手を貸してやらなければなりません。どんな人間であれ、何か糧を探してやらなければなりません。私以外の誰が、それをしてやれるでしょうか。この人のそばで暮らし、養ってもらい、久しくこの身を支えてもらってきた私以外の誰が。』……

『そうだ、そうだ』群衆の一部が頷き、埃人間に同意しました。『そうだ、その通りだ。』……

埃人間も頷き、一群の人たちの同意を受け止めました。彼はさらに話を続けました。

『長いあいだ、この人のことを気にかけ、何をしてやるべきかを考えてきました。この人には仕事がありません。学僧の手など無いも同然ですし、あの家には持ち出せるような代物もありません。あるのは、ご覧の通り、その懐中にあるものだけです。たった今、炎の中に消えた妻との生活でこの男が抱えていたもの、たったそれだけです。それに気づいたのは、俗世へと導くために、この人を連れ出そうと決心するよりも前、一緒に塔から表通りに出て行くよりも前のことでした。いよいよ外に出て行かなければ、あの施設を後にしなければと感じたとき、役立たずのこの男からは何も期待できませんでした。奇跡だって期待できません。第一、そんなものありませんしね。偶然や幸運にも期待できません。偶然も幸運もあり得ないのですから。そこで私は、それ以前から、退出のための準備を独りで始めていたのです。家中を片っ端から探し回ったわけです。箪笥という箪笥、箱という箱、穴という穴を探しました。お宝、お金や品物、あるいは失せ物でもないかと思って。でも、何一つ見つかりませんでした。施設内にあった一切合切は、私たちよりも前に、私とこの人よりも前に、別の人たちが持ち出していたのです。私たちの取り分は何もなかった。あったのは、埃、古いボロ切れ、それに、鼠の糞にまみれた呪文《シェイメス》（実践カバラで使用するヘブライ文字の組み合わせからなる神名のこと）だけでした。いやはや。ボロ切れの中を探し、いじくり回したものの、ボロからは何もつくれませんし、そんなもの、どんな古物商も手にとろうとはしなかったでしょう。そんな役立たずのものには誰も一銭も払わなかったでしょう。ただ、呪文書の中には、見るべきものがありました。あるとき、その中に、予言の書かれた小冊子を見つけました。表紙はなく、ページは黄ばんでいました。私はそれを読み始め、予言という予言について学びました。紳士淑女のみなさん、お望みとあらば、その予言の一つをここでみなさんに読み上げ、お伝えしようではありませんか。』……

『聞かせてくれ、聞かせてくれ』群衆の一部がせがみました。

埃人間は、要望に応じて、懐中に手を突っ込み、約束した黄ばんだ表紙のない小冊子を取り出しました。彼はそれをパラパラとめくり、必要な箇所で止めると、もう群衆の方は見ずに、その箇所から読み上げました。

『これがその予言です。』

『曰く。はじめに、彼は貧しくなり、何にも適応できなくなる。そこで彼は己の生計の糧を、彼が運び回る嘲りの籠から引き出すだろう。己自身を嘲笑し、昨日の教えと教師たちを嘲笑することによって。これは、身売りのための冒瀆の籠である。曰く。次に、彼の一切の道は尽き果て、一切の歩みは止むだろう。そして、たった一つの歩みが残される。サーカス小屋へ行き、綱渡りをするという歩みがそれである。……予言に曰く。第三に、彼は時機を得てそれに着手し、綱渡り芸人や魔術師と親交を結び、彼らの仕事を学ぶだろう。なぜなら、彼は、彼らを通してしか、残りのわずかな幸運と宿命を変えられないのだから。』……

『予言者曰く。第四に、彼はそのためなら何もかも支払う用意がある。身体からはシャツを、頭からは髪の毛と目を、そして、未だ所有しているいちばん大切なものを。そ、い、い、い、うしなければ、戸口にいて、家を立ち去る前に墓穴を掘った方がマシだろう。』

『誰のこと？　最後の学僧だって！』……

そこで埃人間は小冊子を読み上げるのを止めました。彼はそれを閉じると、懐中のポケットに再び手を入れました。そして聴衆の方に目を上げて向き直り、こうつけ加えたのです。

『この予言を読んですぐに、どういうことなのか呑み込めました。学僧の家は無に帰し、みなさんの前にいるこの者は、ついに家の鍵穴に鍵を入れて回すことも、もはや戻ることもなくなるだろう。これは冊子に書かれている通りですが、この困難な時にこそ、予言は仕事と恩恵を彼に提供するのです。すでに申し上げたように、この人とは親しくなっていましたから、いわば身内のように、この人の許へ通っては対策を促したのです。

ですが、落ちぶれた者がみなそうであるように、この男は怠け者で感傷に浸ってばかりいて、自分たちがどんな世界にいるのかも知らず、穴のそばにいるというのに、自分が何のそばにいるのかわからないのです。

そんな彼に絶望した私は、自分でこの問題に着手することにしました。そうしたのは、あの家に対する感謝、そしてあの家で食にありつき、身体を温めることのできた歳月への感謝の念からです。そこで私は、自分で喜劇役者を探しに行き、道化師や綱渡り芸人や魔術師たちと酒を酌み交わし、芸のことを尋ね歩いて学んだのです。

そしてこちらが――ここで埃人間は手を上げて、私と私の懐中を指さしました――我々の最初の演目になります。好評を博し、お気に召しましたら幸いです。本日より、きっと我々のパフォーマンスをご覧になりたいと思うでしょう。私たちがお招きすれば、みなさんは喜んで私たちの許を訪れてくださるでしょう。ほら。』

そこで埃人間は懐中にいた私の藁の子を摑みました。すると、私たちを取り囲んでいた聴衆も私も、不意に、目の前に本物の子どもが、娘よ、おまえが現れ、地面の上を飛び跳ねるのを見たのです。喜劇役者のパフォーマンス用の、手足を露出した短いコスチュームを着たおまえが、両手を離して広げつつ、足取りも軽やかに、今にも踊り出さんばかりに動き出したのです。

聴衆は、はじめは予期せぬ事態に驚き、トリックそのものに当惑した様子でしたが、次第に、彼女、つまり娘に驚き、その美しさとともに、自由で巧みな身のこなしで聴衆の前でお辞儀をする姿に驚きました。……その後、あっけにとられた聴衆がいくらか我に返ったとき、ある人はまじまじと彼女を見つめ、またある人は口を極めて褒めそやし、賞賛の言葉は止みませんでした。すると埃人間は、帽子を脱いで突き出すと、帽子をもったまま聴衆に割って入りました。聴衆は嬉々として硬貨を投げ、埃人間は謝意を表しました。彼が謝意を表明しながら、聴衆に向かって私たちの許を訪れるように勧誘すると、聴衆も観に来ることを約束しました。私と娘は、埃人間とともに聴衆に別れを告げ、我々をところ狭しと取り巻いていた人びとの輪から離れて、ある食堂に向かいました。我が家を後にしてわずか一日目にして、聴衆に披露した道化芸と娘によって、最初の食事にありつけたのです。

そう、判事のみなさん、先生方――メダルドゥスと我が生徒たちの前で私はまた語り続けた――食事の途中で、私は突然むせび泣いたのです。娘を見つめながら、パンを涙で濡らし、涙は私の頬をしたたり、皿の中に落ちました。涙を拭こうとポケットの中にハンカチを探したのですが、見つかりません。ただ、探していますと、ポケットの一つに家の鍵がありました。晩餐の最中でしたが、何がどうなったのか、突然、私はまた我が家の、今日施錠したばかりのドアの前に居合わせました。鍵を開けて、自分の部屋に入ると、埃人間が出てきた片隅の一つが今しがた破られたばかりで、ぼろぼろになっていました。そこからすきま風が吹きつけ、焦げた匂いがしました。辺りには、燃え尽きた藁の匂いが漂っています。火事の後のように汚れていた部屋を見ると、悲しくなりました。喪に服す際にいつもしていたように、壁に頭を押しつけてもたれながら、泣き続けました。泣かずにはいられませんでした。

不意に、何かにつつかれ、肩に誰かの手を感じました。頭を上げ、誰の手か見ようとすると、私は再び食卓に就いており、食事の途中でした。埃人間が私を起こそうとつついていたのです。『どうした、なぜ食べない？　なんで食事の途中で眠ってしまったんだ？　食事が済んだら、まだ行かねばならない場所があるんだぞ。』

『どこへ？』私は尋ねました。

『サーカス小屋さ』彼が答えました。『そのために宣伝したんだろ。我々のパフォーマンスを観に来るように、是非来てくださいと誘ったんじゃないか。』……

埃人間に言われた通り、食事を済ますと、食卓から立ち上がりました。食堂から出た途端、もう通りを歩いていました。やがてサーカス小屋に着きました。……

到着すると、埃人間はまず、サーカスの支配人に自己紹介し、続いて、私と娘を紹介しました。私たちの行く末は埃人間の双肩にかかっていたのです。彼が我々の代わりにかけあいました。娘が通りで評判をとったことに触れ、願わくは、サーカスで踊りや乗馬、もしくは支配人が必要とし、また有益だと思う演目を見つけてほしい、とつけ足しました。

そこで支配人は娘を近くに招き寄せ、品定めを始めました。支配人は娘のことは気に入ったものの、私は気に入らなかったようです。娘は受け入れてもいいが、私は余計で、私には居場所も仕事もない、そもそも何の役に立つというのか、と言いました。

埃人間は私のためにとりなし、支配人を説得しました。どうぞご心配なく、支配人さん、この男がそれを望みさえすればよいのです。さほどの苦労はいりません。少しばかり教え込めば、どんなことにも役に立つようになり、すぐに有用になります。そして肝要なのは、と埃人間はつけ加えて、支配人に抜け目なくウィンクしました。肝要なのは、彼を(つまり、私を)うまく宣伝して、ポスターに次のように書けばよいのです。これこれしかじかの著名な学僧が……、これこれしかじかの学僧の家の……が、本日、サーカスに出演します、とね。サーカス小屋はきっと満員になるでしょう。切符売り場では入場券もチケットも足りなくなることでしょう。

埃人間はさらに、支配人に耳打ちしました。こんどは私の身の上話を囁いたのです。

学僧というのはですね……。それで彼も合点がいきました。……非番の時に、彼をサーカスの芸人と知り合わせるだけでいいんです、女の子か大人の女性にね。……そうすれば彼はひどく想い焦がれるでしょう。……学僧というのは、恋に落ちればのぼせ上がりますし、とるに足らぬことに思い悩むようになります。大人の女性か女の子が彼の手を握れば、たちまちくびったけになり、女のためなら何でもするでしょうし、どんな危険も冒すでしょう。サーカスは、忠実な下僕を得るでしょう。あわよくば、魔術師、綱渡り芸人、あるいは申し分のない乗馬芸人になるかもしれません。……

埃人間の話に耳を傾けていた支配人はこの話が気に入りました。提案は支配人の思惑とも合致したのです。支配人は娘に加えて私も、そして結局、私たちを連れてきて、サーカスに売り込んだ埃人間をも引き受けることに同意しました。

そして、埃人間が支配人に予言した通りになりました。そのわずか二日後のことです。乗馬の稽古の際、馬にまたがったリリを見たのです。もう彼女から目が離せなくなりました。彼女は私が近寄るのをゆるしました。どうやら私をパートナーにしたがっているようでした。ステージ上の乗馬相手にです。きっと支配人に説得されたのでしょう。私に芸を仕込んで、私が難なく芸を習得できるようにと。支配人はよく弁えていたのです。私があらかじめリリをものにすれば、彼女の下で熱心に働き、支配人の利益になるだろうと。サーカスの申し分ない演目ができて、ポスターにも宣伝できるようになり、私の出演は間違いなくセンセーションを起こすだろうと。

私は乗馬を学び、リリの後を追いました。彼女を愛していたのです。そして娘も私たちとともに馬に乗りました。我々は三人で一緒に稽古をこなしました。埃人間もサーカスの仕事に就き、ただ飯を食うことはありませんでした。サーカスの支配人が彼にかかる出費も賄ったのです。

埃人間にはアイデアがいくつもあり、そのひとつを支配人に提案しました。最後の学僧の家が閉鎖され、最後の学僧がサーカスの芸人になります。このアイデアを次のような演目にすれば、きっと観衆の興味を惹くでしょう、と。

学僧の裁判。長老の判事を演じるのは、学僧で、今はサーカスの芸人である私。そして他の芸人たち——道化師、喜劇役者、奇術師など——が判事のテーブルで私の補佐役となる。公開の席、全観衆の前で、判決が言い渡される。芸人の一部が裁かれる側となり、その中に旧世代出身の年配の学僧がいて、この人物が学僧たちの教師。くわえて、若輩の、学僧の弟子たちもいる。判決の後、焚き火が準備され、裁かれた者たちは即座に火あぶりにされる。と、こんな具合です。……

もちろん——埃人間は支配人を説得し、自分のアイデアを採用するように促しました

――笑いやユーモアの場面も用意します、嘲りのネタは道化師たちに任せましょう。テーマは今日的ですから、大衆に好まれることは請合います。学僧は嫌われ者ですから、連中を嘲笑すれば、喜ばれるでしょう。成功は保証されているようなものです。

埃人間の話を聞いた支配人は、そのアイデアが気に入り、すぐに仕事に取り掛かりました。主要な仕事を担ったのは私でした。すでにお話ししたように、私が主役を演じなければならなかったのです。私が主役の騎手となったのです。

万事、準備が整いました。配役がすべて決まり、台本に沿って稽古が行われ、支配人は大判のポスターを印刷し、最初の演目が大きな文字で印刷されました。広告が出され、周知されました。『最後の学僧による、前任者と教師およびその追随者と弟子たちの裁判』。その先はこう書かれていました。『補佐役と判事補を演ずるのは、世界的に有名な四人の道化師、ジャックとマックに、ツキがツキたの《シュリム・シュリム・マズル》コンビ』。さらに宣伝の文句はこう謳っていました。観客の皆様は大いに満足されることでしょう。死刑と火あぶりの刑を宣告された者全員が裁かれ、その場に実際の焚き火が設置され、女騎手リリが最初のマッチを乾いた丸太に点火します。

実際、その通りになりました。埃人間が予言し、観客の好みについてサーカスの支配人が予測した通りに。ポスターというポスターがまたたく間に貼られ、サーカスの切符売り場には人びとが殺到し、長蛇の列ができました。切符売り場では、売り子がへとへとになるまで働き、大量のチケットは完売しました。

首席判事として私が、続いて補佐役である道化師のジャック、マック、シュリム・シュリム・シュリマズルが登場したとき、観衆は彼らが登場しただけで歓声を上げました。まるで本物の判事のようで、判事が実際に身につけるような衣装を着ていたからです。我々が着席した後、被告人らが連れて来られました。その一人だった初老の学僧は、メダルドゥス先生、あなたに生き写しでした。あなたのことを存じ上げていた私が、あなたが着ていたような衣服を身につけ、あなたとそっくりに扮装するように指示しておいたのです。長髪に裾の長い衣服、服の中でもつれた足という具合に。彼に続いて現れた若輩の者たちは、我が弟子たちよ、諸君と同様、裾の長い衣服と真上に突起のついたビロード製のだらりとした丸帽を身につけていました。メダルドゥス先生、そして、サーカスのパフォーマンスを演じた我が弟子たちよ、あなた方が連れて来られたとき、観客はみな、一斉に歓声を上げたのです。人びとはどっと笑い、みな抱腹絶倒でした。桟敷席と天井桟敷の観客は腸をねじらせ、馬が嘶くかのような叫びを上げました。……道化師や学僧に扮した者たちは、大真面目な顔をしていたにもかかわらず、観客に振り向いてしかめっ面をつくり、目配せしました。すると、観衆は、四方八方から野次を飛ばし、屈託のない、馴れ馴れしい調子で、冗談交じりに応じました。

裁判の手続きは、通常のサーカスの演目よりも長くはかかりませんでした。とはいえ、サーカスの建物はその間ずっと、笑い声に包まれました。大爆笑が会場全体を覆い、天井まで達しました。観客は必死に自己弁護する被告人、彼らを尋問する陪席判事、そして首席判事である私を見て笑いました。侮辱と悪態の言葉がどれだけ私の口をついて出たのかはわかりませんが、どうやら自己弁護する道化師たちに影響されたようです。サーカスの雰囲気と大観衆も大いに影響したのでしょう。私自身も喜劇役者として騒ぎの渦中に入り、他の誰にも増して罵声を浴びせ、他の誰よりも私が学僧たちをしかり飛ばしました。そしてついに判決が出されました。このクズと汚物たちを火あぶりにせよ。判事を演じた道化師たちが死刑執行人や絞首人の衣装を着て現れました。焚き火が準備され、死刑宣告を受けた者の代わりに藁人形が持ち込まれ、焚き火の上にくべられました。作り物の火がつけられると、炎が燃え上がり、藁人形が焼かれました。火をつけたリリが火の元で煙草をふかすように観客に勧めると、再び笑いが起きました。演目が終わってしばらく経っても、観客はその場面を思い出しては笑いました。観客はサーカスをとことん楽しんだのです。……

つまりこれが——私はメダルドゥスと私の弟子たちに語り続けた——これが、私の最初の演目となったのです。私はその後の演目の稽古にも精を出し、つねに乗馬の巨匠の下で学びました。一人で乗馬することもあれば、リリと一緒のときもあり、娘と三人で乗馬することもありました。

リリが嫉妬しているのがわかりました。サーカスのポスターで自分の名前が誰かの名前の後に載っているのに我慢がならなかったのです。彼女は別の女性が自分のそばにいることにも我慢できませんでした。相手が私の娘だということはわかっていたものの、彼女はそのことに苛立ち、腹立ちまぎれに、いつも娘に悪意に満ちた眼差しを向け、機会がある度に辛く当たりました。乗馬のときも乗馬以外のときもそうでした。彼女はサーカスの支配人に娘の陰口を言い、サーカスの芸人たちの前で娘の芸と乗馬技術をあざ笑いました。何かよからぬことや底意地の悪いこともしでかしかねず、ただその好機を窺っているだけのようにも感じました。リリは、どんなことにも躊躇することのない女性でした。彼女がその必要を感じれば、芸人としての、そして女性としての怒りに駆られたら、できるものなら、娘を傷つけ、不具にさえしてしまうだろう。

私はといえば、リリを愛しており、彼女ゆえにサーカスに深く縛られてもいました。家の中で藁の妻とずっと過ごしていた私は、長年、悶々と暮らし、私の血潮が満足させられることはありませんでした。そのため、サーカス小屋でリリを見るや否や、恋に落ち、危険なほど夢中になってしまったのです。

ところが、彼女は私のことなど気にもとめません。サーカスの使用人、体操選手、道化師、喜劇役者たち、私以外の誰に対しても愛想よく振る舞っていたのに、私一人だけは愛してくれなかった。そもそも、私は彼女にとって何者だったというのでしょう。カビの生えた学僧としての過去以外に、私ごときが彼女に何を与えられたというのでしょう。そう、その通りです。……サーカスの支配人と埃人間がいなかったら、彼女は、私が初めて近寄った際に、早々と私を撥ねつけ、私が彼女の視界にさえ入らぬようにあしらったはずです。支配人は、サーカス上の利害関心から、学僧の騎手もサーカスの役に立つと考え、私によかれと思ったのです。それに対して、私に忠実だった埃人間は、私が生活に適応しているのを見たいというただその一心だけでした。そこで二人とも、リリをなんとか説得することに決めたのです。支配人は支配人で、彼女が感情にまかせて私を撥ねつけないように言い聞かせ、埃人間は埃人間で、私の長所に触れながら、私も愛されるに値する人間なのだと言って、私を本当に愛するように彼女を説得しました。

……

そのおかげでリリは私に身を許したのですが、私はからかわれてばかりいました。サーカスの支配人の言うことを聞き、片隅で少しばかり馴れ合う自由こそ許されたものの、冗談でそうしているのだと感じました。そんなとき、彼女はよそよそしい嘲りの微笑を浮かべました。ことあるごとに嘲りの素振りを見せたのです。私が愛を営んでいる最中、全身全霊で彼女を愛していない、一番の愛を娘に注いでいると言って、当たり散らしました。

実際、その通りでした。私は娘をとても愛していました。藁でできた娘でしたし、妻は愛していなかったのですが。私にとって、過去の一切が娘とつながっていました。生涯ずっと面倒を見てきた彼女をどうして拒絶することができましょう。彼女は生涯の忘れ形見であり、今もってそうなのです。それを悔やむことなどどうしてできましょう。

……

けれども、リリは、私が娘を拒絶できないことを容赦しませんでした。リリの不寛容さは、もはや冗談では済まされなくなっていました。娘が学びの最初の段階で偉大な乗馬技術とサーカスの才能を即座に見せ始めたとき以来、ことにそうでした。サーカスの支配人も乗馬の名人である娘を褒めたたえました。娘が馬上で学ぶ傍らにしばしば居合わせた使用人はみな、娘から、その体つき、才能、器用な身のこなし、乗馬で見せる偉大な名人芸から、目が離せなくなりました。

それを知ったリリは、娘がみなから浴びる賛辞を嫉みました。彼女の目には、娘だけが棘のように突き刺さったのです。私は察知しました。女が女を見るように、美が美の敵を見るかのように娘を見ていたことを。娘の成功を見て、心中穏やかでなかったことも。すでに申し上げた通り、ある日、リリが娘に対して何かよからぬことを思いついたこともわかりました。

そして——私は判事たちの前で語った。そして娘よ、おまえが寝ているベッドの上を私は指さした——事が起きました。その晩、リリが計画を実行に移したのです。もちろん、馬のせいではありませんでした。乗馬に当たっての娘の経験不足のせいでもありませんでした。リリの仕業だったのです。おそらく、最後の土壇場で娘に手を差し伸べる必要のあった決定的な瞬間に、そうしなかったためです。娘は重心を失い、落馬して負傷しました。

判事のみなさん、これが私の罪であり、私たちの家を立ち去った後に我が身に起きたことです。私は、先生を辱め、掛け替えのない娘を不具にしてしまいました。そしてこうした一切の不幸をもたらし、その原因となったのはこの時代なのです。私たちの家の片隅が崩壊し、私たちのカビで生きていた埃人間たちが我々の支配者となり、我々の恩恵者にしてパトロンになったのですから。我々は何の役にも立たず、家の外で起きることに対して何の備えもありませんでした。彼らが我々の先導者となり、我々は、埃人間たちに導かれるまま、表通りへと、市場へと、魔術へと、サーカスへと誘《いざな》われたのです。もちろん、身に着けていたシャツを、頭についたこの両目を、我々の娘たちを犠牲にして。娘よ、おまえを一切れのパンのために売ってしまった……。どうか私を非難し、あなた方のお好きなようになさってください。私があなた方を辱めたように、私のことも辱めてください。私が娘を傷つけたように、あなた方も私を傷つけ、裁きをお与えください。」

そこで私は、法廷の前で言葉を終えた。法廷は私の言い分を聞き届けた。メダルドゥスの目は私が「有罪」であることを物語っていた。我が弟子たちには悔恨と慈悲の色が見られたが、彼らの目もまた、メダルドゥスと同様、全会一致で私を「有罪」とみなしていた。

開廷し、娘が私の罪に対する証人として召喚されると、裁きの途上で、目の前にあった広間が突然大きくなり、ぐんぐんと高くなり始めた。すると壁が崩壊し、天井が高くなり、高々とした空間が眼前に現れた。すぐにこれはサーカス小屋だとわかり、サーカスの空気が感じられた。

案の定、やがて目の前にサーカスの建物が現れた。周囲にはベンチと座席が、中央にはパフォーマンス用のアリーナがあったものの、観客席はガラガラで、広場には誰もおらず、ベンチには誰一人として座っていなかった。ただ、真ん中に、判事のテーブルがあり、道化師のパフォーマンスの際に私が首席判事としてメダルドゥスと学僧らを裁いたのときっかり同じ場所には、今度は逆に、彼らが、すなわち、メダルドゥスと学僧らが判事として着席し、私が裁かれていた。……

わずかな照明の下、か細い光が建物を照らしていた。周囲は真っ暗でガラガラだった。ただテーブルに着席した判事らの周辺だけがわずかに照らされ、そのわずかな光の前に頭をうなだれた私が立っていた。メダルドゥスが私を尋問し始めた。

彼は言った。

「承知しておるか。最後の者は最後の時まで船乗りとともにあらねばならぬことを。最後とはすなわち、船が水の上に留まる最後の時、つまり、それが沈むまでだ。」

私は答えた。「はい、承知しております。」

メダルドゥスはさらに尋ねた。

「承知しておるか。埃人間やそれに類する創造物は、人間でも生き物でもなく、ただの幻影だということを。病に罹った学僧の頭がこしらえたものだということを。そのような者に身をゆだね、その道につき従って行くのは恥辱である。」

私は答えた。「はい、私は病に罹ってしまったようです。幻影と幻想を真実と取り違えたのです。」

メダルドゥスはさらに尋ねた。

「承知していなかったのか。学僧が妻帯せぬことを、したがって、子ももたぬことを。かつて藁でできていて、その後、埃人間によって生命を吹き込まれたというおまえの娘は、幻想と魔術の産物に他ならない。魔術は焼かれねばならぬ。魔術を使い、ほんの少しでもかかわりをもった者もだ。」

「はい、承知しております。」私は答えた。

そのとき、突然、サーカス小屋の暗い片隅から、笑い声が聞こえた。辺りを見まわすと、向こうからリリが現れるのが見えた。赤い血のような色をした絞首人の衣装を着た彼女が、私と判事らのテーブルに近づいた。テーブルの方を振り返ると、私はもう以前のようにそこに座っておらず、そこにはテーブルの代わりに焚き火があった。メダルドゥスと弟子たちは、その傍に立っていた。合図も、メダルドゥスの目配せも待たずに、リリは焚き火に近づき、はじめに娘を持ち上げて火をつけた。それは藁のようになされるがままだった。リリは彼女を焚き火にくべ、次に私に近づき、立ち上がるように命じた。私は立ち上がった。

まもなく、リリが火をつけ、丸太に点火するのが見えた。火は丸太と藁の娘に燃え移り、すぐにサーカス小屋全体が照らされた。サーカス場内が静まり返るなか、娘は焼き尽くされた。そして私のことも燃やし始めた。はじめに服を、次に体を、髪を、手を、足を、顔を。私は燃え上がった。

　私は焼かれ、サーカス小屋を長いあいだ照らした。炎が消え始める頃までには、サーカス小屋は暗くなり、丸太と炭が地面に落ちた。私は灰になり、焚き火の光は徐々に小さくなっていった。

　そのとき、メダルドゥスが靴を脱ぎ、生徒らもそれに続いて靴を投げたのがわかった。四方に広がっていたサーカス小屋は以前のように暗くなり、消え失せた。ただ、炭と灰がすでに小山となっていた焚き火の場所で、メダルドゥスが地上に現れ、続いて我が生徒たちも現れた。私はみなに弔われた。焚き火の傍にいたリリは、その炭で煙草をふかしていた。その後、メダルドゥスが弟子たちとともに弔いを執り行っている間に、私は完全に焼き尽くされた。私は、我が身を灰の中から呼び戻し、言った。

「立ち上がってください、先生、そして生徒たちよ。我が身に起きたことは当然の報いです。私はあなた方を辱め、あなた方は私を灰にしたのですから、これでおあいこです。きっかり同じでないにしても。……それにサーカスに悲しみは似つかわしくありません。そもそもこの私が一体どんなサーカス芸人だというのでしょう。みなさんが今しがたしてくれたように、私を我が道から取り除くことがなかったら、後で、サーカスの支配人がそれと同じ道をあなた方に指し示したことでしょう。なぜなら、支配人が私を養ったのは、ひとえに娘のためだったのですから。もし娘が(負傷したために)いなくなったら、私など彼には用済みとなるでしょう。私のような不幸者など必要とされないのですから。……もちろん、リリにしても、私のために涙を流すこともないでしょう。なぜなら、私が彼女のものになったことなど一度もなかったのですから。ましてや娘から解放された今となっては、私に何の価値がありましょう。私のために弔いの儀式などする理由もありません。……立ち上がってください、先生、そして生徒たちよ!」

そう言い放つと、不意に、夢から覚めたかのように、寒気がした。私はどこかに寝そべっていて、頭上にいた誰かにつつかれた。……しばしの間、私はその人から顔をそむけ、頭を地中の方に戻そうとした。その人にいなくなってほしかったし、安眠を妨げられたくなかったのだ。……だが、その人はしつこかった。はじめは弱々しい手つきで、やさしくゆっくりと私を起こしにかかった。そして、やがてその手はますます頑なになった。私はその人の強引な手つきを感じ、一方から他方へと転がされた。ついに私は根負けし、その人の手を振り払えなくなった。いよいよ目も開けねばならなくなった。

……

目を開けたとき、はじめは何もわからなかった。私はどうやら屋外にいて、私の真下に地面があるような気がした。頭を上げると、実際に屋外にいるのがわかった。頭ごしに、私が寝ていた泥だらけの地面の上に塀があった。そこは酔っ払いが酒瓶を投げ捨てていくような場所だった。……

案の定、そこはまさにそんな場所だった。泥だらけで、そばに藁のようなものがわずかにあり、手も汚れていた。頭をもっと上げてみると、その場所全体が見渡せた。そう遠くないところにサーカス小屋が見えた。そこは、天井桟敷へと通じる丸太でできたバルコニーの階段だった。思い出した。昨日、リリと体操選手から辱めを受けて立ち去った、あの場所ではないか。苦渋に耐え切れなかった私は、サーカス小屋から遠くない場所にあった酒場に直行し、泥酔したようだった。泥酔した後、酒場を出たものの、家に帰りつけず、塀のそばで立ち止まって、そこで倒れて眠ってしまったのだ。そして夜が明けた今、誰かが来て、帰って寝かせるために私を起こそうとしていた。

私はその人に従った。立ちあがるのを助けてくれたのは警官だった。彼は私を支えながら、自分の足でしっかり立てるようになるまで、何歩か手を貸してくれた。警官が行ってしまってからは、独りで歩いた。

帰宅してどうにかこうにかドアにたどり着き、呼び鈴を鳴らすと、召使がドアを開けに現れた。私は寝室に入り、汚れた衣服のまま寝床に倒れこんだ。長い間、服も着替えぬまま、日がな眠っていた。再び目を覚ますと、私のベッド越しに娘が立っていた。娘は私を見つめながら、私のことで泣き、その後も一昼夜泣き続けた。目は涙で赤くなっていた。泥酔した恥ずかしさのあまり、娘を慰めることもできず、顔も上げられなかった。

シーダとクジーバ

イツホク・バシェヴィス・ジンゲル

イツホク・バシェヴィス・ジンゲル（アイザック・バシェヴィス・シンガー、一九〇四～九一）

ポーランドでユダヤ教聖職者の家庭に生まれるが、世俗世界への関心を強め、兄のイスラエル・ヨシュアとともにイディッシュ語作家の道を歩む。一九三五年に渡米し、ホロコーストの被害を免れるが、生き延びたものとしての使命感、そして生き延びたホロコースト経験者に対する愛が彼を徹底したイディシストたらしめる。一九七八年にノーベル文学賞を受賞。一九九一年にマイアミに歿した。イディッシュ文学最後で最大の作家といわれる。

原題　**סידה און כּוזיבא**

1

地底九エルの、岩と岩がせめぎあい、地下水がしたたる場所に、悪魔のシーダ、小学生クジーバの母子が暮らしていた。母親の体は蜘蛛の巣、髪の毛はくるぶしまで伸びて、犬の脚に、蝙蝠の翼。クジーバには驢馬の耳と蜜蠟の角がさらにくっついている。そのクジーバが病気になった。譫妄性《せんもうせい》の熱病で、罹ってからだいぶになる。最悪のマラリアの一種だ。母親は、半時間おきに悪魔の糞と赤鴉の羽毛と銅の錆と墓場の影を飲ませた。砂利をつめた枕に頭を乗せ、添い寝をしながら長い舌で臍を舐めてやるのだ。クジーバはぐったりと消耗し、眠りこんでいた。そのときだ。その子がいきなり跳び起きて。

「ママ、こわいよ」

「なに、どうしたんだい？　坊や」

「光が、ニンゲンが」

シーダは身震いし、クジーバに唾を吐きつけた。

「何を言ってるの、かわいい子。光なんて遠くだよ。ニンゲンだって向こうの向こう。

ここはエジプトみたいに真暗だし、音ひとつしない。神様さまさまだね。九エルもの岩で地上から遮断されているのだから」

「でもニンゲンって岩を壊せるって言うじゃない」

「ばかを言いなさい！　ニンゲンの力なんて地表でしか通用しないのさ。天上は天使の世界、地下は私たちの世界。ニンゲンの運命なんて、地表を虱みたいに這うだけだよ」

「ニンゲンって何なの？　ママ」

「何って、天地創造の滓だよ。罪という罪をお鍋で煮つめた灰汁みたいなもの。ニンゲンは神様の失敗作なんだよ」

「全能の神が失敗だなんて？」

「それは言っちゃいけない秘密。いいかい、坊や。上から順番に世界をお造りあそばしたとき、神様は情婦のリリトに首ったけで、いつもの神様ではなかった。ところが、よせばいいのに、リリトから目をそらしたすきに、神様は化け物を造ってしまわれた。それがニンゲン。肉と血と屑と欲望の寄せ集め。生白《なまっちろ》い皮膚をして、中身は真赤。生意気な口を利くわりに、弱虫でひょろひょろ。石をあてただけで怪我をするし、棘が刺さったり、熱ければ熱いで、どろどろに融けたり、寒ければ凍ってしまう。胸には風船が入っていて、空気を吸ったり吐いたり忙しいんだよ。それから体の左側に、塊がひとつわだかまっていて、始終、どたどた振動しているんだよ。砂地や泥地に生えるこんな黴のようなものを、連中はのみこんだり、吐き出したり……ともかく千の気まぐれの持主で、しかも底意地が悪いのさ」

「どんなことをするの？　ママ、ニンゲンって」

「ろくなことはしないね。でもね、ニンゲンは自分たちのことに忙しいから、私たちにちょっかいを出してはこないさ。たいていは私たちの存在すら認めてないし。生き物は地表でなくちゃ繁殖できないって思ってるのさ。頭の悪いのにかぎって、自分を利口だと思いたがるだろう。おんなじさ。連中は木屑に色をつけてお勉強をする。連中の首の上には骨でできた小箱があってね。鍋の蓋みたいにさ。その中のぐちゃぐちゃしたパルプみたいなどろどろしたものの中から知恵が浮かぶんだってさ。翼はない。脚もへなへなで、走ることもできない。厚かましさだけはずばぬけているんだがね。偉大なる神もよくよく辛抱強くていらっしゃるんだね。癇癪をお起こしにならないんだから。そうなれば連中はひとたまりもないはずだがね。一人残らず」

「そんなのこわい。ママ、ぼくこわい」

「こんなところまでやってきやしないさ」

「でも眠ってると夢に出るんだもん」

「大丈夫だよ、坊や。夢ってからかうのが好きだから。だいたい夢はみんな地上からくるんだよ。そこは混沌の支配する世界だからね」

2

やっと寝ついたかと思ったら、クジーバがまた突然泣き出した。母は息子を揺さぶり起こした。

「どうしたんだい、坊や」

「こわい」

「またかい?」

「夢にニンゲンが出てきたんだもの」

「どんなニンゲンだい?」

「物凄いの。大きな音を立てて耳が潰れそうだった。それに灯りを点して、眩しくて。ママが起こしてくれなかったら、こわくて死んじゃってたかも」

「それじゃあ、お母さんがお呪いを唱えてあげるね」

そう言って、シーダは呟いた。

地中の主よ
地表を呪いたまえ
静寂の主よ
喧騒を鎮めたまえ
父よ、我らを守りたまえ
ニンゲン、やつらの辱めから
光から声から
主なる神よ、庇護あれかし

しばし音がやんだ。クジーバはふたたびうとうとしはじめた。シーダは子を宥め、あやし、身体を揺らしながら、一人息子にもたれかかるようにして、子守歌を歌った。夫のフルミーズは、ずいぶん前から留守であった。ヒティム・タフティム大学という地底一万エルの深みで、無音なる静寂を探究中だ。静寂の謎は単純には解けない。いかなる静寂にもより無音なる静寂がある。静寂とは果実のようなもので、果実には種子がある。そして種子の中には胚がある。つまり究極の静寂があるのだ。それは無にも等しいが、それを基に天地が創造される、それほど偉大なものだ。ニクダー点(ヘブライ語の表記で母音をあらわす記号)のような粒。この小さな点こそが、なべて本質中の本質なのだ。表面にあるものは穀物のふすまにあたる衣裳にすぎない。うわべにすぎない。静寂の深奥にふれたものは、時間・空間についても、死と快楽についても、その区別を知らない。そこでは男も女も区別はなく、意志と行為とは同一だ。静寂の終着点は神だ。ところが神はみずからの中に深く深く降りていく。その根本は底無し沼のようなその深みに沈んでいくのだ。神はみずからの深淵を永遠に探究しつづけていらっしゃる。

クジーバはすっかり眠りについた。シーダは頭をもたせかけ、クジーバが成長して大きな悪魔になってからのことを想像していた。クジーバもいずれ結婚する。そしてお父さんになって、彼女シーダは、嫁や孫に仕える女中と化す。みんなはシーダばあちゃんと彼女を呼び、がきどもの虱を潰したり、孫娘の髪を編んだり、ちびたちの洟をかんだり、小学校まで送り迎えしたり、食べさせたり、添い寝をしたり。そうこうするうちに孫たちも成長し、真黒な天蓋の下で、富豪の息子や娘たちと豪華な結婚式を挙げる……そのころ、夫のフルミーズは悪魔社会のラビとなって、護符を書いたり、地霊のいたずらを封じるお祓いをしたり、悪の大全を毛むくじゃらの小鬼たちに伝授したりで忙しい。

預言者ヨシュアがエバル山で挙げた祝福と呪いのうちの呪詛(「ヨシュア記」八)。モアブの長の依頼に応えたバラムの呪い（「民数記」二十二）。贋メシアの誤った預言や、イヴを誘惑した蛇の使嗾や、神の子らがニンゲンの娘に産ませたというネフィリムのあさましい行為（「創世記」六）。バベルの塔の崩壊前、二人の息子に土地を分けたエベルによる分割（パラグ）の時代の言語的混乱（「創世記」十）。大洪水前の悪徳の横行。ソドムの倒錯。ヨロブアムやアハブやイゼベル（「列王記」上十六）、あるいは王妃ワシテの虚栄に満ちた行い（「エステル記」一）。そしてフルミーズは魔界の椅子を与えられ、ニンゲンの物音からも、ニンゲンの悪ふざけの噂からも無縁な地底千マイルもの奥底で暮らすことになる。

突然、シーダはぶるっと震えた。物音がした。穴を穿つ音、地響きの音、千のハンマーで壊される音。クジーバもがたがた震えながら、情けない声を上げる。

「ママ」

「どこ？　やつらはどこ？　悪魔のみんな、助けて！」――シーダはせっぱつまった声を上げた。クジーバを抱きかかえ、家を出ようと考えた。ところが四方から振動と大音響がやってきた。岩盤は裂け、砕けた石が飛び散った。もっと深い岩穴（そこには金持ちが住んでいた）へと下りていく細い回廊は塞がれて通れなかった。塵と火花の雨が降った。光が差しこんで、なんだかぎらぎらするもの――地底世界では名づけようのない何か――が視力を奪った。そこへ巨大なアースドリルが突っこんできた。シーダは正面の壁に激突し、壁は裂け、粉々に砕けた。するとふたたびぎらっと光ったかと思うと、アースドリルが穴をおし広げにやってきた。とてつもなく大きく、ネジのように回転して、おそろしい。なんという力か。なんという容赦のなさか。これはもう善悪の彼岸からきた怪物だ。何もかもこっぱ微塵に破壊してしまう。クジーバは気絶していた。ときどき息をもらしながら、ぐったりしていた。シーダの腕に抱かれて死んだようになっていた。途方にくれたシーダは小石の山のあいだに隙間を見つけ、そこへもぐりこんだ。恐怖のあまり頭の中が真白だった。彼女が見たものはいつだかおばあちゃんたちから冬至の晩に見せてもらったどんな絵よりもぞっとする光景だった。

いくつものアースドリルが最後に一回転したかと思うと、石の落下はおさまり、ニンゲンが姿をあらわした。それは語り部たちが描いたがままの生き物だった。背が高く、二本足で、きたならしく、でれっとしていて、悪臭を放っている。顔には何かを塗りたくっていて、歯が白い。目つきからして、陰険で高慢で反抗的だ。耳障りなことばを話し、まるでちんぷんかんぷん。笑うときも下品な笑いかたをし、足を交互に伸ばして踊るのだ。そして毒の飲料をすするのだった。その匂いにシーダは吐き気を催した。彼女は憔悴しきったクジーバをたたき起こそうとは思ったが、泣かれてはと思うとこわかった。この亡霊の姿を見ることでショック死でもされたらたいへんだ。いま彼女にできることはと言えば、魔王に祈ること。アシュモデウスに祈り、リリトに祈り、功徳の有りそうなありとあらゆる力に頼ることだった。われらを助け給え！——彼女はなんとか体を支えられるぎりぎりの崖っ縁から叫んだ——わたしのためじゃない、わたしの賢い夫、震えるわが子、いずれパパやママとなり、おじいちゃんやおばあちゃんとなるみんなのために……その狭いところにシーダはいつまでも跪いて涙を流していた。そしてふたたび目蓋を開いたとき、あの忌まわしい連中の姿は消え、騒音は静まっていた。悪臭とゴミだけが残って、光が球形の塊となって上空にぶら下がっていた。このときようやくシーダは衰弱しきった息子を揺さぶり起こした。

「さあ起きて、クジーバ、しっかりするんだよ！　大変なことになったんだよ！」

クジーバは目を醒ました。

「何がどうしたの？　ママ。あっ光だ！」

クジーバはいつまでも震え、喚きつづけたが、シーダは頬を寄せ、強く抱きしめて、子を慰めようとした。母と子は、崩れ去った巣にこのまま居続けることはできなかった。どこかへ避難するしかなかった。といっても何処へ？　フルミーズのもとへ行くといっても道は、途切れていた。いまやシーダは後家で、クジーバは父なし子だ。そこで母と子は上へと向かった。地表へ。シーダは、ああ今は亡きおじいちゃんから、下がだめなら上にしろと教わった。すると、地上にも窪みや水溜まりがあった。墓場もあれば、薄暗い横丁もあった。荒地もあれば、荒涼たる砂漠もあった。いくらいたずらなニンゲンといえども地上をぜんぶ覆いつくすまでには至っていなかった。そこには悪魔や小鬼、魑魅魍魎の数々さえが住みついており、要するに、みなは難民としてディアスポラの逆境を耐え忍んでいるというわけだった。隷従を強いられるよりはディアスポラを生きた方がましだ。最後には闇が勝利するはずなのだから。それまではさすらいのアウトサイダーとして、辛抱強く耐えていくしかない。いずれはかならず、世界中の光という光が失せ、星も消え、声はやみ、地表はひび割れて、神と魔王がひとつになる日が来る。それはシーダにもわかっていた。ニンゲンの記憶なんて、その無意味な営みの記憶なんてまぼろしにすぎなかったと言える日がきっと来る。それは、所詮、神様がちょっとした気晴らしに、永遠の夜をたのしもうとして、ほじくり出したポケットの屑――その悪夢のひとつにすぎなかったのだと思える日が。

カフェテリア

イツホク・バシェヴィス・ジンゲル

原題　קאַפֿעטעריע

1

税金をがっぽり持っていかれる納税者の仲間入りをしたわたしだが、ひとりだと、いまでも食事はカフェテリアで摂るのがふつうだ。ナイフやフォークや紙ナプキンをお盆に揃え、カウンターから皿を選ぶ楽しみは捨てがたい。ポーランドの仲間にも会えるし、作家のたまごや文学愛好家のたまり場にもなっていて、だれでもイディッシュが話せる。わたしの本だってオリジナルで読めて、わたしがテーブルに座れば、向こうから近づいてきて、あれこれ話していく。イディッシュ文学の話。ヒトラー一味の破壊行為の話。祖国イスラエルの話。このあいだまで目の前でライスプディングやプルーンの甘煮をつっついていたのに、いまはもう墓場の住人だという仲間の噂も絶えない。めったに新聞をのぞかないほうで、消息に疎いせいもあって、そういう話に出くわすとあたふたする。この年齢になって、そんな話に魂消《たまげ》るようでは困るのだが、嚙みくだいたものが喉を通らなくなる。禁忌にふれたものどうしで顔を見合わせ、声もなく視線をさぐりあう。

「次はだれの番だろう?」

それから、食事が再開されるが、そんなとき、きまって連想するのはアフリカの映像だ。シマウマの群れに襲いかかったライオンが一匹をむさぼり食う光景。シマウマの群れは恐怖とともに走りさり、やおら立ちどまると、また草をはみはじめる。シマウマに生死の選択権はあるのか？　ないのか？

しかし、わたしだって、いつまでもそんなイディッシュ仲間と長話もしてはいられない。長短の小説や論説記事の締切をかかえていたし、その日や翌日に講演予定があったり、手帳は何週間も何か月も先まで、仕事や約束でいっぱいだ。カフェテリアを出て、一時間後にはもうシカゴ行きの汽車の中だとか、カリフォルニア行きの飛行機の中だとかいうこともめずらしくなかった。しかし、とにかく母語が使えて、ほんとうなら聞かずにすませたい、はしたない話まで聞こえてくる場所、それがカフェテリアだ。死者のことをいくら話題にしたところで、だれのためになるわけでもない。金や名誉や恋愛や尊厳をもとめて、ひとりひとりが自分流のやり方で悪戦苦闘しているだけなのだ。老いても老いても悟りの境地には程遠く、地獄の門はすぐ目の前だというのに、だれも改悛のそぶりも見せない。

わたしがこの一帯を縄張りにするようになって、もう三十年以上になる。三十年といえば、ポーランドで過ごした時間よりも長い。街角のひとつひとつ、建物のひとつひととつに思い出がある。ここ二十年、ブロードウェイの山の手に建物が新築されることは少なく、すっかりこの土地に根を下ろしたような錯覚におちいっていた。方々の銀行には預金口座を開いてあるし、たいていのシナゴーグから一度は講演のおよびがかかったことがある。どの店でも、ベジタリアン食堂でも、顔パスが使えた。ブロードウェイから少し折れた通りのあちこちには、これまでに関係のあった女が住んでいる。いまでも進行中の女もいる。人間ばかりではない。鳩にも面が割れていて、ライ麦の紙袋を提げて街頭に出ると、何ブロックも向こうから羽ばたいてやってくる。セントラル・パークとリバーサイド・ドライブ、七二丁目と九六丁目のあいだに東西南北をはさまれた一画がわたしの縄張りだ。そして、毎日のように散歩がてら昼食に出るとき、フューネラル・パークのわきを通るが、そこは野望や幻想をかかえたままいつでもいらっしゃいと、わたしたちを迎えてくれるありがたい場所だ。死者《メス》が集まる墓場なんて、所詮カフェテリアに毛がはえたようなものではないだろうか。弔辞。追悼《カディシュ》の辞。大きな違いは、そこでは永遠への門出を祝ってもらえるということ。それだけじゃないか。そんなふうに思うこともある。

カフェテリアの顔なじみのほとんどは男で、わたしをふくめた独居老人、それも腰かけ的な作家や定年教師（どこだかの博士号を持つという男もいた）、教区持ちでないラビ、それに画家が二人、翻訳家数名。すべてポーランドやロシアの出身だ。ただ、どういうわけだか、わたしは名前をおぼえない。ふっとひとりが顔を出さなくなると、この世の人ではなくなったのかと考えるが、同じ男が、ふたたび姿をあらわして、テルアビブやロサンジェルス移住を試してきたと言う。そう言いながら、何も食ってこなかったかのように、ライスプディングにむしゃぶりつく。コーヒーにはサッカリンを落とす。いくらか皺の数が増えたように見えるが、話しっぷりや癖は昔のままだ。やおら胸ポケットから紙切れを取り出して、自作の詩を披露してくれたりすることもある。

そんな中に紅一点の女性が登場したのは、たしか五〇年代だった。男たちよりも遥かに年齢も若くて、背丈も低く、華奢で、少女のおもかげをたたえた女だった。髪の毛は色が濃く、うしろで束ねて、鼻は小さく、えくぼがあった。目の色は形容のしがたい、褐色と青が混ざった色だった。服装はヨーロッパ風で、シャレていた。こなれたポーランド・イディッシュを話し、ポーランド語やロシア語も破綻なく話せた。ロシアでの収容所経験があり、ドイツの収容所で過ごしたあと、アメリカ行きのビザを取得したのだ。わたしはエステルという名前だとだれかから紹介されただけで、行き遅れなのか、出戻りなのか、未亡人なのかも知らなかった。工場でボタンかがりをしていることは、本人の口から聞いていたが、こんなぴちぴちした娘が、峠を過ぎた男たちのところに出入りするなんて似つかわしくない気がした。それに、どうしてニュージャージーまでボタンかがりに出かけるような職しかみつけられないのか不思議でもあった。しかし、余計な詮索はひかえた。男はよってたかって彼女をつけまわし、彼女は店の勘定を払ったためしがなかった。払わなければ男の名がすたると言わんばかりに、コーヒーからチーズケーキまで、おごれるだけおごってやる。そして、真剣に話に耳を傾け、ジョークにもつきあう。何といっても大量殺戮から笑顔で生還した女だ。彼女は、いつもイディッシュの新聞・雑誌をわきにかかえ、じぶんはポーランド時代からわたしの読者で、ドイツの収容所の中でさえ、わたしの書いたものを読んだことがあると言った。

「あなたのファンなの」

こう聞いたとき、わたしは彼女に魅かれるじぶんを感じた。幸い、彼女とは二人きりだった。同席していた男は、電話をかけに席を立ったところだった。

「そんなことまで言われちゃ、キスくらいさしあげなくては」

「何がおめあてなの?」

彼女はわたしにキスをくれ、歯でわたしを咬んだ。

「火の玉みたいなひとだね」

「ええ、地獄の火よ」

数日後、わたしは彼女から自宅への招待を受けた。ブロードウェイとリバーサイド・ドライブの中間あたりに、車椅子の父親と二人暮らしで、お父さんはシベリアで凍傷にかかって足を失ったという。一九四四年の冬に、スターリン主義者の収容キャンプから脱走したというだけあって、がっしりした男だった。頭には白髪がふさふさし、血色もよく、ぎらぎらした目をしていた。ふしぎな感じのお茶目な話し方で、子供が自慢話をするような屈託のない笑い方をする。そんなふうで、小一時間ばかり、思い出話につきあわされた。生まれたのはベラルーシだが、ポーランドに育ち、ヴィルニュス、ワルシャワ、ウッチを転々として、三〇年代の初めに共産党に入党、党内で職をえた。一九三九年、妻と子供二人をワルシャワに残し、もうひとりの娘だけを連れてロシアに脱出。ところがトロツキストの汚名を着せられてロシア北辺の金山に送られた。秘密警察は、はじめから殺害を目的にひとを送りだしていた。どんなに身体が丈夫でも、寒さと飢えに一年以上こらえきれるものはいなかった。しかも、裁きも受けずに送られた。ブンディストも、シオニストも、ポーランド社会党員も、ウクライナ民族主義者も、ただの難民も、労働力補塡の目的で十把一からげに連行され、たいていは壊血病や脚気で死んでいった。ボリス・メルキン氏(エステルの親父さんの名前)にかかると、スターリン主義者は、盗賊であったり、ろくでなしであったり、卑劣漢であったり、粗忽者《シュリマゼル》であったり、みんな笑いの種にされてしまう。アメリカが来なければ、ロシアじゅうがヒトラーの手に落ちていただろうというのが彼の持論だった。ラーゲリで守衛をだまし、パンや水みたいなスープを余分にせしめた手口や、シラミのつかまえ方。その思い出話は果てしなかった。

「もうやめて、パパ」

エステルは、どなった。

「なんだと、おれの話がでたらめだというのか」

「どんなにおいしいお団子だって、度を越せば食傷するわ」

「かってにむかむかしてろよ」

エステルがお茶を淹れに行っているあいだ、親父さんの口から、彼女にはロシアに亭主がいて、ポーランドのユダヤ人だったが、赤軍に入隊し、戦争でなくなったと聞いた。ニューヨークに来てからも縁談があって、相手はドイツで密輸商をしていた男で、ニューヨークでは製本屋をして成功したということも。

「あんたからも結婚するように口添えしてもらえると、助かるんだがね」

ボリス・メルキン氏は言った。

「きっと愛情がわかないんでしょう」

「愛情もクソもあったもんか。ラーゲリじゃあ、人間がミミズみたいにつぎからつぎへと潰されていったんだ」

2

エステルを夕食に誘ったことが一回あった。しかし、風邪をひいて、床から離れられないと電話がかかり、そのうちわたしにイスラエルに行く用事ができて、ロンドンやパリへも寄り道することになった。旅先から手紙を書こうとしたが、住所を持って出るのを忘れた。ニューヨークに戻ってから電話でもと考えたが、メルキンの名前では電話帳にない。どうせ借家で、電話の登録は大家の名前なのだろう。しかたがないから、カフェテリアで待ち伏せを試みたが、何週間たっても彼女は姿をあらわさない。店の常連に尋ねても、彼女の消息や居場所についてはだれも知らなかった。きっと例の製本屋と結婚したんだろうと思っていた。ある夕方、ひょっとしていまならという虫の知らせに従って、カフェテリアに行ってみたら、なんと店が焼失していた。壁は黒ずみ、窓にはトタンが張ってあった。常連の独身者たちはべつのカフェテリアをさがすか、自動販売機のセルフサービス食堂に新しいたまり場をみつけたかしたらしいが、具体的な場所がわからなかった。深追いはわたしの性分ではない。ただでさえ、女性問題でめんどうなことが多くて、彼女にまで手がまわらなかった。

夏が過ぎ、冬が来た。ある夕刻、カフェテリアのそばを通りかかると、そこにはふたたび明かりが灯り、カウンターが見え、客の姿が見えた。新装開店といったおもむきだった。わたしは中に入り、伝票を手にした。そのとき、イディッシュの新聞を読むエステルの姿が目に入った。むこうで気がつかないので、こっそり眺めていた。男が被るような毛皮の帽子を被り、襟のところに毛皮をあしらったジャケットを着ていた。まるで病み上がりのように顔色が悪く、風邪をこじらせて、ずっと臥せっていたんじゃないかと思わせた。わたしはテーブルに近づいていった。

「ボタンかがりはいかがかね」

彼女は驚いた。それからほほえみ、叫んだ。

「奇跡ね！」

「どこへ行ってたんだい？」

「あなたこそ、ごぶさたじゃない」

「仲間たちはどこへ行ったのやら」

「八番街五七丁目のカフェテリアに集まってるわ。ここは昨日やっと開いたばかりよ」

「コーヒーを一杯、おごらせてもらえないかな」

「たっぷりいただいたんだけど、もう一杯なら」

わたしは彼女のコーヒーを運び、ついでにエッグタルトも運んだ。カウンターでコーヒーを待つあいだ、わたしは何度も後ろをふりかえった。エステルは男物っぽい毛皮の帽子を脱ぎ、髪をなでつけていた。それから、もう新聞を読むのはやめたというように新聞をたたみ、わたしの場所を確保して、向かいの席を半分動かした。わたしが腰を下ろすなり、エステルは言った。

「あなたは何も言わずに行ってしまって、あれからわたしは危ないめにあったわ」

「どうしたんだい？」

「風邪をこじらせて、ペニシリンを打ってもらったんだけれど、ペニシリンが合わなくて。薬疹がひどくて。父も調子がよくないし」

「どんなふうに？」

「血圧が高くて、舌がまわらなくなったの」

「それはたいへんだ。あなたはまだボタンかがりの仕事をしているの？」

「そうよ。手を動かしているだけで、頭を使わない仕事だから。自由に考えごとができるし」

「何を考えるの？」

「なんでもよ。職工はプエルトリコの女ばかりで、スペイン語でぺちゃくちゃ、プリム祭の鳴物《グレゲル》みたいよ」

「お父さんの看病はだれが？」

「だれがって、他にだれがいるっていうの。仕事が終わって、わたしが炊事するの。あの人はわたしの結婚のことしか頭になくて……わたしのためだとか言ってるけど、本人の気休めなんでしょう。わたしは愛情の感じられない相手と結婚なんてできない」

「愛情？」

「あなたまでそんなことを言うの？　恋愛小説をたくさん書いていても、案外わかってないのかもね。あなたは男だし、男には愛情なんてわからないのよ。女はあなたにとって金で買える商品なんでしょ。バカなこと言ったり、にたにた笑ったりしてる男って最低。ぞっとするわ。そんなやつといっしょに暮らすくらいなら、死んだほうがましよ。毎日、女をとりかえてるような男もいやだし。わたしにだって独占欲はあるもの」

「そうも言ってられないご時世かもしれないよ、おそろしいことだが」

「いや！」

「ひとりのほうがましだって言うの？」

「ずっとまし」

「きみの旦那って、どんな男だったの？」

「そんなこと、だれから聞いたの？　どうせ父でしょうけど。少しでもわたしが席を離れたら、すぐにひとの秘密をばらすんだから。あのひとは文句なしの男だったわ。信じやすくて、信ずることのためなら死も恐れない。わたしの好みってタイプではなかったけれど、尊敬もしていたし、愛してもいた。結局、英雄的な死を望み、望みをはたした。そんなところかしら」

「男はほかに？」

「男なんて……みんなわたしを欲しがったけれど、戦争中よ。あのころの男たちのやり方は、あなたにはわからないでしょう。みんな羞恥心を失っていた。ベッドの上で母親が男とやってる脇で、娘が別の男と励んでいたり。獣かそれ以下だった。何をしてても、恋愛の夢ばかり追っかけてたわ。それが、いまじゃあ夢を見るのもやめてしまった。ここに来てる連中も、退屈な男ばっかり。頭が半分おかしくなってるわ。ひとりなんて、四十ページもある長篇詩を朗読してくれて、聞いてるだけで頭が朦朧としてきたわ」

「ぼくだったら、じぶんの書いたものを読んで聞かせたりはしないけど」

「あなたはそんなバカじゃないらしいわね」

「あたりまえさ。まあ、コーヒーを飲みなさい」

「あなたって、わたしを口説こうともしないでしょ。どうせ、わたしなんて予備軍のひとりなんだろうし。色目をつかいまくって、食らいついたら放さない連中ばかりのなかではめずらしいタイプね。ロシアではみんな苦しんでいても、ニューヨークほどおかしなやつらは多くなかった。わたしがいま住んでいるところなんて精神病院よ。このカフェテリアにもいろんなのが来てるわ。二人に一人は、ひとりごとを言ってるし。わたしのご近所の女たちもみんな変質者ね。口ぎたなくひとを罵ることしか考えてなくて、歌ったり泣いたり皿を割ったり。最近も、女がひとり窓からとびおりて、ぶざまな最期を遂げたわ。二十歳も年下の男の子と関係があったの。ロシアのみんながシラミと戦っているときに、ここじゃあ狂気との戦いにおおわらわなんだから」

ふたりはコーヒーをすすり、大きなエッグタルトを分けあって食べた。エステルはカップを置いて、また言った。

「あなたと同席してるなんて信じられない気がする。わたしはあなたの書いたものならぜんぶ読んできた。いまでもよ。ペンネームであなたが書いたものもぜんぶ。新聞が来たら、まずあなたのが載ってないか確かめるの。あなたはじぶんのことをよく書くから、仮にべつの人のことが書いてあっても、あなたのことだと考えてしまう。だからわたしはあなたのことを昔からずっと知ってるような錯覚を持つわけ。でもわたしにとって、あなたはいまもって謎だわ」

「男と女はなかなかわかりあえないから」

「そうね。男っていったい何なのかしら。わたしには父がまったくわからない。ときどき赤の他人じゃないかって思う。もう老い先短いと思うけど」

「そんなに血圧が高いの？」

「血圧だけじゃない。生命力の減退ね。足もないし、友人もない。家族と呼べる何もない。何のために生きてるのかわからないわ。身近なものはぜんぶなくして、一日中、すわって新聞を読んでるだけ。世界で何が起こっているかに関心があるようには見えるけど、みかけだけよ。でも、夢はみんな破れたのに、それでもこの期に及んで、革命に憧れている。革命の何がひとの役にたつっていうの。わたしは政治運動にも党にも希望を持ったことは一度もない。死ねばすべて元の木阿弥だというのに希望だけを持てって言われても」

「希望を持つということは、死を考えないってことだから」

「それはわかってる。あなたはよくそんなふうな書きかたをするわね。でもわたしにとって、死ぬことがたったひとつの慰めなの。死んだみんなはいまごろ何をしているのかしら。いまでもコーヒーを飲んだり、ケーキをつついたり、新聞を読んだりしているのかしら。死後の人生である以上、もっと無意味で、もっと苦しみの多い拷問だろうとは思うけれど」

3

新装開店したカフェテリアに、昔の常連の一部が舞い戻ってきた。五七丁目のカフェテリアに腰を落ち着けたものもいれば、反対に新入りもいた。みなヨーロッパからの難民ばかりで、イディッシュやポーランド語やロシア語やヘブライ語のちゃんぽんで議論を展開し、はじめドイツ語やマジャール語や「ダイチュメリッシュ」（ドイツ語風のイディッシュのこと）を話していたかと思えば、いきなり田舎者のガリツィア・イディッシュを話し出すハンガリー難民も新入りのひとりだった。ブラック・コーヒー党もいれば、サワークリームを二杯加え、ガラスの壺からたっぷり砂糖を足してから飲むものもいた。ともかく、昔からの読者か最近の読者かの違いはあっても、大半がわたしの読者で、わたしのところに寄って来ては、自己紹介し、わたしを褒めたおしてから、いきなりわたしの作家としての誤ちを正しはじめる。わたしの論説は同じことのくりかえしだとか。わたしの性描写はいきすぎだとか。わたしが描くユダヤ人像は反ユダヤ宣伝に逆利用されかねないとか。ゲットーやナチの強制収容所やロシアでのじぶんの経験を打ち明けに来るものもいた。あとは、仲間うちの陰口ばかり。あなたはあいつを知っているか、あいつはロシアに行って、はじめはスターリン主義者としてさんざん仲間を売っておいて、ここアメリカに来ると、こんどは反共に転じた日和見主義者だとか。陰口をたたかれている本人も、そのことは百も承知で、密告者が立ち去ると、おもむろにコーヒーとライスプディングをさげてあらわれ、まくしたててから立ち去るのだ。

「あなた、ひとの言うことを真に受けてはいけませんよ。どいつもこいつも嘘八百ならべて、ひとの過去をでっちあげる連中ばかりですから。朝から晩まで首に縄をかけられた国で、何ができるものですか。みんな外界への適応に懸命だったんです。何とか生き延びたい。それもカザフスタンかフン族の故郷に流されたりせずにすませたいわけだから。少しのスープやベッドのために魂を売りわたすくらい、へっちゃらでなければ生きていけなかったんです」

ひとつだけ、わたしに目もくれないで黙殺する難民たちのテーブルもあった。文学にも新聞にも関心がなく、もっぱら商売の話にあけくれている連中だ。ドイツの密輸商人で、ここに来てからもいかがわしい商売に手を染めているらしく、こそこそ内緒話をしたり、舌打ちをしたり、札束を数えたり、数字を書き留めたり。なかのひとりについて、こんな噂を聞いた。

「あいつはアウシュヴィッツに店を持っていた」

「どんな？」

「店と呼ぶにはあまりにも粗末なしろものだが、ベッドの藁の中に商品をたくわえこんでいてね。腐ったジャガイモ。石鹸のかけら。錫のしゃもじ。肉の脂身。それで金儲けをしていたんだ。そのあとドイツで密輸をやって、大金持ちさ。没収額は四万ドルだったそうだ」

「ここでの商売は何を？」

「悪魔のみぞ知るさ」

そんなこんなで、何か月かカフェテリアに顔を出さない時期が過ぎて、一年か二年（ひょっとしたら三、四年だったかもしれない、時間の観念が失せていたのだ）が過ぎさり、エステルも姿をあらわさなくなった。何度か彼女の消息を尋ねてみたが、四二丁目のカフェテリアに出没しているとの噂だった。結婚したんじゃないかと、口からでまかせを言うやつもいた。カフェテリアの常連は、たがいの住所を知らない。名前さえ知らないこともある。偶然出会えば、仲よくやる。会えなければ会えないで不自由しない。

もう死んだというやつ。この国に根を下ろし始めたというやつ。再婚したというやつ。工場を開いたというやつ。子供ができた、それも双子だというやつ。さまざまだが、そこへいきなり癌だの心臓発作をおこしただのという風の便りも聞こえてくる。どれもみなヒトラー時代、スターリン時代の古傷がぶりかえした再発症だ。

そんなあるとき、カフェテリアで、思いがけずエステルをみかけた。テーブルの前に腰掛けている姿は、いつも通りだった。毛皮の帽子もあいかわらずだ。しかし、額にかかった髪の毛に白髪がまじり、毛皮までが色が褪せたように見えた。だれも彼女には関心がなさそうで、ひょっとしたらだれも彼女に気づかないのかもしれない。彼女自身は昔のままだが、表情がどこか時間の経過を証言している。目には翳りが宿って、昔ほどの精彩がない。口元には、強いてことばにするなら、苦々しさというか、落胆のような表情がある。にっこりと笑うが、すぐに消える。

「どうしてた?」

「どうにかまだ」

「座っていい?」

「いいわよ、どうぞ」

「コーヒーをもう一杯いかが?」

「いい」

そういえば、昔は吸わなかった煙草を吹かしている。読んでいる新聞もわたしが寄稿している新聞ではない。対抗紙だ。どうやら転向したらしい。わたしはコーヒー一杯と、便秘薬がわりのプルーンを一皿持って、向かいの席につく。

「どこにいたの？　ずいぶん尋ねたんだが」

「ごめんなさいね」

「何があったの？」

「ろくなことはなかった」

しばらく口をつぐんだまま彼女はわたしを見つめる。わたしが感じているのと同じことを、彼女もまたわたしの中に感じているのにちがいない。肉体の緩慢な衰え。彼女は口を開く。

「もともとうすい頭が、いっそう白髪になったわね」

「ほんとに老いるのは早い」

「でも名声のほうは？」

「それほどでもない」

それからふたりともしばらく黙って、こんどはわたしから口を開く。

「お父さんは?」

よくはわからないが第六感で、もう存命でないと察しはついたが、尋ねてみる。

「二年近く前に」

「まだあのアパート?」

「いまはホテル」

「ボタンかがりはいまでも?」

「ドレイパーをしてる」

「何だって?」

「仕立屋で、マネキンに着せた服の寸法を測って、待針をうつ仕事」

「いったい、何があったんだい? 聞いてはいけない質問かな?」

「べつに何もないわ。言っても信じてもらえないだろうけど、いつもここにすわって、あなたのことを考えていた。精神的な危機に襲われたけれど、わたしにはそれをどう表現していいのかわからない。あなたならいい助言を授けてくれそうな気がしてた。でも、わたしみたいなちっぽけな人間の苦労話に耳を傾けるだけの忍耐力があなたにあるかしら。いやみじゃないわよ。あなたがまだわたしを覚えてくれているかどうか、自信がなかっただけ。簡単に話すわ。仕事がだんだんきつくなって。関節は痛むし、骨が折れるんじゃないかって思うくらい。朝早く眼をさましても、起き上がれなくて、医者に見せたら、椎間板ヘルニアと言われたり、神経痛だと言われたり、次から次へ病気の大安売り。X線写真を撮られて、確証はないが腫瘍の可能性があるとか。入院まですすめておいて、急いで手術の必要はないとか。そこへいきなり弁護士があらわれて、これも生き残りのひとりだったんだけど、ドイツ人とつるんでるとんまなやつで。戦後の賠償金制度のことは、あなたもご存じよね。わたしはロシアに逃れたほうなんだけど、それもナチの被害者に入るそうよ。わたしのたどった人生は二の次で、ともかく、わたしには年金をもらう権利があって、しかもいきなりかなりの大金、何千ドルが転がりこむはずだって。関節炎だか椎間板ヘルニアだか知らないけれど、これは収容所を渡り歩いたずっとあとになってから発病したものだし、賠償の対象になるはずがないと思うの。だのに、弁護士は、そこは精神的なダメージが主因だと言い張れば問題はないって言う。そりゃ、認めたくはないけれど、たしかに真実かもしれない。でも証拠を示そうにも示せないでしょ。ドイツの神経科や精神科の先生たちは具体的な証拠を求めてくるわけだし、医学書に載ってるような診断を下さないことには納得しない。中途半端な病名じゃだめなのよ。手短にするわ。だから結局、ちょっとおかしいってことを主張するのが一番だって、その弁護士は言うの。賠償金の一部——まあ二割は下らない——をピンはねしたいだけなのよ。わかるでしょ。そんな金の亡者に徹して何になるのかしら。七十歳を過ぎた老人で、妻子もいない独身なの。わたしに言い寄ってきたり、おかしいのはどっちかって尋ねたいくらい。ほんとうよ、いくら金があっても足りない男なのよ。しかし、どうやって精神異常を装えばいいっていうの？　わたしにはたえられない。ほんとうに気が違いはしないかと思うとおそろしくって。あんなやつらの金なんて欲しくないし、ひとをだますなんて性に合わない。なのに、その弁護士ったら、ひとのことに首をつっこんでくるものだから、仕事どころじゃなくなった。夜は一睡もできないし、めざましが鳴って起きようとしても、体ががくがくで、まるで収容所時代に、朝の四時から看守にたたき起こされて、木を伐りに森に連行された昔みたいだった。どうすれば毎日の仕事がこなせるものやら、途方に暮れるしかなくて。もちろん睡眠薬をもらったわ。あれがないと朝でも晩でも眠れない。そんなこんなよ」

「まだまだあなたはきれいなのに、どうして嫁にいかないの？」

「手遅れよ。相手がいないんだし、遅いわ。そんな質問をしてくるなんて、あなたも鈍感なひとね」

4

それから二週間が過ぎた。外には雪が降りつもり、そこに雨がきて、ふたたび寒波がぶりかえした。ブロードウェイを通行人が、なかば歩きながら、なかば滑っていくのを、わたしは窓ごしにながめていた。車ものろのろと走り、空はどんよりと菫色に染まり、月も星もない。宵の口の八時だというのに、外の明るさと人気のなさは朝の未明を思わせた。対面の商店もひとの気配がなく、ふとワルシャワに住んでいた時代の気分がよみがえった。電話が鳴り、わたしは十年前、二十年前、三十年前のように、受話器をつかんだ。この期に及んで、何かよい報せを運んできてくれる電話に何かを期待している。「ハロー」と受けたが応答がない。だれかがいじわるをして朗報の伝達を妨げているのじゃないか。そんな不安におそわれた。女のどぎまぎしたような震える声が響いた。わたしの名前を呼ぶ。

「ええ、わたしだが」

「突然、電話でおじゃましてごめんなさい。エステルよ。いつかお招きしたことがある……それに二週間ばかり前、カフェテリアでご一緒した……」

「わかるさ、エステルだろ」

「どうしてあなたに電話をかけようなんて考えたのか、わたしにもわからないんだけど。お忙しいんでしょう。わたし――あなたとちょっとお話がしたいの。もちろん時間がおありならばの話だけれど――厚かましい電話でごめんなさい」

「厚かましくもなんともないさ。うちまで来てもらったってかまわないんだよ」

「いいかしら。カフェテリアじゃ、話しにくいことなの。ざわざわしてるし、聞き耳を立てるひともいるから。壁に耳あり。他のひとには聞かれたくない話なの」

「じゃあいらっしゃい」

わたしはすぐに道を教え、急いで部屋の整頓を始めた。しかし、整理整頓なんてしょせん不可能だとすぐに気づいた。手紙やら書きかけの原稿が机や椅子の上に散乱している。壁づたいには新聞や本が山高く積み上げられている。上着からズボンからシャツから下着から靴からスリッパから、手あたりしだいに簞笥の中に投げこんだ。一枚の封筒が落ちているのを拾ったら、封も切ってない手紙だった。めまいがした。封を切ってみると七十五ドルの小切手が入っていた。「どうなってるんだ」「おかしいぞ」――ひとりごとなのに、思わず声が出た。同封されていた文面を読もうとしたが、眼鏡をどこにやったのか見失った。眼鏡を捜しているうちに、こんどは万年筆をどこかにやったと気づいた。そういえば、玄関の鍵はどこだろう。そのうちベルが鳴った。電話なのか玄関の呼び鈴かわからなかったが、扉をあけてみたら、やっぱりエステルだった。外ではまた雪が降りだしたようだった。エステルの帽子や肩に雪がかかっていた。男に捨てられたばかりだという隣人の女が扉をあけて、わたしの新しい来客を観察する姿が目に入った。破廉恥なばかりか、やることなすことが意味もなく目的もない。エステルはブーツを脱ぎ、わたしはマントをあずかった。しかし、吊す場所も置く場所もなかった。

「ひどい部屋だろ」

「いいの、気にしないから」

わたしは、やっとブリタニカ百科事典の戸棚の上にマントの置き場をみつけた。それからソファーの上の本を二、三冊かきわけて、エステルの場所をあけ、じぶんは椅子に腰掛けた。天候の話や、ニューヨークでは深夜でなくても、暗くなってから外出するのは危険だという話、明朝、地下鉄のストライキがあるかもしれないというような話でお茶を濁して、ようやくエステルは本題をきりだした。

「このあいだわたしの話したこと覚えてらっしゃるわよね。弁護士があらわれて、賠償金のために精神科にかからされるはめになったってこと」

「覚えているよ」

「あのとき内緒にしていたことがあるの。あまりにもひどい話で、おかしい《メシュゲ》んじゃないかって疑われそうだったから、口にしなかったんだけど。わたしにだって信じられないことなの。でもやっぱりあなたには話すわ。どんなにおかしく思えても、お願いだから、聞いていてほしいの。わたしは気がたしかとは言えないし、どっちかといえば病気に近いような気もするけど、少なくとも事実と幻覚の区別くらいはつくわ。きのうの晩も、一睡もしないで、あなたに話そうか話すまいか考えてた。そして、やめようって決めたんだけど、今晩になって、やっぱりあなたに話さなければ、こんなことを話せるひとはいないって思った。わたしはあなたの書いたものを読んでいて、どんな神秘にも理解を示してもらえると思って」

まずここまで、間合いをとりながら、つかえつかえエステルは話した。ここで、ひと息、目つきにも笑みが漂ったが、それもふたたび悲しげで、おどおどした目に変わった。

「ぜんぶ話していいよ」

「こわい。おかしくなったと思われたらどうしよう」

「ぜったいにそんなことはないと約束するよ」

エステルは下唇をぐいっと咬んだ。

「わたし、ヒトラーに会ったの。それを言いたかったの」

背筋に寒気の走る話だった。わたしは喉に何かがひっかかったように感じた。

「いつ？　どこで？」

「ほら、こわがってるでしょ。でもここまできた以上、話すわ。二年前のことで、場所はブロードウェイ」

「街頭で？」

「ううん。カフェテリアの中」

わたしはしばらく何も言わず、喉のつかえをのみくだそうとした。

「たぶん他人の空似さ」

どこか上ずった声だった。

「そんな反応だと思ったわ。すっかりおかしい女だと決めつけているんでしょ。でも最後まで聞いてくれる約束だったわよね。あなた、カフェテリアで火事があったって知ってたわね」

「もちろんさ」

「これはあの火事とも関係があるの。信じてもらえるかどうかは別にして、どうせ心を病んでいるように見えてるわけだから、単刀直入に話すわ。あの晩、わたしは寝つかれなくて。わたしって眠れないと、起きあがって紅茶を飲んだり、新聞や本を読んだりするんだけど、あの晩は、ふしぎに元気があって、着替えをして、おもてに出てみた。あんな真夜中にブロードウェイを散歩だなんてよくできたもんだと思うわ。きっと二時か三時だったはず。そして、あのカフェテリアまで足を延ばしたの。あそこはたしか二十四時間営業よね。覗いてみたら、カーテンがかかってて、うっすら明かりが灯ってるの。回転扉を通って入ろうとしたら、思いがけずくるっとまわってね。そこでたいへんな光景を見たの。一生、最後の瞬間まであの光景を忘れられない。テーブルはぜんぶ一箇所にまとめてあって、お医者さんか保健夫さんみたいに白衣を着た男たちが腰かけてて、全員が鉤十字を袖につけてるの。そして上座に坐ってたのがヒトラーで。しまいまで聞いててね。どんな頭のおかしい人間の話でも、最後まで聞いてみて損はないわ。だからお願いね。みんなドイツ語を話してた。だれもわたしのほうをふりむこうともしない。総統のおあいてをつとめるのに、それどころじゃなかったのね。そのとき静まりかえって、彼が話しだした。あのいやらしい声は、何度もラジオで聞いていたから知っていた。あの声よ。でもあの晩の話は、よくは聴き取れなかった。棒立ちになっていたから。そのとき、いきなりひとりがわたしをみつけて、椅子から立ち上がって……どうやって生きてあそこから出られたのか、答えようがないのだけれど、わたしは必死に駆けた。手も足もがたがた震えてた。やっと家にたどりついて、わたしはじぶんに言ったわ——

〝エステル、あんた、こんがらがっちゃってるよ〟って。あの晩をどうして生き延びられたのか、ふしぎでならない。次の朝早く、わたしは職場に直行せず、まずカフェテリアがどうなっているか確かめに行った。こういうことがあると、わたしたち、じぶんの実在から、何から何まで疑うしかなくなるものよ。行ってみたら、カフェテリアは焼け落ちてた。あの晩のことだったの。焼けたのは昼間だったかもしれないけれど、それがわたしの見たことと関係があるって、ひとめでわかった。あそこに集まってた連中は、証拠を隠滅するところだったのよ。それだけは事実だわ。こんなふしぎなことを、ひとりで考え出さなければならない理由はわたしにはないし、精神病院の患者でも、こんな錯乱には出会わないと思うの」

そしてエステルはことばを納めた。ふたりともしばらく口をきかなかった。それからわたしは言った。

「心霊現象ってやつだな」

「心霊現象？」

「過去は消えないんだ。何年か昔の光景がそのまま四次元空間に保存されて、そのときあなたの前で顕在化したんだ」

「でも白衣を着たヒトラーなんて考えられないわ」

「どうしてないってわかる？　ありうるさ」

「じゃあ、どうしてあの晩にカフェテリアは焼けたの？」

「たぶん火があなたに心霊現象を呼び寄せたんだ」

「火の気もないのにおかしいわ。あなたの答えはそんなところだろうって、わたし、予想はしてたけれど。いったい心霊現象と幻覚と狂気の違いは何なの？　あれが心霊現象なら、わたしがあなたの部屋に腰掛けているのだって同じことじゃない？」

「それ以外に考えられないじゃないか。仮にヒトラーが生き延びて、アメリカに来ていたとして、ブロードウェイのカフェテリアで集会をやらかすものかね。しかも、よりによってユダヤ人のカフェテリアで」

「わたしにはあのときのあいつも、いまのあなたも同じに見えるわ」

「あなたは時間を遡って、過去を覗き見たのさ」

「それならそれでいいけれど、あれ以来、わたしの心は落ち着かなくて、ひとときもあのことが忘れられない。どうせおかしくなるのなら、これで狂気に走るのがいちばん早道だわ」

そのとき電話が鳴って、わたしはとびあがり、エステルも震えあがった。まちがい電話だった。また椅子に戻った。

「弁護士に紹介された精神科医はどうしたの？　そいつにいまのことを話せば、賠償金がぜんぶ手に入るじゃないか」

エステルの目はゆがみ、好意のしるしを失い、憎悪があらわになった。

「言いたいことはわかるわ。でも、いくらわたしだって、そこまでおちぶれちゃいないわ」

5

わたしはエステルがまた電話してくるのを恐れた。電話番号を変えようとさえ思ったほどだ。しかし、何週間、何か月かが過ぎ、何の音沙汰もなかった。カフェテリアにも行かなかった。街でばったり会うということもなかった。ただ、しきりに彼女のことを考えた。人間の頭は、何ゆえにあのような悪夢におそわれるのだろう？　殻をかぶったちっぽけな脳髄の中で何が起こっているのか？　わたしが同じような経験に縁がないのは、何かがわたしを守っているからなのか？　人類がこんなふうにして滅んでいかないとだれが言えよう。そう言えるとして、それはなぜか？　わたしは、人類はみんな分裂病に苦しんでいると考えたことがある。核分裂とともにホモサピエンスの人格も分裂を起こした。テクノロジーでは多少なりとも正気が保たれているが、それ以外の分野では後退の一途をたどっている。コミュニストもファシストもデモクラシーの片棒かつぎも、みんな頭がおかしい。作家も画家も聖職者も無神論者もだ。テクノロジーの崩壊する日も近い。建造物は崩れ落ち、発電所は発電を停止するだろう。そして軍司令官はとうとう自国民の頭上に核爆弾を炸裂させるだろう。ありとあらゆる革命家たちは街頭を駆け、おかしなスローガンを叫びまわるだろう。ニューヨークではそれがもう始まりつつあると、感じることがしばしばだ。この都市は錯乱の都としてのあらゆる特徴を有している。

しかし、そうはいっても狂気がすべてを、万人をおおいつくしているのでないかぎり、すべてが秩序のもとで動いているかのように、やっていくしかない。ファイニンガーの「かのように」の原則に従ってだ。わたしはあいかわらず雑文を書き散らし、原稿ができれば出版社に送り、講演にもでかける生活をつづけていた。四半期ごとに連邦政府に税金を払いこみ、残った分は貯蓄した。そして、なにものかが預金通帳に数字をかきこみ、これで将来に憂いなしだ。また、なにものかが新聞や雑誌に文字を並べてくれて、わたしの作家としての名声は高まる。わたしはじぶんの苦労が紙とインクに化けた姿を見て、いつも感嘆を禁じえない。書きつぶしの山はわが家に増殖し、みるみる干からびていった。わたしは夜中に目覚めて、反故《ほご》の山が発火しないかと不安になった。夜中にはひっきりなしに消防自動車のサイレンが聞こえてきた。シナゴーグや教会や図書館や大学から招待を受け、わたしは紙切れを読まされ、お返しに紙切れをもらった。一度など、紙切れ一枚を授けられただけで、もうわたしは博士だった。書斎机の上や木箱に、返事を書いていない手紙が数知れず溜っていて、わたしの良心は呵責に耐えられないのだが、良心なんてものも所詮は紙くずなのだ。

季節はカレンダー通りに（カレンダーだって紙だ）、春から夏、夏から秋へと過ぎていった。その日も紙くず同然の十九世紀後半のユダヤの世俗文芸に関するペーパーを読むために、トロントに行くところだった。鞄と下着、ハンカチを用意し、各種書類を詰めた。わたしを合衆国市民たらしめている紙切れなどだ。タクシー代に払える程度の紙くずは、ズボンのポケットにつっこんであった。なのに、賃走中のタクシーばかりで、空車がみつかってもいっこうに停まってくれない。わたしは運転手の目にもとまらないのか？　見えないのか？　いつのまにか透明人間に変身したのか？　しかたなくわたしは地下鉄を使うことにして、歩き始めた。そのとき、突然、エステルをみかけた。エステルは男と二人連れだった。しかも、相手の男は、わたしがまだアメリカに来たばかりの遠い昔にみかけたことのある男だった。たしかイースト・ブロードウェイにあるカフェテリアの常連で、テーブルについて、自説を開陳したり、ひとの批評をしたりしていた男だ。小柄で、煉瓦色をした頰の肉は垂れ、目のとびだした男。やたら新米の物書きにかみつき、年配作家のことはくそみそに言う男。煙草はじぶんで紙に巻き、吸った灰は食べ終わった食器におとす男。あれから三十年はたっているが、その男がエステルと一緒だなんて。それもエステルの腕に手をまわしている。しかも、そのときほどエステルが元気そうに見えたことはなかった。マントも帽子も新しく、にっこり笑って、頭をかしげた。わたしは歩みをとめようとしたが、時計を見ると時間がなかった。トロントでは百人あまりがわたしの講演を楽しみにしてくれているのだし、特急に乗り遅れるわけにはいかなかった。やっとタクシーがつかまって、わたしはグランド・セントラル駅へ急いだ。列車にはぎりぎり間に合った。寝台車は床が延べてあった。わたしは上着をハンガーに吊るして、横になった。

真夜中に目が覚めた。車輛のつなぎかえがあったらしく、わたしの車輛の向きが変わって、わたしはあぶなくベッドから落ちるところだった。そのあと、こんどは眠れずに悶々とし、エステルの連れの名前を思い出そうと試みた。しかし、どうしても思い出せない。ただひとつ思い出せたことは、そのころ彼はもう若くはなく、それが三十年前の話だということだ。彼がアメリカに来たのは一九〇五年にポーランドでロシア革命を経験した直後で、向こうにいたころから弁のたつ活動家をめざしていたというから、年齢を考えると、どう見積もっても八十代、ひょっとしたら九十かもしれない。エステルがそんな老人とつきあうなんて考えられるだろうか。しかし、今晩、見たかぎりにおいて、そんな年配には見えなかった。暗やみの中で思い出せば思い出すほど、夕方の出来事がふしぎでならなくなった。そういえば、あいつはもう死んだと新聞で読んだことがあるような気もした。ブロードウェイは、死者の闊歩する街なのだろうか？　となると、エステルだってこの世の人とはかぎらない。不眠におちいったわたしは、窓のおおいを上げ、居ずまいをただして、夜の車窓をながめることにした。なんと暗い夜だろう。なんと深い夜だろう。月もなかった。星がふたつ列車の走りに少しだけ従ってきたが、それも見えなくなった。ときおり、深夜でも操業しているらしい工場の明かりが見えた。歯車や何やら、名前を知らない機械が見えた。深い闇を透かして、遠くの食堂のネオンサインも見えた。ふたたび星が見えてきて、列車をおっかけてきた。ふしぎな重苦しい気分になった。銀河の中にいるようだった。わたしも地球と同じ軸のまわりを回転している。そして、地球と同じく太陽のまわりを一周し、そして太陽と共に、名前は忘れたが星座に向かって動いている。いったい死はないのか？　それとも生命がないのか？……

わたしはカフェテリアでヒトラーを見たというエステルの話を考え始めた。この話をエステルから聞いたときは、ひどくナンセンスな話に思えたが、いまではそれは物凄いことだったのではないかと思い始めた。カント流に時間と空間を知覚の形式にすぎないととらえるならば、そして質や量や因果律も思考のカテゴリーだと考えるならば、すべてが想像可能である。あのヒトラーがブロードウェイのカフェテリアでナチ党員と集会を開いたとしてもおかしくない。エステルの言いようだって、錯乱めいているとは言えない。エステルは、天の検閲がふつうは見ることを許さないはずの現実をうっかり知覚してしまっただけのことだ。エステルは一瞬、現象の裏面をかいまみたのだ。

いまになって惜しい気がしてきた。どうしてあのときエステルにもっと細かく尋ねておかなかったのか……

トロントではそんなことを考える余裕がなかったが、ニューヨークに戻ると、まず何か証拠をつかもうとして、カフェテリアを訪ねてもみた。知り合いはひとりだけで、ラビの職にまでつきながら、異端に走ったと言われている男だった。わたしはエステルのことを尋ねた。

「ここのカフェテリアによく来ていたきれいな女性かい?」

「そうだよ」

「あの女なら自殺したらしい」

「いつ? どこで?」

「わからないが、ひょっとしたらあなたの言ってる女性とは別人かもしれない」

いくら尋ねても、いくら説明を試みても、杳《よう》としたことは杳としたままだった。常連だった若い女のひとりがガスの栓を開いて、ことときれたという事実以外に、退役ラビはその名も日付も知らなかった。

ともかくエステルの消息がはっきりするまで、ひとり合点はすまいと思った。イースト・ブロードウェイ時代に見た覚えのあるあの男の消息も確かめなければ。ところが、そうこうするうちに、仕事に追われ、カフェテリアも封鎖になり、一帯はさまがわりした。年月が過ぎ去ったが、エステルには会わない。ブロードウェイにはあいかわらず死者たちが徘徊している。それにしても、エステルは何ゆえにあんな死人を相手に選んだのか？　生きている人間の中にも、もうちょっとましな掘り出し物のひとりやふたりいなかったのだろうか……

兄と弟

イツホク・ブルシュテイン＝フィネール

イツホク（ジャック）・ブルシュテイン＝フィネール（一九〇八〜九六）

一九三五年にワルシャワからパリに出た彼は、ドイツ軍占領中はレジスタンス兵士として闘い、ホロコーストを生き延びたユダヤ人の苦悩を語る作家として戦後に活躍。基本的にイディッシュ語で書きつづけたが、小説の多くやエッセイ『希望の地パリ』は、フランス語に翻訳されて広く読まれている。

原題　צוויי ברידער

一九四四年七月二五日の朝、兄と弟は数秒もおかずほとんど同時に目を醒ました。魘《うな》されているのを見るに見かねて、誰かが一度に起きろと声をかけたかのようだった。

——またシケた一日が始まるな。寝ぼけたままのボリスが呟く。網に捉えられたかのような失望感がおそいかかる。——おまえ、何か言うことはないのか？　彼は弟の方に向き直って言い放った。——一日中、街をほっつき歩いて、疥癬病みの犬と変わりやしない……。いきなり首に縄をかけてきかねない野犬狩りに怯える犬みたいに、ビクビクしやがって……。

そもそも無口な弟のフェルナンドからは、やっぱり返事がなかった。一人で物思いにふけっていたのだ。

それが気に入らないのか、ボリスはうんともすんとも言わない弟を肘でつつく。いまいましい一日の始まり、望むわけでもないのにやってくる憂鬱な一日の始まりのなかで、ただ一人、突っ立っている。

——何を黙りこんでいるんだよと、食ってかかる。——押し黙りやがって、くそったれめ。何だよ、返事ぐらいしろ！

——何が悪い？　フェルナンドはこう答える。——何を話せっていうんだ？　話すことなんかないだろ……。

話してほしい、話してほしくないというのはあるとしても、無理に話させても意味がないことは、ボリスとしても理解する必要がある。だからあまりしつこくはしなかった。じっさい、とりたてて話すことなどないのだ。埒もない。急いで着替えをし、音もなく今日という一日のなかに忍びこんで、道から道へとほっつきまわるしかない。そうするうちに身を隠せる場所も見つかるだろうし、見つからなくても生き延びるだけは生き延びなければならない。夜が来るまで生き延びたいなら、それしかない！

何はさておき生き延びること。いや、まずはいち早くここから逃げ出して、もうすぐやって来る女工に見つかりたくなければ屋根裏部屋をあとにしないといけない。下層階はボタン工場になっていて、まもなく出勤時刻なのだ。明るくなる前に屋根裏を出るのが鉄則だ。一日たりとも疎かにはできない。夜が明ける前には二人とも隠れ処から出なければならず、夜になるまで戻ってくるわけにはいかないのだ。工場には電気が通っておらず、日が落ちると仕事にならないから。

フェルナンドは、その日、「隊長《カピタン》」と会うことになっていた。グルノーブルの街を鎖のように取り巻く山間部にはレジスタンスの運動が展開していたが、パルチザン、あるいはマキ（抵抗運動を闘ったゲリラ組織）と呼ばれる諸部隊に指令が下るのだ。フェルナンドはその指令を伝えてまわる役割だ。一方、ボリスの方は今日は予定がなく、気の赴くままに過ごすことができる。たとえば、市営プールに行って泳ぐとかだ。そして太陽を浴びながら寝そべって、空を覗きこもうが、同じように体を焼こうとしているお仲間に目を走らせようが、思いのままだ。誰への感謝かと問われても困るが、何にせよありがたい話だ。ゲシュタポの連中だって市営プールまで覗きにくることはないはずだから。

*

フェルナンドは指定された場所にやってきた。「隊長《カピタン》」と会うのに「おあつらえ向きの場所」、それは墓地だった。そこで彼はレジスタンス運動のトップからの指令を受けとるのだ。

墓地に着く前に、フェルナンドはゆっくりと、注意深くあたりを見まわした。「おあつらえ向きの場所」まで散歩をしにやってきたと見せかける。誰かと示し合わせたわけではないと。だからこそ誰が待っているでもない中央の並木道の方に向かったのだ。彼はかなりのまわり道をしてそこへやってきた。それが秘密組織流のやり方だった。だから墓石の後ろあたりでかさこそ音がしても訝《いぶか》しいとは思わなかった。どうせ、ふっと「隊長《カピタン》」が姿をあらわして、自分はそこで命令に従うまでだ。そう考えた。

そして背の高い墓碑銘の前に立ったときだ。誰かが機関銃で自分を狙っていることに気づいた。

思わずフェルナンドは両手を高く挙げ、そしてようやく自分がどんな世界にまぎれこんだのかに気づくのだった。五人のゲシュタポ隊員が五方向から彼の方に向かってくる。少なくともそんなふうに感じた。いかに「おあつらえ向きの場所」であったとしても世界は四つの方向からできあがっているはずなのに。

——汚らしいユダヤ人め！　とうとう捕まえたぞ。見てろ……。

いきなり拳骨が雨あられのように降ってきた。意識を失うほどだ。朦朧とした頭に意識が戻ったと思ったら、護送車でどこかへ運ばれる途中だった。

ゲシュタポの面々とフランス人の協力者たちは、一日中、彼の体を苛んだ。拷問の限りを尽くして、それこそ死ぬかと思った。気を失いそうになると責め具を使って意識を取り戻させられる。生かすも殺すも奴ら次第。苦しみに悶えながら思うのはそのことだった。

隠れ処での芝居が、ふたたびくり返されている。質問に答えるかどうかという綱引きだ。自分が何を知っていても口を割らない。何も知らないのだ。

＊

ゲシュタポのグルノーブル支局の拷問部屋からは遠く離れて、同じころ、ボリスはプールを縦に横にと何度も泳ぎ、熱くなった真っ白い大理石の上に身を横たえていた。何とも小賢しいというか、彼は薄目を開けて、眩しい光を遮るようにしながら、自分から五十センチほどしか離れていないプールサイドで日光浴をしている女性――何とラッキーな！――の若くて華奢な肢体に目を走らせている。こういう状況にあって、若い男女の惹かれあう気持ちは、たちどころに実を結ぶものだ。一人が冗談を言えば、もう一人も返す。そして二人で笑い、それがじつに自然なのだ。若いというだけじゃなく、太陽が燦々と輝いて暖かければ、気分も上々というわけだ。日の光を浴びて体が温まれば、おのずからお互いに良いところばかりに目が行くのだ。彼は彼で、彼女の美しさ、青い眼、若々しい体に目が行き、彼女は彼の利発さや、小気味のいい話術、そして好感のもてる男らしい見かけに心を惹かれた。カフェにでも行かないかという彼の誘いに、彼女としても応じないなんてありえなかった。冗談を言っては、くすくす笑い、ずいぶん長い付き合いであるかのようにさえ見えた。

そして、いつしか時間は夕方になっていた。いつもだったらボリスもフェルナンドも、そろそろねぐらに身を運ぼうと梯子を上っていてもおかしくない時間だった。恐怖に怯えながらグルノーブルの街を一日歩きまわった疲れを癒し、敵意むき出しの人間たちに囲まれて生き延びた一日の総括をする夕べに向けて。ところが、その日は二人とも家に帰ることなど考えるどころではなかった。彼らの屋根裏部屋はゲシュタポの手に落ちていた。密告者がいたのだ。フェルナンドはもうそのことを知っている。ゲシュタポたちはすべてをつかんだようだ。じゃ、ボリスの運命やいかに？　たぶん今夜は新しい恋人が彼を家に招いてくれるのではないかな？　たぶん。彼にとっても、もはやあの屋根裏、あの隠れ処はないに等しかった！　隠れ処がなくなれば、追われ追い詰められる存在に未来はない。命がけの隠れんぼはもう終わりだ。一人にとっては死とともに。そして、もう一人にとっては、かけらも危険を感じさせない牧歌的な光景とともに。

＊

誰かがゲシュタポの建物にある拷問部屋の扉を引き開けて入ってきた。

――やっと、全貌が明らかになったぞ！

ゲシュタポの面々は、いまさら何を知りたいということもなさそうだ。フェルナンドは血にまみれ、傷だらけになりながら、ふたたび護送車に乗せられていた。何が起こったのかを見ようとして周囲を見渡すと、そこはボタン工場の前で、五、六人の拷問者がまわりにいた。

――自分はこれからどうなるんだろう？　そう考えながら、兄のボリスの身に何が起こったのかを想像しようとした。

しかし、そんなことをゆっくり考えている余裕などなかった。夏の宵の口となれば、グルノーブルの労働者地区は、ひとでごった返し、老いも若きも犇《ひし》めきあって、浮かれ騒いでいた。何があってもひとは気づかない。すると、いきなりボタン工場の向かいから手が伸びてきて、乱暴にフェルナンドをつかみ、彼はそこから消えた！

廊下から廊下、部屋から部屋へと渡り歩き、目の前には新しい隠れ処があった。まだ奇跡は起こりうるのか？　その隠れ処にボリスの姿が見つかるとか。

マルドナードの岸辺

ナフメン・ミジェリツキ

ナフメン・ミジェリツキ（一九〇〇〜五六）
ヴォリーニャ地方（現在のウクライナ北西部）に生まれ、ユダヤ教の神学校に通い始めるが、十一歳のときに、親に連れられてアルゼンチンに移住。さまざまな職業を転々とするが、最終的に医学校を卒業。医師を務めるかたわら、作家やジャーナリストとしても活躍。ドストエフスキー的な登場人物を描くのがうまいと言われる。

原題 בײַם ברעג פֿון מאַלדאָנאַדאָ

1

マルドナード川を暗渠とする形で、その上を走るファアン・B・フスト大通りは、道幅も広く通行量も多い。早朝から深夜まで、道の中央のアスファルトを敷いた部分は自動車が車体を揺らしながら騒々しく走り抜け、大理石で舗装をした路肩の部分は、荷車ががたぴし音を立てて絶え間なく行き交うのだ。しかし、その地獄のような轟音のなかから、ふとユダヤの歌声が響いてくることがある。会堂《シナゴーグ》の先唱者が口ずさむような歌だ。どこから聞こえるのだろうと、あなたはあたりを見まわす。ずいぶんと悲しげで心を引き裂くような歌声だ。すると古ぼけて、ひしゃげそうになった幌馬車が目に入る。幌は色もくすみ、ずたぼろになっている。それを薄汚くて老いぼれた痩せ馬が力をふりしぼって引っ張って歩く。御者台に坐っている男が、先唱者の歌を口ずさんでいるのだ。馬車を動かすのが楽しくてたまらず、声を張り上げて、顰蹙をかっているユダヤ人だ。カニング通りの工場で切り取った生地を、縫い子や仕立て屋のところへと配達する途中なのだ。朝から晩までミシンを踏んでいる下請けの労働者が、数十年前からマルドナード川を覆うようになった大通りから少し入った横町に住みついている。

　その川のほとりに、かつて私は数年間住んでいたことがある。学生時代だった。そのころのマルドナード川は、幅の広い水路で、リニエルス地区からラプラタ河まで市内の地区を貫いて流れていた。当時は聖ベルナルド教区《パロキア・デ・サン・ベルナルド》の名前で知られた地域は、いくつかの通りがマルドナード川の土手でいきなり途切れていた。川《アロージョ》の対岸には何もない原っぱがあって、天地創造の時代から生えていたような草が伸び放題だった。そして茂みと貧相な樹木との間あたりに、朝になると、ぼろぼろのなりをした乞食たちがどこからともなく集まってくるのだ。

　日照りがつづくと川底が干上がった。大きくて丸い、薄暗い穴が東側の土手に口をあけ、雨が降り出したら、とたんにその口は汚い排水口と化して、水路は水で満たされるのだった。そしてラプラタ河との合流点はすさまじい音を立て、マルドナード川の両岸は決壊寸前だった。嵐の晩に地獄の稲妻が天空を裂き、寝静まったブエノスアイレスの上空を雷鳴がかけめぐると、目を覚ました人間は世をはかなみ、マルドナードの渦巻く流れに何かの救いを見出すのだ。その体は黄色味がかったラプラタ河の流れにまで達することはなく、ブエノスアイレスを太平洋側と結んでいる大陸横断鉄道の橋を支えている橋脚の間にはさまって、見つかるのだった。

2

ある日のこと、私は暑気あたりで、マルドナード川まで半ブロックという横町にある一人住まいの部屋の床に伏せっていた。そこへ、仲間の「医師」たちが見舞いに来てくれた。同じ医科大学の五年生仲間だ。彼らは毎晩のように訪ねてきて私を診察してくれた。おかげでわざわざ本物の医者を呼ぶ必要もなかった。私は素人医師にすべてをゆだね、あとは自分の体の抵抗力に頼るだけだった。

そして一人で床に伏せっていると、昼となく夜となく、あちらの世界の客が私の許を訪ねてくるのだった。それはずっと昔に亡くなった養老院の入室者や、本で読んだことのある歴史や小説の英雄や主人公のこともあった。そして目の前にあらわれた彼らは私に付きまとって離れなかった。熱がおさまらない私は、昼と夜、夢とうつつの区別もつかず、氷の入った水枕を頭と腹に押し当てるしかなかった。

夜が来ると時間がのろのろと過ぎていく。部屋はやたらむんむんして、私はベッドから這い出し、朦朧とした頭が命ずるがままに歩いて行こうと思った。そしてふと気づいてみると、私はマルドナード川の土手に設置された手すりに凭れかかっていたのだった。

3

マルドナード川は、音もない漆黒の夜が蔽いつくし、空は雲が蔽っていて、星ひとつ見えなかった。窓の明かりもない。光と言えば、聖ベルナルド教会のライトアップされた時計台の文字盤だけで、それは白内障を患った巨大な目のように暗闇のなかを覗きこんでいるのだった。

普通だったら日が沈む前にあらわれるガス灯の点火夫も、折悪しく夕刻に激しい夕立が来たせいでこの界隈には明かりを灯しに来なかった。時折だが、光を放つ蛇のごときが、悲しげな口笛を鳴らしながら走り抜けるのが遠くから見えた。息せき切って走り抜けるのは、夜を駆ける急行列車で、チャカリータ墓地の塀のわきを線路が通っているのだ。

すると足下から静かな川のせせらぎが聞こえ、それは何千ものさまよえる魂がこぼす不気味な呟きのようにも感じられた。私は息をのんで爪先で立ち、マルドナード川から湧き上がってくる声をひとつとて聞き漏らさないように耳をそばだてた。

そして私の脳裏にフランシスコ・シルバ・マルドナードの物語が蘇ったのだ。十七世紀、いまだ暗かった時代に生まれた人物だ。私の熱っぽい目には、映画のコマ送りのように過去の映像が映し出されるのだった。

4

夏の朝のことだった。キリスト教のお祭りで、息子を連れた一人の父親がトゥクマン地方のサン・ミゲル教会(町の名前もサン・ミゲルだった)から姿をあらわした。

——おいで、フランシスコ。と、父親は特徴的なやさしい声でこう言った。——お午《ひる》まではまだ時間がある。教会ではお香の匂いをたっぷり嗅いできたから、少しさっぱりしようじゃないか。

——いいよ、お父さん。と、嬉しそうに息子は答えた。——でも、パパ。大切なお客さまを食事にお招きしていることを忘れないようにしないと。フランシスコ・ゴドイ神父と言えば、ぼくが生まれた後、洗礼を与えてくださった方だもの。ぼくは今日で十八歳になる。

——だからこそ、おまえと少し話をしようと思った……。と、父親はやはりやさしい声でつづけた。——おまえを見ると、ほんとうに自分が父親なんだなと愛情を持って感じる。姉さんたち、イサベルとフェリパは、お父さんからも俗世間からも関係を断って、まさに修道女としての愛に身を捧げている。フェリパの場合は、イエズス会《コンパニーア・デ・ヘスス》の僧衣をついこのあいだ身にまとうことになった。これでもう永遠に救世主とつながり、二度と太陽のまぶしい光を目にすることもないだろう。

こんな話をしながら、二人は森のなかに足を踏み入れ、倒木の上に腰を下ろした。それはそれは清々しい朝だった。びっしり頭上をおおう枝の隙間から木洩れ日がこぼれ、森全体が鳥のさえずりに満ち、静かな葉擦れの音におおわれていた。

二人はかなりの時間、森のなかで腰を下ろしていた。ずいぶん長く歩いたので息を整えていたのだ。フランシスコは熱いまなざしで父親を見た。父、ディエゴ・ヌニェス・デ・シルバは、ここのところめっきり老けこんだ。顔に浮かんだ皺のあいだには、小さな汗のしずくが伝っていた。フランシスコは、父親のごま塩頭にも目をやって、思わずため息が出るのを感じた。そして、いきなりフランシスコは沈黙を破って、父親に声をかけた。

——お父さんは働きすぎだと、ぼくは思うな。お父さんくらいの齢になれば、お医者さんは年金暮らしをするもんなんじゃない？　そんなふうには考えられないの？　お父さんの親友のドン・ヘロニモ市長に任せておけば助けてくれるよ。

——冗談を言うな、おまえ。と、父親は息子の肩に手をやって言った。——お父さんにはまだまだ生命力が残っている。年金暮らしだなんて、そんな老いぼれじゃあないさ。人助けにならない人生なんて、ただお迎えが来るのを待っているだけの人生じゃないか。お父さんにもその時が来るとして、患者さんの枕もとで死の天使と闘いながら息を引き取りたい……

二人は悲しげに顔を見合わせた。

——でも……。と、フランシスコはさらに食らいついた。——ねえ、お父さん。お父さんはたくさん勉強もしてきて、ひとの心、ひとの魂についてよくご存知でしょう。だったら、ぼくが教会の入口をまたいだとたんに寒気が走る理由は分かる？　懺悔を終えて聖餅《ホスチア》を口に入れたとたんに、びくっとする理由は？　そういう日は、一日中、気がふさいで、ああでもない、こうでもないと考えて、毒でも呷《あお》ったような気分になるんです。イエス様、こんなことを申し上げて、お許しを……

老いたディエゴの顔には言いようのない笑みが浮かび、その溌剌としたまなざしは、息子の乞うような目を食い入るように見つめた。いまこそ、大切なことを話す絶好の機会だ。ところが心臓が波打って、喉がつかえた。どうやったら声が出せるのだろうか？　声もなく息子の方をじっと見ながら、ようやく声を放つことができた。

――うまく話せるかどうか、お父さんには自信がない。なにせおまえの言っていることは精神に関わることで、お父さんの手には負えないんだ。われわれ医者は、もっぱら肉体を扱うのが仕事で、要するに塵や芥が相手なんだ。精神や霊魂の話になるとお手上げなんだよ。それらは創造主、神に属することがらだから。つまり不死ってことだ。人間が死ぬと、神様は自分のふところに霊魂をお引き取りになる。そして新しい命が生まれるたびに、幾度となく罪深い地上で生を営んできた霊魂が、ふたたび地上に降りていくんだ。そして前世での経験や記憶は、神の下にある精神の宝物殿に残しておくというわけだ。その上で、さまよえる地上での生活をゼロから始める。そうした霊魂の下降と昇天がくり返され、最後に修復のときが訪れて、天使たちのあいだのすべての永遠、神の臨在の翼の下でそれが安らうときが来るまで、それがつづく……。ただ、時としてこんなこともあるんだ。さまよえる霊魂のなかで、遠い、遠い過去が蘇ることがある。前世を生きているあいだに地上で何を経験したかを思い出させてくれる何かだ。そういうときに魂は、びくっと震え、胸がざわつくのだ……

十八歳の青年は腰を下ろし、父親の話に耳を傾けていたが、自然と肩には力が入った。

――お父さん！　そんな高い思想をお父さんはどこで身につけたの？　そんな話をお父さんから聞くのは生まれてはじめてのことだよ。

――そうだろうよ、わが子よ。と、ディエゴ・ヌニェス・デ・シルバはやさしい声で話を続けた。――おまえや、おまえの姉さんたちの体にはユダヤの血が流れているんだよ。お父さんの両親は、フェリペ二世がスペイン王の冠をかぶったとき、スペインを逃げ出したのだ。そこは、まさに大国で、住民たちは鼻高々に叫んだものさ。「スペインが寝返りを打てば、地球が身震いする」とね。だって、スペイン本国はむろんのこと、フェリペ二世には、イタリアの大部分に、サルデーニャ、シチリア、ナポリ、ミラノが帰属していたし、それだけじゃない。フランシュ＝コンテやアルトワ、フランドルやネーデルラント、オランダにベルギーが、全部スペイン王国の一部だったんだからな。それにヨーロッパの外にも、フェリペは巨大な植民地帝国を保有していたんだ。そのなかにメキシコ、中央アメリカ、そして南米の大部分が含まれる。それこそ、毎年、フェリペ王はペルーやメキシコやコロンビアの金山銀山から何百万もの富を運びだし、そうした宝を満載したガレオン船が大西洋を行き来してセビーリャの倉庫を富でいっぱいにしたのだ。一五五九年（イタリア戦争終結の年）以来、フェリペは一時たりともスペインを離れることはなかった。彼はマドリッドから遠くないカスティリア地方の人里離れた谷あいに身を置き、そこに巨大で威容を誇る城の建設を命じたのだ。それがエル・エスコリアル城だ。そこで彼はひっそりと、外界からは遮断された生活を営んだ。それが陰鬱で、あまり人と打ち解けない、その性格にぴったりだった。一度たりとも彼は情け容赦や人への厚意や温情を示したことがなかったんだ。娘のイサベルに対して以外はね。

ディエゴ・ヌニェス・デ・シルバは、しばらく話をやめたが、ふたたび話をつづけた。

——カール五世（神聖ローマ帝国皇帝）は、一五五六年にスペイン王の王位をフェリペに譲ったが、その際、彼は目をむいて天を見つめ、こう言いながら王位を譲ったのだ。何にもまして宗教を優遇せんとすること《ケレール・ソブレ・トダス・ラス・コサス・インテレーセス・デ・ラ・レリヒオン》。この教えをフェリペ二世は肝に銘じて忘れなかった。カトリック信仰のための闘いは、その魂に食らいついて離れない固定観念になったのだ。それこそ異端の話を聞いただけで、彼は狂ったようになった。「わしの血が」と、彼は怒りにまかせて叫んだのだ。「わしの息子の血のなかで汚されようものなら、わしはその骨がしっかりと焼けるようにじぶんで薪を運びこむだろう。」カトリック信仰に背く人間を見分け、葬り去るということの徳を、彼は異端審問所《サント・オフィシオ》の修道士たちにひもといたのだ。黒や茶色の僧衣《スータン》をまとった悪魔の群れが、スペインの軛のもとにある民衆を苦しめ、火刑台の炎は燃え盛って、カトリック信仰に背く何千人もの異端者が焼き殺されたのだよ。そこで一時的にポルトガルが、スペインからの異端追放を受けて、イベリア半島に住む多くのユダヤ教徒にとって、その避難先となった。そして、そうやってスペインから追放された大量のユダヤ教徒のあいだに、お父さんたちのシルバ家も混じっていたのだ。たがいに血がつながりながらね。お父さんの場合も、二人の祖父は、血のつながる兄弟だった。ただ、ポルトガルだって、いつまでも安住の地ではなかった。一五八〇年にフェリペ二世は、ポルトガルを併合し、ユダヤ教徒の運命も尽きたのだ。その頃、お父さんは十六歳くらいだった。生まれたのはリスボンで、そこから一家でブラジルへと船出することになった日のことは、今でも忘れない。うちの一家は財産をすべてそこに残してきたんだ。船のなかには、われわれ以外にも改宗者や真のユダヤ教徒がたくさん乗り合わせていたよ。そして美しくも、むせ返るような暑さの朝、船を降りたのはペルナンブコだった。われわれがブラジルにやってくる十年前に、異端審問の業火《アウト・ダ・フェ》は、アメリカ大陸にまで及んでいた。あの孤高の城、エル・エスコリアルから、フェリペ二世は、一五六九年一月二五日の勅令で、リマに異端審問法廷を設置することを決めていたのだ。以来、異端審問所《サント・オフィシオ》は、ラプラタ植民地とペルー副王領の住民の全員を監視対象とした。修道院の塀に囲まれたなかで暇を弄んでいた無数の聖職者たちは、流血、拷問、火責め、残虐な欲望を満たし、鎮めることができるなら、何でもやってのけた。なかでも異端審問所《サント・オフィシオ》が目をつけたのが、ブラジルを逃れてペルーやチリやラプラタ植民地にやってきていたポルトガル人だった。そして、私は異端審問《アウト・ダ・フェ》の苦しみに耐え忍ぶには精神的にもろかったのだ。さあ、この私のために火刑台が用意されようという、その瞬間に、お父さんは折れてしまった。息子よ、私はイスラエルの全能の神に命を捧げるだけの勇気を欠いていた。おまえが十八歳になったこの日に、お父さんは、フランシスコ、おまえにこのことを話しておこうと思った。

ここまで話し終えたところで、二人は腰を持ち上げ、黙ったまま、家路についた。二人はそれぞれに今ある自分の命について考えていた。

*

それ以来、フランシスコはもはや心ここにあらずで、まったく別世界に生きているようだった。それこそ頭には、ひとつのことしかなかった。ユダヤ教の信仰を奥の奥まで究めること。昼も夜も彼はモーセ五書に、預言の書、聖人伝に首っ引きだった。

みずからの先祖が信仰していた神に対する情熱や執着は日に日に増すばかりだ。しまいにはユダヤ教徒の印である割礼をまで自分の手で施した。剃刀を使って……。しかもいっさい痛みは覚えず。それはユダヤの民の不滅をあらわす聖なる炎のなかで、全身が光を帯び、熱を放っているからだ。キリスト教徒の身体のなかに棲みつくしかなかった霊魂は、翼を手に入れる。それこそ神の玉座にまで達しようという欲望が彼にとりついた。

彼はキリスト教の祝祭日に教会に足を向けはする。しかし、そこで偶像の前に立ったときも、彼は全霊をこめてアブラハムとイサクとヤコブの神に祈りを捧げる。そして、家にあっては、ユダヤ暦に合わせて、エホバの神がモーセに教えてくださった祭日を忠実に守るのだ。フランシスコ・シルバ・マルドナードにあっては、こんな「マラーノ」としての日々が十七年間続いた。ところがついに異端審問所《サント・オフィシオ》が彼を探し当てた。なんと尼僧として神に仕えていた姉のフェリパ・マルドナードが、弟を売った……

そして、一六二七年四月二九日に逮捕、さらにコンセプシオン・デ・チレにあるサント・ドミンゴ修道院への収監。彼は異端審問所《サント・オフィシオ》の地下室をたらいまわしにされながらくすぶらされた。

はげしい拷問の苦しみと、引き続いた断食の日々は、その体を、絞っても血の滴しかしたたらない干からびた骨の袋へと変え、傷は膿をはらんだ。それでもその精神、その魂は、清らかに挫けることもなく、イスラエルの神への信仰から梃子でも動こうとはしなかった。これには責め苦を負わせる修道士たちも手をこまねくしかなく、そのユダヤ教信仰の強さには呆気にとられるばかりだった。

その体を焼き、鉄のやっとこで責めを負わせることも一度や二度ではなかったが、そんなときにも彼はこう叫んだ。

——かりに千回生きることがあったとしても、私はイスラエルの神以外に仕えようとは思わないぞ！

そして、とある日、彼は普通の罪人が収容されている牢に潜入することに成功した。真の信仰とは、アブラハムとイサクとヤコブの神、その唯一神に対する信仰であることを、みなに説かねばならぬと思っていたのだ。

＊

そして、一六三九年一月二三日がやってきた。マルドナードの苦しみもこれが最後となる異端審問《アウト・ダ・フェ》がリマで挙行された日だ。

長く伸びた灰色の髭に、かきむしったような髪の毛。すっかり痩せさらばえた四十七歳のフランシスコ・マルドナードは、死刑台の上に立たされた。首からは獄中でみずから書き著した書物を吊るされ、そんな状態で判決文が読み上げられた。

そしてその瞬間、はげしい風が吹きはじめ、彼を蔽っていた幕が引きずり降ろされ、被告のマルドナードの目の前に雲ひとつない青空が広がった。暗く沈んでいたマルドナードの姿からは光がほとばしった。彼は最後の力をふりしぼって、叫んだ。

——これもまた、私に天上の聖なる玉座を見せてやろうとのイスラエルの神の思し召し。汝の名こそとこしえに称えられてあれ。オメイン！

しかし、そこで彼は他の十人の死刑宣告者とともに引っ立てられ、一人一人を二人の番兵が挟む形で、リマの郊外へと連れて行かれた。その途中、彼らは二重に取り囲む兵隊に護衛されていたが、それもこれも国中から野次馬たちがびっしりと押し寄せてきていたからだ。さまざまな位階に属するたくさんの聖職者たちが、ずっしりと重たそうな十字架を手に、死の道行、処刑がおこなわれる場所に着くまでのあいだ、ずっとぼそぼそと祈りを唱えていた。

一六三九年一月二三日、日曜日。それは聖イルデフォンソの命日だった。フランシスコ・シルバ・マルドナードは、火刑台にのぼらされ、首から書物をぶら下げたまま、生きながら焼かれて死んだ。口元に「聴け《シェマー》、イスラエル」の祈りを浮かべながら。

5

蒸気機関車の轟きに、私はまるで深い眠りから覚めるような感覚を味わった。マルドナードの岸辺に立つ手すりに凭れて私は眠りこんでしまったのだった。そのページが会堂《シナゴーグ》の聖櫃のなかに放置されたまま黄ばんだ聖書のページとも思えるような、干からびた本を繰りながら目にした歴史書の挿絵が、私の目の前に再現されたのだった。

私はまわりを見渡して自分が世界のどこにいるのかを確かめた。マルドナードのほとりには背の低い建物が身を寄せ合うようにして建っていた。黒い塊のようにひとつに固まっている。そして、その貧相な小屋、ひとつひとつのなかでは、ユダヤ人の子どもが深い眠りについているだろう。その多くはポグロムや焼き討ちに逐《お》われるようにしてロシアから逃げ出してきたひとびとだ。ここにきてようやく旅の荷を解いたのだ。毎日、朝から晩まで、開け放した窓からは、新品のミシンをまわす音が響き、世界的に高名なゲルション・シロータ（一八七四～一九四三。ワルシャワ・ゲットーで死亡）やザヴェル・クファルチン（一八七四～一九五二。一九一四年に渡米）の朗誦が後ろの蓄音機から聞こえてくる。そして安息日やユダヤの祭日には、老人ホームのご老人たちが、ユダヤ人地区のいくつかの会堂《シナゴーグ》へと足を向ける姿が見られる。しかし、この地区は古い聖ベルナルド教会をとりまく形であって、キリスト教の祭日には盛大な行列がそこを通り過ぎ、ユダヤ教徒の住民は、恐怖心を覚えながら、目を丸くしてそれを見るのだ。三百年前にはマルドナードの亡霊が徘徊していたこの地で、今はユダヤの子どもたちが異端審問所《サント・オフィシオ》に怯えることもなく日々を過ごしている。そんなものはとっくに過去の遺物と化している。

このような感慨にふけりながら、私は幾度となくそこに立ちすくんだ。そして、そんなとき、一瞬、誰かが私の隣に立っていると感じるのだ。私が凭れかかっている同じ手すりに一人の人間の影がぬっとあらわれる。そして、さほどしないうちに、その影法師は私に向かって重たいため息を吐いた。するといきなり途切れ途切れの言葉が耳に届いた。私には最初は何のことだか分からなかった。

――この夜の暑さはたまったもんでは……。私は思わず、こんな言葉を発していた。

――えっ？　まあ……。しわがれた声がこれに答えた。

――寝苦しくて仕方がないですよね。と、私は怯えることなく話すことができた。

――蒸し暑いですよ。むっとして。夜な夜なあらわれる魑魅魍魎といい、蚊といい、亜熱帯地域に暮らすとなると、これらは付き物で。とそう語り、私にすり寄ってくる。

――ほんとにね。

このアクセント、完璧なスペイン語からして、それがユダヤ人だと、ただちに理解した。

そのとき、ぽっとマッチの火が点いた。男はそれを口に咥えたパイプに近づけた。その小さな赤い火で、私は男の姿を見ることができた。全身に寒気が走った。私の生まれ育った村にいた薬屋のエプシュテインではないか。とっくに死んだはずなのに、私の横に立っている。まるで生き写しなのだ。おでこにブロンドの髪の毛がひと房、乗っかっている。酔っぱらったような目は不気味に輝いて、男はパイプを口から離さなかった。やつはユダヤ教に背き、寝返った男だ。だからユダヤ教徒はひとりとしてその薬局には顔を出さなかった。薬を買いに来るのは、農民や役人や周囲の村々に住む領主たちばかりだった。やつは異教徒が仕掛けるユダヤ人の商店や行商人に対する度々の嫌がらせにいちいち関わっていた。ユダヤ人は「いかさま野郎」だとたきつけて、農民どもを煽動していたのがやつだった。どこがどう間違えば、こんな腐った魂がひとに宿ったりするのか。それは誰にも分からなかった。

＊

私たちが住むユダヤ人集落にボリシェヴィキがやってきたのは、一九一九年だったが、その彼らは市場のど真ん中の虐殺された人間の山にカラスが嘲るかのように群れなすさまを目の当たりにした。あたり全体が荒れ果てて、しーんとしている。人気もなく、荒らし尽くされた家からは、ガラスの割れた窓越しに、羽根布団の羽毛が漂い出し、空から音もなくゆっくりと舞い落ちてくる眩ゆいばかりの初雪の破片と区別がつかなくなるのだった。命の気配もない死体の山の上でカラスがガアガアいいながら羽根をばたつかせるさまは、おぞましいと言うしかなかった。

この殺戮はユダヤの安息日の朝、挙行された。若い衆は四方へと散り、周囲の森に身を隠した。しかし、老人たちは、ちょうど律法学院で祈りを唱えている最中で、無法者にそこから引っ張り出され、祈禱布《タリート》を肩にかけたまま、突っ立たされている状態だった。その老人たちがいまや祈禱布《タリート》に包まれて、エプシュテインの薬局の前に横たわっている。そしてその殉教者に囲まれるようにして、背教者エプシュテインもまた横たわっているのだ……。その堅く喰いしばった唇のあいだからパイプが突き出していた。ペトリューラ（一八七九～一九二六。ウクライナ内戦を戦った民族派の首領。亡命中のパリでユダヤ人に暗殺される）の一味は、ご丁寧にもそれを喉の奥深く突き立ててやったのだ。

*

マルドナードの岸辺で居合わせることになった見知らぬ相棒に気づいたとき、私の熱にうなされた頭には、その過去の出来事が鮮やかによみがえったのだった。私は間をおかずに声をかけた。

——旦那さんはこの近くにお住まいで？

——ええ！　彼は何ということもなく返事をした。——ここの教区《パロキア》で薬局をやっているんです。

私はへなへなと膝から落ちそうになり、冷や汗が流れた。こめかみの血管がぴくぴくして、動悸も打った。頭がどうかしたんじゃないかと考えないではおれなかったのだ。

——そんなにびっくりされて、どうされました？　と、彼はうす笑みをもらしながら尋ねてきた。

——いやあ、古い友達のことを思い出しまして。ぼくが住んでいた村でペトリューラ一味に殺《や》られたんです……　それで……。と、私は独り言のように話した。——人間って病気にかかると、もうこの世にないもの、この世にない者の姿を見るもんなんだろうか。ぼくは皆と違う世界に生きている。熱が出て、もう何日にもなる。

——あなた、熱があるんですか。でも、あなたは別に別世界にさまよう亡霊なんかじゃありませんよ。受け合います。私はこの辺りではたった一人の薬剤師で、生きた人間の病気を治すのが商売……　いったい、あなたは何者ですか？　と、好奇心を丸出しにして訊いてきた。

——医学生です。

——ああ、そうでしたか。やっと分かりました。そう言って相槌を打った。——医学生というものは、本を読んで勉強中のいろんな病気に自分が苦しんでいるかのように思いこむ生きものなんです……　あなたがたユダヤ人の学生さんは、迫害神経症にやられることが多くて……

――何が言いたくていらっしゃるんですか?

――キリスト教徒の学生から迫害されていると考えたがるということです。

――そんなことはありません。これは神経症なんかじゃない。これは病院のなかでもよくある本物の事実ですよ。学生がユダヤ的な名前を持っているだけで、どんなに重たげな十字架を胸に下げていようと、針のむしろで、病院での生活もおちおちとは進められない。ぼくは友人から打ち明け話を聞いたことがあります。名前がユダヤっぽいというだけで、冬の寒い晩に、この川《アロージョ》まで引っ張ってこられて、冷たくて、ごみの浮いている川で禊《みそぎ》をさせられたんですって。実習の当直明けで寝込みを襲われたようなんですが、この不幸な男の濡れた体をどう乾かしてやったかご存知ですか? それは簡単な話でね。母親のおなかから出て来たばかりのようなすっぽんぽんで、水に落とされて、あとは広げた布団にのっけて、その端っこを持った陽気な若者たちは、裸の学生をいつまでも宙に放り上げて、それこそ失神するまで続けるんですから。あげくのはてに救急車を呼んで病院行きです。これを「胴上げ《マンテーオ》」というらしいんですが、悪乗りとしか言いようがない。やってる人間もですが、野次馬が乗せられるというか、性的快楽に酔いしれてしまって、いわばサディズムです。餌食にされた気の弱い人間を見てげらげら笑うようなサディストが、ゆくゆくはお医者様になるんですから……　そんなことでげらげら笑えた人間が！　しかも弄ばれた学生が意識を取り戻すと、今度は実習辞退届を提出しろと嫌がらせを受けたんです。まだ時期尚早だとでも言うんでしょうか……　何がいけなかったかって、ひとえに敬虔なカトリック教徒がユダヤっぽい名前をしていたというだけなんです。

——それで彼は求めに応じたんですか？

——そうする以外になかったでしょう！　そのあと彼は二週間以上、肺炎で寝込みました。彼はすっかり打ちひしがれて、そんな彼には学部で毎日のように顔を合わせました。もう昔の面影はなくて。

——ユダヤ人の名前を持つクリスチャンか。私の連れは、独り言のようにそう言った。

——その名前のことは内緒にしておいてくれと言われたんですけど。

——ともかく、その夜のことが理由で病気になったというわけですね。彼は奇妙に悲しげな声でそう言った。

——話ではそういうことだったけれど、ユダヤ人のお父さんも、カトリックのお母さんもそのことは、つゆ知らないらしい。

そのとき、私は連れがいきなりうずくまるのを見た。

——どうされたんです？　私は大きな声を出した。ぜえぜえ喘ぐような奇妙な声を聞きつけたからだ。

——大丈夫、大丈夫、心配はいらない。と、胸苦しいような声で彼は言った。——いつものことで……　神経ですよ……

——お宅まで送っていきましょうか？　と私は尋ねた。

——いえ、いえ……　数分のところですから……

あたりは静まり返った。

どこか遠くの雲の奥から、稲妻が走った。一度ならず、二度三度。そしてその稲妻は近づいてきて、はげしくなった。そして強まる雷鳴に身を揺らしながら、私は稲妻の明かりをたよりに、何と自分は川《アロージョ》のほとりで一人っきりだということに気づいたのだった。まるでマルドナードの流れに呑みこまれたとでもいうかのように、あの薬剤師は姿を晦ましていた。そのときは、心の底からぞっとした。

6

目を覚ますと、もう日は高く上がっていた。枕もとには下宿のおかみさんが突っ立って、体温計を覗きこんでいた。

――ずいぶんよく休んでおられましたね。と、そう言った。――起こしちゃいけないみたいで。でももう大丈夫みたいね。熱も引いているわ。

たしかに自分でも生まれ変わったような気分だった。

――どこの世界をさまよっていたんだろう？

私は、下宿のおかみさんが私を見ながら、何か返事をするのを待っていることにも気づかなかった。

――何をぼんやりしているの？　とうとう彼女は訊いてきた。

――ああ、ええ……。と、私は取り乱しながら答えた。――このところ、とりとめのない夢を見通しで、それを話してみましょうか……

7

私が医科大学を出て、一人前の医師になったとき、最初にとりかかったのは、地域の医師仲間や薬剤師に挨拶まわりをすることだった。医師仲間は、胡散臭そうな目で私に接してきたが、これに反して、薬剤師たちは温かく敬意をもって私を迎えてくれた。

そんなある夕べ、私は聖ベルナルド教会の正面にある薬局に足を向けた。扉は閉まっていたが、鉄の門に小さな札がかかっていて、「喪中につき閉店」とあった。そしていきなりおしゃべりなおばさんが私の横にあらわれ、つばが飛んできそうな勢いで言い放った。

——ぽっくりいっちゃったのよ。あの背教者ったら。

——えっ？　誰のことですか？　私はそう訊かずにはおれなかった。

——誰って？　あの薬剤師よ！　ユダヤ人のことを目の敵にしてた……　皆と同じ土中に埋めるのも願い下げだわ！

私はいきなり引っ張られて階段を上がった。そこは大きな部屋で、お棺が設えてあった。棺を照らすように下がっているシャンデリアの六本の大蠟燭《シリオス》が部屋をほんのりと照らしていた。蓋を外した棺桶のなかには、首のところまで、アイロンのかかった純白の布がかけられた状態で、故人が横たえられていた。胸の上で堅く組み合わされた指のあいだからは金の十字架が覗いていた。そして、枕もとには一種の祭壇が設けられていて、カトリックの聖人たちの絵がぎっしり並べられ、その祭壇と棺桶のあいだには等身大の磔刑像が立てられていた。その血に濡れた裸像が洗礼を受けて死んだ元ユダヤ教徒に目を落とすさまには鬼気せまるものがあった。薬剤師はきれいに櫛をあて、しっかり剃刀もあてて、目を閉じた姿で横たわっていた。血の気がなく黄色味がかった、その安らかな表情には、苦しんだ痕が、いっさい見えなかった。

——故郷の村でペトリューラの一味に虐殺されたあの背教者に何と似ていることか！　瓜二つじゃないか……

マルドナードの岸辺で彼に会ったことはすっかり忘れていた。いやな夢は覚えていなかったりする。そんなふうに。

部屋の空気には花々の香りが複雑に入り混じっていた。壁伝いに供花が並べられていたのだ。そして花に囲まれたテーブルやベンチの上では、人影が動きまわり、何ごとかひそひそ話していた。黒ずくめの服を着た敬虔なカトリックと思われる女性が何人か、数珠《ロサーリオ》を指に絡ませながら、祈りの言葉をつぶやいていた。元ユダヤ教徒であった男の遺体を安置したカトリック的な空間に、どんな「特徴」があらわれるのか。私はその気配を嗅ぎつけようと必死だった。そこへ突然、大学の同級生がやってきた。

——おお、君じゃないか。友人は私の手を握りながら言った。——君はぼくの父親の死を悼みに来てくれたたった一人の友人だ。感謝しているよ。

——お父さんは長く患われていたのかい？　私はそう尋ねた。

——いやいや、いきなりだったんだよ。ただ、人づきあいが悪くなっていてね。ぼくが実習生をやめた頃からだ。ぼくに起こったことを友だちの誰かが話したみたいで。それが誰なのか分からない。ある夕方、ぼくが大学の門を出たところに親父がいたんだ。

——どうしたの、パパ？　ぼくは思わず尋ねたんだ。

——おまえのことを待っていたんだよ。話がある。

なんだかとても悲しげな声だった。

——どうしたの、パパ？　ずいぶん前からお父さんは様子が変だなと思ってた。

——べつに何てことはない、息子よ……。と、なんだか申し訳なさそうな口調だった。

——おまえには悪いことをしたなと思っていて。お父さんが忌まわしいユダヤの名前を名乗って、おまえにもそれを名乗らせてしまったがゆえに、おまえは友だちからリンチを受けたんだよね。

——誰からそんな話を聞いたの？　その時の声はいつもの声じゃなかったな。声が裏返って。——パパには知られたくなかったのに！

——おまえが肺炎で熱を出して寝ているときに、ぜんぶ聞かせてもらったよ。最初は悪い夢でも見たのかと思ったけれど、おまえの友だちとやらから洗いざらい聞かされてね。寒い寒い晩に学友どもがマルドナードにおまえをどぼんと投げ入れ、それから今度は裸のまま寒い冬空に投げ上げたんだって。その光景がありありと目の前に浮かんでね。

おまえはそんなこと、一言も言ってくれなかった。おまえはそのことを誰にも言わず、一人で苦しんでいたんだ。「ユダヤ的なものからもっと早く手を引いておくべきだった」というのが、おまえのお爺ちゃんの口癖だった。世をはかなんで、そんなことばかり呟いていた。でも心配はいらないよ！　おまえに対する罪を償わないことには、死んでも死にきれない！

——パパ、何をしようというの？　ぼくはなんだか親父のことがかわいそうに思えてきてね。

——おまえには母さんの名前を名乗らせた方がいいかなと思って。無理な話じゃない。弁護士にもこのことでは相談してみたんだ。

——お父さんの気持ちはもうお母さんに話したの？

——いや、まだだ。それはおまえから母さんに話すがいい。自分のような正真正銘のカトリック教徒にユダヤ的な名前はふさわしくないとね。

その頃にはもう家の前まで来ていたのだけれど、親父はこんな話をしたことは母さんに絶対に聞かせてはならないと釘を刺したんだ。

その日から、ぼくの親父は日に日に暗くなっていって、世間から遠ざかって、心ここにあらずというのか、落ち着きを失ってしまったというか。パパったら人づきあいが悪くてと、母親はよく愚痴ったものさ。研究所通いもやめてしまったし、って。店に来るお客さんにまでけんもほろろで……

——どんな相手に？　ユダヤ教徒、それともキリスト教徒？　思わず、尋ねてしまったよ。母親に。

母親はしばらく考えこんだんだけれど、静かに答えたよ。

——ユダヤ……　そう言えばユダヤ教徒のお客だわ。そうだと分かると悪態をついて、出て行けって言わんばかり……。そして、思い出したように言うんだ。——あの人だって、昔はユダヤ教徒だったのに！　そこまで嫌いだったのね……

ここまで立ち話をしたところで、いきなり階段口で音がして、ぼくらが離れたら、親父がひっくり返って倒れてた。もう声も出てこなくて、「死ぬ！」って。そしてそのまま逝ってしまった。

ここまで話すと友人は黙った。次から次へとあらわれるカトリックの弔問客で部屋はみるみるすし詰めになった。司祭も二人やってきていて、私はあわてて玄関までたどり着き、そこから外に出た。

正面に聳え立つ聖ベルナルド教会の方からお香と、黴臭い偶像の香りが漂ってきた。

ブエノスアイレスの場末の横町にふらふらと入りこみ、そこはマルドナードのほとりだった。霧が深くたちこめていて、異教徒の名前を持ったユダヤ人の聖なる姿が次々に目の前をよぎった。ディエゴ・ロペス・デ・フォンセーカ、ファン・デ・アセベード、マヌエル・バウチスタ・ペレス、フランシスコ・シルバ・マルドナード、その他。みんな数百年前にリマで火刑台に立たされて殉教を遂げた者どもであった。

泥人形メフル

ロゼ・パラトニク

ロゼ・パラトニク（一九〇四〜八一）

ポーランドのルブリン県クラシニクに生まれ、後にワルシャワで作家的技量を認められるが、一九二七年にパリ、一九三六年にはリオデジャネイロに移り住み、世界各地のイディッシュ語媒体に投稿。その作品には、故郷クラシニクを描いたものと、ブラジルの新移民の生活や世代交代を描いたものがある。『K. 消えた娘を追って』によって日本でも知られるベルナルド・クシンスキーの父、メイル・クチンスキ（一九〇四―七六）とは盟友だった。

原題 **מעכל גולם**

新顔《グリーネ》のヘネが名高いミシェル製作所の長い廊下を、ぺたぺた小刻みな足取りで歩いていく。煌々と灯るあかりに待合の人々が照らされて見える。おどおど椅子に腰掛けた彼女もまたボスに会う順番待ちのひとりだ。

眺めていると、黒人や白人の従業員がドアからドアへ紙ばさみや書類を持って足早に出入りし、目で合図を交わし合っている。こうやって、黙々と仕事をこなしている。奥の方から重たいミシンを踏む鈍い虫の音のような音が聞こえる。ときおり甲高いホイッスルやマイクを通した太い声が響く。

ヘネはずっと爪をかんでいて、所長室の白い表示板を眺めては声に出してみる。これでもう十度目になるだろうか。いかめしい字体でＰＲＩＶＡＴ（部外者立入禁止）と書かれている。《ぶ・がい・しゃ・たち・いり・きん・し》――心の中で呟いてみる。人間にはそれぞれの人生がある。公的生活、私的生活。よそゆきの顔、内向きの顔。しかし、そんな人生の使い分けとは無縁な人もいることは知っている。よそゆきの顔も自分の顔も持ちあわせない人々。それは何の変哲もない人々。すっかり神の世界の方を向いている。私の世界、あなたの世界、私たちの世界、どれにも縁がない。つまり定員外の人間。

ヘネは、あの工場主を訪ねるべきかどうかで何週間も悩みつづけた。なにせ郷里ではゴレム（泥でこしらえた人造人間）で通っていた男だ。ばったり会うと、たいてい呼び止めて、大きな声で話しかけてくる。

《ハロー、新顔のお嬢さん、ご機嫌いかが？》——いつもは気が強く生意気なヘネだが、その狎々しさにはしどろもどろになる。

《ブラジルでは手拍子を打つの？》——けっきょく間の悪いタイミングで返事をするかっこうになる——《それともノック？　ブラジル人を訪ね歩くとき、かならずまごついてしまう。どちらでもいいものなのかね？》

金持ちが相手だとふつうは他人行儀にしか話せない彼女だが、おしもおされもせぬ名士が相手でも、この男の前に出ると勝手が違う。

どこからともなく、名前を呼ぶマイクの声が聞こえるが、彼女ではない。何度も待ってから、ようやく番が来た。

《ハロー、ヘネじゃないか！》——敷居を跨いだだけで男の声だと判った。

《おかけなさい、ヘネ！》——あの狎々しい声だ。気の強いヘネはどこへ行ったのやら、またしても自分を見失ったヘネは、しおしおと席に着いた。

《あんたの工場で何か仕事はみつからないものかと思って……》――穏やかにこう切り出しながら、彼女は壁にできた一点の染みを見ていた――《もうブラジル人を訪ね歩く元気がなくなっちゃって……》――さらに思い切って、こうも言った――《白土の坂道を登るのにも疲れちゃったし……　勤め口のことなら、やっぱりあんたにお願いするしかないかなって……》――頭の中に用意していた文句をいっきに吐き出した。

窓の外はとつぜん暗転した。黒雲が重なり合い、木の葉のざわめきが窓越しに聞こえてきた。きれいに磨かれた窓ガラスには、金のロケットのような稲妻が走った。そのとき工場主の胸に同じく閃くものがあった。それほどの年齢でもないのに艶を失ったヘネの肌、おでこの皺、赤みのない頬を横目に見ながら、この女に会うたびに運命的な近しさを覚える自分を感じた。ヘネというよりは、ヘネレ（ヘネの愛称）と呼びたい感情が湧き起るのだ。

《ブラジルに来てこんなになるのに、どうしてもっと早く来なかったんだい？》――冷やかすように彼は言った――《いつまでも新顔《グリーネ》のまんまじゃないか。よほど水が合わないのかな》――狼狽を隠そうとする彼女を、彼は親しみをこめた目で見つめた。

《君はぱかぱかラッパを鳴らすタイプじゃなかったわけだ……》――こう言うと、工場主はなかば本気、なかばふざけながら、ヘネの頬に唇をあてた。はにかんだヘネはくるりと背中を向け、相手をにらみつけた。

《相手にしてもらえなかっただけだよ》——息ができないくらいの圧迫感が彼女を襲った——《安息日も祝祭日もないような生活が始まって…… あっちでは根っこを引き抜かれ、こっちでも根を下ろせない…… まるで浮草のような日々……》——堰を切ったように言葉が奔流となって溢れ出した。

《夕食を食べに出直してこないか。つもる話もあるだろう！》——工場主は手を差し出した。

マイクを通して声がした——《はい、次の方！》

＊

面会時間が終わると、大工場主はさっそく運転手を呼び、青いドライブカーにゆったり腰を下ろした。これといったあてがあったわけではない。あたりを一周してくれと指示した。空まわりをしたゴムタイヤが動き出すと、思いは自然と過去へ遡っていった。

ブラジルの港に着いたのは二十五年前。熱帯らしい夏の日だった。くたびれて変形した靴。灰色のすりきれたズボン。みどり格子のシャツ。まるでお祭りで見かける手まわし自動オルガン奏者のようだった。

　彼を貧相な田舎者のハシディストだと勘違いしたユダヤ人仲間は、想い出したように、昔ながらの綽名で話しかけてきた――《ショレム・アレイヘム（やあやあ）、ゴレムじゃないか》と。

　かつて居酒屋で一緒にスリをはたらいたこともある悪友のペイセフは、遠くからメフルを見つけると、ぴかぴかの新車のクラクションを鳴らしながら、開口一番、偉そうに言ったものだ。

《よお、こういう田舎者も一人はいないとさびしいもんだ。ようこそブラジルへ！》

　あざけるような笑みを浮かべながら、つかつかと歩み寄ったのは、シメレ・スノビクだ。

《こりゃまた、とんでもない野郎を寄越してくれたものだぜ》――それから指を突き出しながら――《おまえなんかゴレムだもん、せいぜい泥の中をはいまわることだな》

　シメレとはよく豚箱で相部屋になった。ベッドを占領して、メフルには暖炉のところで寝ろと指図したのがこいつだ。なにしろおじいさんが有名人だったとかで、お高くとまっているシメレに比べて、メフルは両親が誰かもはっきりしない。

　父親の笑顔とも母親の愛撫とも無縁に育ったメフルは、住む家もなく、いけ好かない相手にも頭を下げ、ほとんど物乞い同然の生活をくぐりぬけて大きくなった。

しかし、昔の仲間がブラジルで商売を始めたと聞いて奮起した。国境を破り、船室にもぐりこみ、陸路海路あわせて、何ヶ月も空腹とたたかいながら、とうとう新天地へとたどり着いた。しかし、やっとこさ、たどり着いたとはいっても、なにもかもが過去のくりかえしだった。ゴレム、針金使い、物干竿、オルガン弾き。綽名も昔そのまま。そこでひとこと。

《うるさい、イカサマ野郎。今に見てろ、おまえらなんかにゃ、負けないぞ……》

そこで二人の仲間がよってたかって、メフルに最初の一歩を刻ませようと、知恵を授けた。新米メフルの角に磨きをかけるのだと、たいへんないれこみようだった。なにごとも経験だ。馬子にも衣装。ばかばかしいとは思いつつ、メフルは白土の斜面を登っていくことを承知した。ただふざけた調子で玄関をノックしてまわるように言われたのには驚いた。しかも、いくらがんばっても商売にはならない。ひょっとして、どいつもこいつも教えるふりをして、先輩風を吹かせたかっただけかもしれない。メフルはとうとう麦藁帽子を放り投げた。暗く曇っていた目ががぜん輝きを帯び――《今日をかぎり、おれはおし売りなんて卒業するぞ！》

意を決して、着ている衣装をぜんぶ脱ぎ捨てた。

《手綱も轡もお返しする。こんなばかみたいなこと、だれが続けるものか！》
すかっと肩の荷を下ろしたメフルは静かに山を下りた。

＊

コパカバーナの砂浜が見渡せるアスファルト道を、工場主のデラックス乗用車が悠然と静かに走り抜けた。

ぶあつく垂れ込めていた雲もいつしか薄れてきれぎれになり、最後の残り日がかすかにざわめく波頭を照らしていた。むしろ海の青色を映し出しているのは一列に並んだ照明灯の方で、その光は沖合まで延びている。メフルは、あらためて渡航して間もない時代を思い出した。再出発の日々のことだ。片手に派手なネクタイの束。もう一方に膨らませた赤い風船。シルクの生地やハンカチは両肩に分けてかつぎ、腰まわりには紐に通した子供のおもちゃ。ポケットには白粉、口紅、香水、それら女性化粧品のありったけ。水汲みが天秤棒をかついで歩くようで、遠目にはさながら移動バザールだった。

これを機にメフルはユダヤの行商人に新しいスタイルを導入したのである。玄関をノックするのではなく、子供の呼子をならす方法だ。商品名を大声で連呼するのを止めて、辻芸人みたいに唄をこしらえて歌い歩く。どこかの奥さんが窓を開けてくれたら、しめたもの。さっそく目を七色に輝かせ、職人的な腕さばきでジャケツの赤布をくるりとまわして香水を振り撒くや、《ダ・リセンサ》（ポルトガル語で「よろしいでしょうか」）——重い靴を引き摺って玄関にとびこむ。中に入ってしまえば、あとは立て板に水、休む間もなく話しつづける。《タク・トチノ》（ウクライナ語で「はい、そのとおりであります」）——《フシェ・ラヴノ》（ロシア語で「どちらもお似合いですね」）——《ビッテ・シエン》（ドイツ語で「どうぞどうぞ」）——《ドラチェーゴ・ニエ》（ポーランド語で「いいじゃありませんか」）——神をも畏れぬ多言語使用者《ポリグロット》と化したメフルは、商談がまとまるまで梃子でもそこを動かなかった。

ひとり住まいの自宅には、ぴかぴかのネクタイピンや指輪や鎖や時計が溢れるようになった。そしてまるで恋人を見るように、売り物に見とれるのだった。そして商品に頬ずりしながら、ひとりごちる——《どんどん大きくなってくれよ……　そうすれば豪華なショーウィンドーになる。ペイセフケ（ペイセフの愛称）もシメレ（シェムエルの愛称）も腰を抜かす。新米のおれをコケにしてくれたお返しだ》

こうして呼子と唄から始まった時代は終わり、ある晴れた日、目抜き通りの一角にライトブルーに金の角をあしらった新しい看板がお目見えした。空に月が浮かぶ絵柄だ。そしてその角だか三日月だかはぐるぐる回転する仕掛けになっていて、CASA　MICHEL（ミシェルの店）というイルミネーションが点滅する。

メフルは、名前をブラジル風にミシェルと改めることに多少抵抗を覚えたが、こう言い聞かせた——

《これは今だけだ。あの生意気な連中に一泡吹かせてやればそれで十分。それまではミシェルで行こう……　いつでも後戻りはできる。悩むことなんかない。メフルはユダヤ風の名を恥じているわけではない。ペイセフなんて手形に「ペドロ」と書くのがやっとのくせに、眠るときには枕元にヨイズル（イエス・キリスト）、足元にマリアおばさん（聖母マリア）、かたわらには非ユダヤ人の女を従えてる。あんな奴とはわけが違う……　かといって、物干竿のシメルケ（シェムエルの愛称）はシメルケで情けないといったらありゃしない。「シモン」になりきるどころか、それに合わせてかみさんまで《ドナ・エスペランサ！》と呼んで悦にいってる。ピクルス漬けのきゅうりみたいな女とヤクザ男じゃ、さまにならないというのに》……

　同郷のみんなから噂を立てられた時代が今では懐かしい。《あのゴレムがイカサマ商法をやってる》とか、《声を震わせて人妻をうっとりさせてる》とか、《怪しい客よせ唄と呼子で女を手玉にとってる》とか……

　今ではそれがゴレムにしかできない仕業だということを蔭では多くが認めだしていた。しかし、面と向かうと、《おまえも株を上げたな兄弟。女と二人乗りかい？》と、あいもかわらず冷やかし一点張りなのだ。

《それが何だよ?・》——メフルは皮肉をこめて、けろっと言い返したものだ——《さあ、ブラジルの回転木馬だよ。ちちんぷいぷい。手品のはじまり、はじまり……》

*

いつのまにやら、カーザ・ミシェルはあわただしさを増していた。翼部を広げたと思ったら、お次は二階建てに改装。そして高い煙突が聳え立つようになると、曇りがちの日など霧に煙る山々はかすみ、火花を散らしながらもくもくと煙をはいて天まで届かせる煙突の方がランドマークになった。

同郷のユダヤ人仲間は、今風の娘たちを焚きつけてメフルの方に目を向かせようとした。

《子供は金のなる樹だ! 一塊の泥人形にすぎなかったあのゴレムが、やっと一人前の男へと成長したぞ!》

コケットな魅力を漂わせる娘たちはボーイハントに熱中した。コパカバーナの宮殿のようなレストランでのナイトパーティー。そんな夢がどんどんと膨らんだ。メフルの青いデラックスカーは大統領を乗せてもおかしくないほどで、この工場主の妻の座にすわることができたら、どんなに素晴らしいかというわけだった。

きれいどころは一人残らず玉の輿を狙い、メフルに好印象を与えようとして、華麗な服装で身を固め、メフルを訪問するときには色仕掛けで迫る。絹のハンカチが歪んでいますよとか、幅広のネクタイが曲がっているからとか、口実を設けては髪の毛に触れたがる。

メヘレ(メフルの愛称)は女たちになされるがままでいた。ところが、贅を凝らした家具調度に触れようとする客にはきびしく注文をつけた。

《あわてないでくださいな。そこの階段はすべりやすいんです。それに、そこのところの手すりはペンキが塗り立てでして……　くれぐれもお召し物をお汚しにならぬよう……》

そして別れ際には、遠巻きに、《お父さんたちに宜しく》のひとことだけは怠らなかった。

ところが娘の父親たちは、おでこに皺を寄せ、ない知恵を絞りながら、ゴレムの石頭を柔らかくしようと策を弄した——《これだけの財産を手に入れるとかえって心を失うものなのかね。あんただっていつかは年を取る。一ヶ月後、あるいは一年後に足が立たなくならないともかぎらない。あんただって下着姿でみじめに死んでいきたくはなかろうに……》――そんなおためごかしで迫ってくるものも少なくなかった。

《そんなにおれに嫁さんを取らせたいか？》――メフルの中に棲む悪魔が相手を煙に巻く。

《それももっともな話ではあるが……お人形さんみたいな箱入り娘やら、沐浴と称して日がなフラメンゴ海岸で水浴びしているリボンをつけた踊り子やらと結婚するわけにもゆくまい！　ましてや、爪を長くしているような女なんてもってのほかだ……》――メフルが求めていたのは、ユダヤ風に焼かれた家庭的なロールパン、母親が毎度祝福を捧げながら焼いたようなパンでなければ相手にならないのだ。

《だからいいか、わかったか？　おれが望んでいるのはオートミールの香りのする娘なんだ。「よい安息日《グート・シャベス》を」とか、「正餐の前にはかならず手を洗ってね、メフル」とか、「おめでとう、メフル」とか、そんなふうな娘でなくっちゃ。あんたたちのところに、おれのメガネにかなういい娘はいないのか？　おい……》

こんなふうに反撃されると、だれも二の句が継げなかった。以来、この大工場主を見かけても、《ああ、ゴレム様のお通りだ》――それだけだった。

＊

ドライブから戻る途中、工場主はスピードを上げるように命じた。強い浜風が吹いていた。ひんやりとして海の香りがする。街路樹から枯葉が舞う。こんな熱帯であればこそ、秋の訪れは身に沁みるもんだ。そんなことを考える。

そのとき、《安息日も祝祭日もないような生活……》とか言ったヘネの言葉がふと脳裡に甦った。その言葉はついに頭から離れなくなった。工場も豪邸も徹夜のパーティーを開く余裕も何もかも手に入れた。あと残っているものはといえば、たったひとつだけだった。

＊

ヘネが夕食にやってくると、大きな照明器具の全てに灯りが点っていた。大きな窓も大きく開かれ、蓄音機がおかれ、玄関には色とりどりの小鳥がいた。いっぱいに広がる海は部屋の奥からでも見渡せた。高波が次から次から音を立てて押し寄せては、重なり合う。そのざわめきは魅力的でもあり、物悲しくもある。窓辺の椰子の葉はカーテンと戯れている。ヘネレはうっとりとした気分になって笑みをもらし、こう言った。
《あらあら、みんなどうしてこんなに明るくしたがるんだい？　これじゃあ、まるでお天道様みたいじゃないか》
メフルは彼女に両手を差し出しながら言う――《ねえ、こっちへおいでよ》
ヘネはそれでもまだ目が眩んでいるようで、小声でぼそぼそ呟いている。
《あらあら、壁のこの絵はいったい何？》
いつまでも目を丸くしているヘネには何を言っても、暖簾にうでおし、メフルは機が熟すのを待つことにした。
《ねえ、あんた》――ヘネは少しずつ小生意気な口を利きはじめた――《あたしたちのところじゃ、こんな大富豪は、シナゴーグにトーラー（聖書を記した巻物）を寄進して、孤児の女の子と結婚するのが普通じゃなかったかい？　金持ちにだってできることとできないことがあるかもしれないけど……　でも、これはいったいどういうことなんだい？　これじゃあ、まるでクリスチャンの教会みたいじゃないか？　違いといったら、オルガンがないことだけ……》
メフルは彼女のがっしりした肩に大きな手をぺたんと乗せ、浮かない顔をしている彼女の顔にかがみこんだ。そして、その小生意気な目を見据えながら、とつぜん、おれおまえで話し出した。

《おい、聞いてくれよ。壁には死んだ獅子がいるし、棚にはクリスタルの花瓶がある。銀の燭台もだ。見えるだろう？　おれにはこんなものひとつも重要じゃない。冷たくて悲しげなこんなものと一緒に暮すほど、わびしいことはない。ひゅうひゅう風が吹きつけてくるみたいで、おれ、人恋しくて堪らないんだ。わが家に温かい風を吹かせてくれるような相棒が欲しい。ここにあるものは、ぜんぶヤクザどもにくれてやっていい。奴らはおれにおし売りの術を教えてくれた。おれをからかって、笑い物にするためだ。いまじゃあ、ぺこぺこしながらやってくるけど、おれを立ててくれるような奴なんてひとりもいなかった。おれのぼろぼろの服は見ても、胸のうちまでは見ようとはしなかった。だというのに、あの死んだ獅子を見たいとなると、連中は玄関に立つ犬とどこも変わりやしない。名刺を渡して、おれが通してやるのを首を長くして待つんだ》

メフルの中の塞がれていた泉が口を切った。感情の迸りははけ口を求め、火のついた目は喜びに満ちて輝いた。きらっと光る針のように、へネの心の中にも火が点った。メフルはいつのまにか一方の手を彼女の腰にやり、かるく溜息をついて訊ねるのだった。

《おれのところで仕事を見つけようだなんて、どういう風の吹きまわしだい？》――へネレは明るい光がいっそう明るさを増したような気がした。潮騒の音も、窓辺の椰子の梢も、みんなざわめきを強くしたように思えてならなかった。
《おれの今の気持ち、わかるかい？》――まるで娘に向かう父親のようにメフルは彼女の目を覗きこんだ――《ねえ、あててごらん》
ネレはいきなり彼の手をとり、その手を自分の胸に押し当てて、囁いた。
《それくらい、あたしにだってわかるよ》
そして、付け加えた。
《でもあたしはみなし子。あんたは……》
すすり泣きと笑いが混じる。
《そういえば、あんたもやっぱりみなし子だったね》
ネは真珠のような涙のしずくをこぼし、メフルの両手は濡れそぼった。風で縺れた彼女の髪を大きな手の平で包むようにして、メフルはやさしく迫った。
《ネレ、お願いだから、自分を卑下しないでくれ。お高くとまった女なんて価値がない。おれはそういう人間だ》
そして晴れがましい声で、胸のうちをあらいざらいさらけ出した。
《おまえこそ、おれにぴったりな女だ。みんながおまえのことをどう噂してるか、知

ってるかい？　蓼食う虫も好きずき、だってさ》

＊

メフルが年増のヘネと結婚するという噂を耳にした仲間は、あいもかわらず、決まり文句で受け流した――《泥人形《ゴレム》はどこまでいっても泥人形《ゴレム》のままなんだな》

ヤンとピート

ラフミール・フェルドマン

ラフミール（リチャード）・フェルドマン（一八九七～一九六八）

リトアニアのカウナス近郊の小村に生まれた彼は、一九一〇年に家族で南アフリカに移住し、ヨハネスブルグではシオニスト系のグループに属する開明的なユダヤ人として成長。その後のパレスチナ旅行も、シオニストとしての自覚を高める上で重要だった。国際的なユダヤ人互助組織の南ア支部を手伝うなどし、一九四〇年代から五〇年代にかけては「リチャード・フェルドマン」の名前でヨハネスブルグ市議なども務め、ユダヤ系市民の定着と権利保障に尽力した。

原題 יאַן און פּיעט

それは十二月十六日で、ディンガーンの日（アフリカ民族会議はこれを「抵抗の日」と定め、現在は「和解の日」として休日となっている）、つまりボーア人がズールー人と戦った戦いを記念する、南アの白人にとっては祝うべき一日のことだった。ボーア人の歴史において重要な日付で、一八三八年のこの日、黒人の抵抗は平定された。以来、白人と黒人の主従関係は決定的なものとなった、そんな一日なのだ。

それからまる一世紀が過ぎた。英雄的なズールーの誇りは打ち砕かれた。奴隷状態に置かれた彼らは、その後、世代交代をくり返し、みんな卑屈で、上の言いなりになっている。過去のこともほとんど忘れ去られ、髭の白くなったご老人が昔話、遠い昔の話を聞かせるだけだ。むしろ、白人たちの方がこの日のことをよく覚えている。十二月十六日がやってくるたびに、彼らはお祝いし、子どもたちにその日のことを語って聞かせる。過去を記念し、神に感謝をささげる日だというわけだ。

同じ十二月十六日のことを黒人もまた思い出してはいた。奴隷として生きることは辛いことだ。それに身分証《パス》のことがある。黒人専用の身分証《パス》で、それが彼らの奴隷である徴なのだ。革命暴動を組織する試みもあった。みんなで身分証《パス》を焼き捨てようという呼びかけが都市の黒人たちに向けられたのだ。

それはほんの始まりの出来事にすぎなかった。恐怖は大きく、権力は強大だ。そして組織されない烏合の衆の群れは脆弱で、なにができるというものでもない。結局は二百人程度の黒人が集結しただけだった。二百人が身分証《パス》を火にくべた。身分証《パス》なんて誰が携帯するものか!

するといつのまにか警官隊がやってきていた。人だかりに襲いかかった彼らは、警棒をふりまわし、あとは逃げるが勝ちの状態だった。

若くて、ブロンドの髪をした警官のヤンは、すばしこさでは誰にも負けなかったから、逃げまどう暴徒を追いかけ、犀革鞭《シャンボク》を颯爽とふりあげ、逮捕した人間には鎖をかけ、ありったけの手錠を使い果たした。こうなったらもう誰も逃げも隠れもできないのだ。そのはたらきぶりは見事で、次から次へと捉えた男は、助手をつとめる黒人に引き渡す。ソト族の若者がひとりすり抜けて逃げようとしたが、ヤンにかかると、足の速さでかなわない。あっという間に相手を捉え、右手に持った犀革鞭《シャンボク》を使って、ヤン様から逃げられるはずがないと、「呪われた黒んぼ《カフェル》」には思い知らせてやる。そして左手ではつかんだ相手の肩を放さず、犀革鞭《シャンボク》を持った右手をふりあげた。そのとき、はじめて二人の目と目があった。ヤンはふりあげた手を下ろさなかった。ヤンは、とつぜんどうしていいか分からなくなったのだ。ふりあげた腕は力が抜けたようにだらりとなった。すっかり目を閉じて、いまにも犀革鞭《シャンボク》がふってくると覚悟していたソト族の男は、怪訝そうに目を開いた。

二人は互いに誰であるかに気づいた。

――ヤン！

――ピート！

ピートは声もなく驚いたように警官の顔を覗きこんだ。ヤンに会えたという声に出ない喜びで、彼はしばし自分の置かれた立場を忘れた。そして同じ喜びをヤンの表情のなかに読み取ろうとした。しかし、ヤンはピートから目を逸らした。ヤンはどうしたらいいのか戸惑った。そして、最後に「手錠」をかけるから手を出せと命じたのだった。ピートは思わず我に返った。思いがけない再会にほろりとなった自分が愚かだったと目が覚めた。手錠をかけるならかけろと、こわばった手を突き出した。鋭い目で相手の顔をうかがい、その目を捉えようとした。しかし、ヤンは目を背けたまま、弱々しい声で「来い」とだけ言い、ピートの肩に手をかけて突いた。署まで行こうという合図だった。

二人とも無言だった。子ども時代を思い起こしていたのだ。二人はトランスヴァール北部の「オランジフォンテイン」という農場で、同じ週に相次いで生まれた。しかしヤンが一歳にもならないうちに母親は亡くなり、農場のしがない雇われ人だった父親は、農場主の厚意で、ひとりの女性を家政婦にあてがってもらった。マリアといって、黒人を夫に持つ女だった。

マリアにはピートという子どもがいて、要するに、二人はマリアによって育てられたというわけだ。幼いピートには部屋に上がることが許されなかったけれど、ヤンとピートは二人並んで庭に寝た。はいはいを始めたのも、あんよができるようになったのも一緒だった。ヤンの父親は妻に死なれた後、再婚したが、その継母はヤンに目もくれなかった。ヤンの世話はマリアに任せておけば十分だと考えていたのだ。子ども時代のヤンとピートは、ずっと遊び仲間だった。おかげで、ヤンは農場の他の子どもたちからはバカにされ、黒んぼ《カフェル》呼ばわりを受けた。ピートと遊んでばかりだからそう言われるんだということは分かっていたが、ピートと遊んで何が悪いのかは理解できなかった。ともかく二人は物心ついてからずっと仲良しだったし、ピートと遊ぶのはほんとうに楽しかった。ピートは素直だし親切だし、まっすぐにこっちに向かってきてくれる。以心伝心とは二人のあいだのことだった。そして、何を言っても、「承知しました《ヤー・バーシ》」と快い返事が返ってきた。

そのヤンが十歳だったときのこと、彼はとんでもないことをしでかしてしまった。生まれたばかりの仔牛をおもちゃにして、なぶり殺しにしてしまったのだ。しまった、このままじゃあ、ひどいお仕置きを受けることになる。そこでピートのところに匿ってもらうことにした。ピートに自分の犯した過ちを打ち明け、おいおい涙を流しながら、もうおしまいだと口にした。ピートはそんなヤンのことが可哀そうで堪らなくなり、自分が代わりに罪を着てやろうというようなことを言った。ピートなら、平手打ちのひとつやふたつ屁でもない。するとヤンはむくっと起き上がり、涙をぬぐって、一言も言わずにそこを去った。ピートの一家が住む、泥でこしらえた家からヤンの家までは四百ヤードほどだった。とぼとぼ帰る道のり、ヤンの心はさっぱりと晴れあがった。ピートのったことにするという手を考えつかなかった自分が不思議なくらいだった。

すると、途中で父親にばったりと出くわした。彼は事の次第を澱みなく話して聞かせた。父からピートを呼んで来いと言われた彼は、ピートの家に戻ると、小さな声で言った。

——ピート、おやじが呼んで来いって。

ピートはそのときもヤンと目を合わせようとしたが、ヤンはそっぽを向いたままだった。いまとまったく同じだった。二人で並んで歩きながら、一言も口を利かなかった。

ピートが受けた罰はそれこそ酷いものだった。ヤンの父親は容赦なく血が出るまで打ちのめし、打撲の痛みは一週間消えなかった。しかし、なにより堪えたのは、その仔牛の一件以来、ヤンはぷいと背中を向けて、もはや友達ではないかのようにふるまうようになった、そのことだった。そして彼までが平気で黒んぼ《カフェル》と呼んでくるようになった。彼は罪もないピートが泣き叫ぶのを聞きながら、もう友達でいるのはやめようと思ったのだ。自分がそのあだ名で呼ばれ、黒人の男の子と遊んでいるばかりにぶつけられてきた軽蔑には、辟易していたのだ。こうなったら絶交しかない！　こんりんざい黒んぼ《カフェル》の子どもとは関わり合いを持つな。それは父の決めたことだった。

そうした過去があって、いまがある。手を縛られたピートをひっぱりながら、ヤンの脳裏にはこんな思いが走った。いまこそ彼を逃がしてやって借りを返す、仔牛をなぶり殺しにした責めを晴らすというのはどうだろうか？

こう考え出したとたん、その思いは強く頭を離れなくなった。二人はまだまだ少年で、二人はともに育てられ、仲良く友達で過ごし、マリアさんも良くしてくれ、継母が食事を抜いてお仕置きをすると言ったときも、彼女が食べ物を用意してくれたし、ともかく勇敢なピートは仔牛を殺した責めを肩代わりしてくれた。そこまで自己献身的にふるまってくれたのだった。かつての借りを返すにはいまこそ絶好のチャンスじゃないか……

そして、ピートはというと、あらためてあの仔牛の一件を思い浮かべていた。あの無意味な平手打ちを食らった後、ヤンが自分のことを黒んぼ《カフェル》の名で呼び始め、蔑んだ態度をとるようになったのを思うと、心底、ぞっとした。

――一度訊ねてみたいくらいだな。そんなことを考えた。――どうして、あんなふうにおれのことを扱ったんだろう？　おれは親切でやったつもりなのに、なんというしっぺ返しだろう？　どうしてこんなことになるんだ？　でも低姿勢に出てまで訊ねることだろうか？　バカらしい、誰が訊ねたりするもんか！

それぞれに頭のなかをめぐらせながら、二人は警察署の前までやってきた。ヤンは一瞬棒立ちになった。いつかの映像が目の前に甦った。幼馴染の少年、そしてマリアさん、仔牛の一件……　ここで逃がしてやって借りを返せばいいじゃないか。

――おい、ヤン、そんなところで何をしている？　署の奥から誰かの声がした。ハッと眠りから覚めるように我に返ったヤンは、みずからを恥じた。「野蛮」な考えに身震いがするようだった。かっと頭に血が上った。おまえは白人だろう、警官だろう、務めを果たすのみだ！

それはまるで自分に言い聞かせるかのようなふるまいだった。署のなかに足を踏み入れるや、彼はピートを荒々しく引っ張って叫んだ。

——坐りやがれ、呪われた黒んぼ《カフェル》め！ こいつ、逃げようとして抵抗しやがった。だからとっつかまえて連行したんだ。

ピートはひとことも言葉を発しなかった。ただ、黒人の巡査が手を引っ張って鉄のバーの向こうへ引きずって行こうとしたとき、その目は乞うようにヤンの目を捉えようとした。ヤンは顔を背けて、ピートが連れて行かれるさまを見まいとした。そして、ピートは思った。生まれたての仔牛を殺した犯人がおれだと、父親にチクるだなんて、ヤンの気持ちはそのときどんなものだったんだろうか？

イディッシュ文学の〈世界性〉について

西　成彦

一九〇八年の八月三〇日から九月四日まで、当時はハプスブルク帝国の東端に位置したブコヴィナのチェルノヴィッツ（現在はウクライナ西部のチェルニウツィー）で「イディッシュ語のための会議」なるイベントが開催された。当時、ロシア帝国からハプスブルク帝国にかけて、多くのユダヤ人が日常的に話していた言語は、周囲からは無造作に「ユダヤ語」だの「隠語《ジャルゴン》」だのと呼ばれるだけで、その話者にしてからが、それを特定の言語名で呼ぶ習慣がなかった。呼ぶとしても「母の言葉《マメ・ロシュン》」と呼んで済ませ、教養のあるユダヤ教徒の男性が寸暇を惜しんで学ぶべきだとされていた「神聖な言葉《ロシュン・コイデシュ》」としての「聖書ヘブライ語」と識別していたにすぎなかった。それをドイツ語の形容詞「ユダヤの」(jüdisch)に相当する「イディッシュ」の名前で呼ぶことが公式に確定したのは、まさにこの会議が「イディッシュ語のための会議」と名づけられたことによってなのである。

当時、この言語をいわゆる「母語」とする話者は、東欧一帯に留まらず、ドイツ、フランス、英国などの西欧諸国、米国やブラジル、アルゼンチンなどの両アメリカ大陸、さらにはボーア戦争が終結したばかりの南アフリカにまで、大きな拡がりを示していた。帝国主義の膨張にともなう宗主国から植民地への人口移動(=植民)というよりは、ロシア帝国における反ユダヤ主義の横行や経済的な窮乏に絶望した何百万人ものユダヤ人難民が、イディッシュ語を「母語」とする民として、ドイツ語圏やフランス語圏、英語圏、そしてポルトガル語圏、スペイン語圏、さらにはオランダ語の亜種であるアフリカーンスが「リンガ・フランカ(=共通語)」となっている地域へと移り住んだのだ(パレスチナへの移住も徐々に加速した)。どこに住もうと「母語」を話せるのはきわめて限られた生活空間のなかにすぎず、かつてであればロシア語やウクライナ語、ポーランド語、ルーマニア語などの東欧言語を用いて異教徒とのコミュニケーションを果たしていたのを、今後は西欧言語への同化を進めることで新天地での生活に備えたのだった。

「チェルノヴィッツ会議」には、オーストリアに隣接するロシア領(おもにポーランド)や米国からもユダヤ系の作家・思想家・政治運動家などが結集し、彼らはほとんどが多言語使用者《ポリグロット》だったわけではあるが、イディッシュ語の未来を信じ、その未来を信じるに値するものとするために、せめて「正書法」や「文法」は整え、いくつもの大陸に散らばりつつあったイディッシュ語を「母語」とする同胞たちをエンパワーしようと、各人が思いをぶつけ合った。

こうしたエンパワーメントの必要性を東欧系ユダヤ人が強く感じるに至った経緯のひとつとして、英領南アフリカの事例を紹介しておこう。二十世紀初頭の南アフリカに、いまだ「アパルトヘイト」なる明確な統治基準はなかったが、しかしアフリカ先住民に加えて、多くはインドからのアジア系移民の増大がかねてより懸念されていた南アでは、ヨーロッパ系の移民を奨励する政策が実行に移された。いわゆる「白色化」である。しかし、何をもって「ヨーロッパ系」とみなすかというときに、統一的な基準がなかった。あからさまに肌の色といったような自然形質で見分けるというわけにもいかず、そこで採用されたのが、「ヨーロッパ系の言語」を話せるかどうかという基準だった。そして始まったのが、イディッシュ語を「ヨーロッパ系の言語」のひとつとして南アの移民局に認めさせるための運動だった。そうしたときにただ「ユダヤ語」というのでは格好がつかないので、「イディッシュ語」の名前で、その認知度を高めるという方法が採用された。そして、イディッシュ語話者にも門戸が開かれ、特にリトアニア系のユダヤ人が多く南アに渡った。

二十世紀初頭にようやく「イディッシュ語」の名前で呼ばれるようになったこの言語は、そもそもローマ帝国時代にパレスチナの地を追われたユダヤ教徒のうち、ライン河流域に移り住み、ラテン語やその諸方言、そしてゲルマン系の言語(おもに中世高地ドイツ語)で日常生活を送るようになった一群にとって、いわゆる日常言語であった。この一群をヘブライ語では聖書に出てくるノアの末裔(「創世記」十・3)に因んで「アシュケナズ」の名で呼び、このアシュケナジー系のユダヤ教徒が、中世後期にドイツ語圏から東のスラヴ語圏に移住してから後も、その言語を棄てないまま、いつしか近代を迎えるのである。

ユダヤ教徒は、「聖書」を「神の教え《トーラー》」と呼んで重視し、文字に対する依存のきわめて高い文化的集団を構成したが、聖書の言語である古代ヘブライ語を「神聖な言葉」だとみなせばみなしただけ、聖俗分離の原理に従って、日常生活にはそれを用いないという習性が身についていた。イベリア半島に住みついたスファラディ系のユダヤ教徒が「ラディノ語」というユダヤ・スペイン語を日常的に使用していたのと現象としては同じである。しかも、異端審問の時代にイベリア半島を追われたスファラディ系のユダヤ教徒は、北アフリカやバルカン半島へと移り住んでから後も「ラディノ語」を日常生活のなかでは話し続けた。そして、ユダヤ教徒は、どんな言語であれ、自分たちの言葉を書き留めるにあたっては、ヘブライ文字を用いたのである。

こうした事情があって、中世後期以降、ヘブライ文字を用いながら、少しずつ日常言語による文芸が残されるようになっていく。キリスト教世界でラテン文学から俗語文学へと文化の重心が移動したのに対応した動きだと言えるだろう。

たとえば、ドイツからイタリアにかけて名を馳せた流浪の知識人エリア・レヴィータ（一四六九〜一五四九）は、冒険ロマンス叙事詩とでも言うべき『ボヴォの書《ボヴォ・ブッフ》』（図版1）をイディッシュ語で書き著し、一五四一年に刊行されるや否や、これは爆発的に読まれた。すでにイディッシュ語で書かれた読み物を歓迎する市場がヨーロッパには出来上がっていたことが分かる。

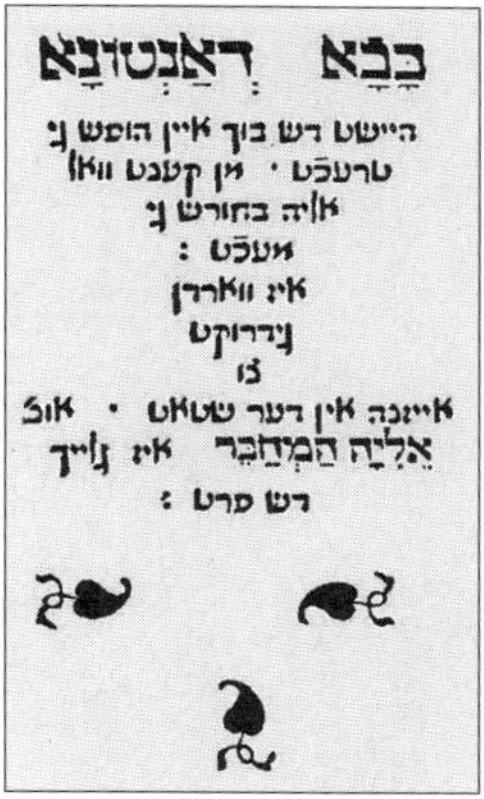
בבא דאנטונא
הייסט דש בוך אין הופש ג׳
טרעכט · מן קענט וואל
אלה בחורש ג׳
מעכט :
אין ווארדן
גדרוקט
צו
אייזנה אין דער שטאט · אוב
אליה המחבר אין גלייך
דש פרט :

図版1　『ボヴォの書』

また、一六〇二年には、タルムードなどの形で伝わっていた伝承を、イディッシュ語で一冊にまとめた『説話の書《マーセ・ブッフ》』がバーゼルで刊行され、さらにハーメルンのグリックルとして知られる女性（一六四六〜一七二四）がわが子のためにイディッシュで書き残した『備忘録《ジフロイネス》』は、一八九六年になってはじめて日の目を見るのだが、いまではヨーロッパで最古の女性文学として定評がある（このグリックルに関しては、米国の歴史家ナタリー・Z・デーヴィスが、十七世紀を生きた代表的ヨーロッパ人女性として、『境界を生きた女たち』のなかで大きく取り上げている）。

しかし、十八世紀にキリスト教世界で進行した啓蒙主義のあおりを受けて、政治と宗教、宗教と学問を分離しようとする傾向がユダヤ社会のなかにまで及び、近代的な世俗教育、世俗的なジャーナリズムの必要に供すべき識字能力の向上が喫緊の課題となったとき、ユダヤ社会は大きな壁につきあたった。

聖俗分離を進めるキリスト教世界に起源を有する近代諸科学を受け入れるにあたって、いかなる言語をもってするかという問いは、近代ナショナリズムの成立を考える上で重要な問いであったが、広範な東欧地域に散らばって住むユダヤ教徒たちは、まず異教徒と同じ言語を用いるか、自分たち独自の言語を用いるかという大きな二者択一の前に立たされた。しかも、いずれを選んだ場合にも、さらなる選択が待ち受けていた。いくら「自分たち独自の言語」だとはいっても「聖書ヘブライ語」の場合、そのままでは世俗的な議論に耐えられる状態ではなかった。かといって、イディッシュ語は、女性や子供向けの読みものが多数編まれつつあったし、神学校のなかでさえ補助的に用いられることがあったとはいうものの、これを一人前の「言語」とみなすかどうかについては、ユダヤ社会のなかに強い抵抗があった。

一九〇八年の「チェルノヴィッツ会議」は、まさにこの問題に解決の糸口を見出すために開かれたと言ってよい。

そして、そこで出た結論は、「ヘブライ語」を定冠詞付きの「これぞ《ディ》民族語」と定義し、イディッシュ語の方は不定冠詞付きで「ひとつ《ア》の民族語」と呼んで、二者を両立させながら、それぞれに花を持たせるというものだった。

十九世紀のロシアを中心に世俗的な用法にも耐えうるように「聖書ヘブライ語」から新たに「現代ヘブライ語」を「再発明」しようとする試みが徐々に軌道に乗り、エリエゼル・ベン・イェフダー（一八五八～一九二二）のように、家庭内言語として「ヘブライ語」を用いるという大胆な実験を試みるものもあらわれて、こうした草の根的な実践が、政治的なシオニズムの成立を下支えするようになっていった。つまり、いくら「イディッシュ語のための会議」を謳おうと、そういったシオニズム的な言語観を、退けることはできなかったのである（十九世紀の末にシオニズムを唱えたテオドル・ヘルツルは、ヘブライ語が来るべきユダヤ人国家の「唯一無二の国語」になるとはまだ考えていなかったが）。また、世界には前に触れた「ラディノ語」をはじめ、「ユダヤ・ペルシャ語」

（イラン方面）や「ユダヤ・ベルベル語」（北アフリカ）など、「ヘブライ語」以外の「民族語」が遍在していた。である以上、アシュケナジー系の覇権主義を非難されないためにも「ひとつの《ア》」という不定冠詞の受け入れを会議参加者は認めるしかなかった。

しかし、この会議があったことで、世界に散らばったイディッシュ語話者にとって、イディッシュ語は「リンガ・フランカ」であるということが認められたし、第一次世界大戦後、東欧地域に成立した諸国では、少数民族保護政策に対応する形で、イディッシュ語を「教育言語」として用いる民族教育が権利上保証されるなど、「民族語」としてのイディッシュ語の地位向上は、イディッシュ語を「母語」とする話者による異教徒の言語（＝公用語）の習得を妨げない範囲内で実現しつつあったのである。もし「ホロコースト」が猛威をふるわなかったら、イディッシュ語はいまでも東欧に生き延びていた可能性が十分にある。

◆

一枚の写真（図版2）がある。一九〇八年の「チェルノヴィッツ会議」の会期中に撮影された記念写真なのだが、この写真は、イツホク・レイブシュ・ペレツ（左から二人目）をその若き盟友がとり囲む構図になっている。ペレツの向かって左にいるのは、ベラルーシ出身のアヴロム・レイゼン(一八七六〜一九五三)で、しばらくワルシャワで活躍した後、一九一一年に渡米。逆に、ペレツの右側に立っているのは、後に『ナザレのひと』(一九三九)や『マリア』(一九四九)などを書き、ユダヤ人よりもむしろクリスチャンから絶賛を浴びることになる(イディッシュ語で書かれたものが英訳を介して多くの言語に

図版２　「イディッシュ語のための会議」記念写真

訳された)ショレム・アッシュ(一八八〇〜一九五七)。その右下が、作家というよりは社会主義を奉じる思想家だったハイム・ジトロフスキ(一八六五〜一九四三)。そして、一番右が、作家のドヴィド・ノンベルグ(一八七六〜一九二七)。いずれも筋金入りの「イディシスト」として知られ、会議のなかで中心的な役割を担った面々だ。

イディッシュ文学と言えば、ここで扇の要になっているペレツに、メンデレ・モヘル・スフォリム(一八三六〜一九一七)とショレム・アレイヘムを加えた三人を、「三羽ガラス」とみなすのが普通だが、メンデレは高齢のため会議を欠席。ショレム・アレイヘムも、

闘病中で参加がかなわなかった。結果的に、ペレツと、その仲間たちが会議の主導権を握ることになったのだが、「チェルノヴィッツ会議」は、まさに「イディッシュ語の言語としての威信」を打ち建てるために、参加者がイディッシュ語のみで議論を闘わせた記念碑的なパフォーマンスだった。そこに参加した「イディシスト」は、それぞれ多言語使用者《ポリグロット》であったし、いざ作品を書くとなれば、異教徒たちの文学からも旺盛に学びながらイディッシュ語での創作にいそしんだ面々であった。ジトロフスキなどは、ニーチェの『ツァラトゥストラはこう語った』をイディッシュ語に訳したこともある。

また、この会議を発案して、そのスポンサーにもなったオーストリアの政治家ナータン・ビルンバウム(一八六四〜一九三七)は、この会議の成果を周囲に広めようと、ハプスブルク帝国の各地を講演してまわり、一九一二年一月、プラハでその講演を聴いたなかにはフランツ・カフカ(一八八三〜一九二四)が混じっていた。ドイツ語圏のユダヤ人は、イディッシュ語とドイツ語との近似性ゆえに、安定的なイディッシュ語話者であることが難しく、結果として、ボヘミアやモラヴィアを含め、ドイツ語圏からイディッシュ語作家は生まれなかった(ドヴィド・ベルゲルソンやデル・ニステルが一時期、ワイマール共和国時代のベルリンで創作を行なった程度である)。しかし、そんななかでカフカはイディッシュ語の存在にきわめて意識的だった一人で、東欧のイディッシュ語作家たちの「遠い親戚」(一種の「分身」)のようにみずからを位置づけていた形跡がある。

このように、「イディッシュ語」という、いかなる国の「国語」でもない言語に「威信」が備わったとき、その影響は、イディッシュ語を「母語」とする者ばかりでなく、イディッシュ語で書こうにも、そこまでの言語能力を有してはいないが、しかしその言語に強い思い入れをいだいたカフカのような存在にまで及んだのである。

◆

二十世紀文学のなかで、ユダヤ系作家が全体として果たした役割は、度外視できないほど大きい。しかも、それはドイツ語作家フランツ・カフカ、ヘブライ語作家シュムエル・アグノン(一八八八〜一九七〇、一九六六年にノーベル文学賞受賞)、英語作家ソール・ベロウ(一九一五〜二〇〇五、一九七六年にノーベル文学賞受賞)といったように多くの言語圏にまたがるものであり、ひとことで「ユダヤ文学」と呼んでも、共通性よりそれぞれの個性の方がめだつ。

しかし、ユダヤ系の作家が「世界文学」のなかでどれほどの寄与をなしたかを考えるにあたって、つい見逃されがちなイディッシュ語作家に関して、日本で今回のようなアンソロジーが編まれたことは、これまでなかった。その意味では、一九五四年の段階で、

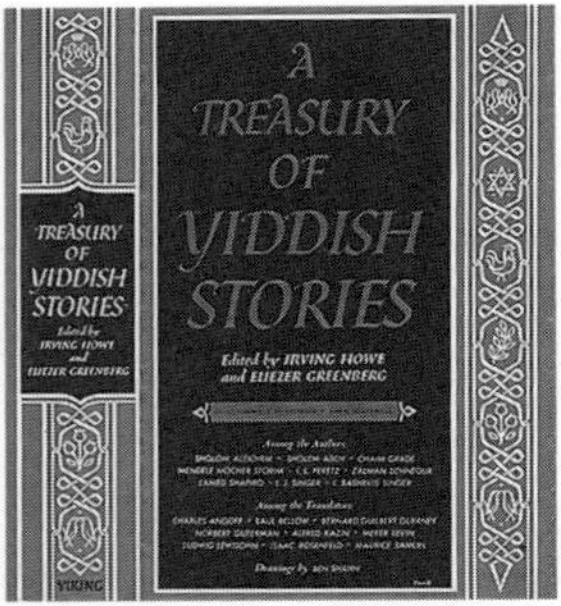

図版3　『イディッシュ小説の宝物』

「六百万人のために」(To the Six Million)との献辞を掲げた『イディッシュ小説の宝物』(図版3、I・ハウ&E・グリンバーグ編、一九五四)のような書物がすでに編まれていた米国の先進性は群を抜いている。一九六〇年代以降、日本にショレム・アレイヘムやイツホク・バシェヴィス・ジンゲル(=シンガー)が紹介されるようになるのも、すべては米国経由で、英語からの重訳を介してだった。しかも、この二人を除いて日本で翻訳書が出たのは、『天国の話』(三浦靱郎・川副富男訳、社会思想社、一九八三)のイツィク・マンゲル(一九〇一〜六九)ぐらいで、これはドイツ語からの重訳だった。

私がイディッシュ文学に関心を持つようになったのは一九八〇年代の半ばだったが、最初は英訳を介し、そしてしだいにイディッシュ語のオリジナルにも目を通すようになった私が、『移動文学論I　イディッシュ』(作品社、一九九五)のもとになる連載を『週刊読書人』紙上で開始したのは一九九一年だった。そして、それを書籍化するにあたっては、本書に収めた「つがい」や「カフェテリア」に加え、イツホク・レイブシュ・ペレツの「幸福な七年」と「だんまりやのボンチェ」、ラメド・シャピロ(一八七八〜一九四八)の「十字架」を加えたが、これは同じ一九九五年、上田和夫氏がアヴロム・レイゼンの「祖父の時計」、ペレツの「手品師」、ショレム・アレイヘムの「ナイフ」の三篇をイディッシュ語と日本語の対訳版として公刊された『イディッシュ語読本』(大学書林)と並び、日本では初の試みだった。

上田和夫氏は、ドイツ文学研究から始めて、イディッシュ語、さらにはラディノ語の研究にまで手を伸ばされたパイオニア(『ユダヤ・スペイン語基礎1500語』大学書林、一九九九を参照されたい)だが、そもそもの研究のきっかけはカフカであったと聞く。カフカ研究に際して、イディッシュ文学との関係を度外視すべきでないという欧米での研究動向を日本に持ち込まれた第一人者が、この上田氏だった。要するに、イディッシュ文学に対する関心が日本にきざした背景には、『屋根の上のバイオリン弾き』やバシェヴィス・ジンゲルの流行など、米国の動向に加えて、カフカ研究の新しい潮流があったということだ。

しかし、本書を編みながら、私はさらに思った。ドイツ語圏からイディッシュ文学が生まれなかったのとは対照的に、ロシア語圏、ポーランド語圏、フランス語圏、英語圏、スペイン語圏、ポルトガル語圏では、それこそソ連邦の作家イサーク・バーベリ(一八九四～一九四〇)、ポーランドの作家ブルーノ・シュルツ(一八九二～一九四二)や詩人のユリアン・トゥヴィム(一八九四～一九五三)、フランスの作家イレーヌ・ネミロフスキー(一九〇三～四二)、米国の作家アブラハム・カーハン(一八六〇～一九五一)やマイク・ゴールド(一八九四～一九六七)、アルゼンチンの作家アルベルト・ヘルチュノフ(一八八三～一九五〇)、ブラジルの作家クラリス・リスペクトル(一九二〇～七七)らの華々しい活躍のかたわらで、じつはその「分身」のようなイディッシュ語作家が、それぞれにユダヤ文学の道を模索していたのだ、と。

つまり、二十世紀という時代は、ユダヤ系表現者の多く(イスラエルのヘブライ語表現者を除いて)が異教徒の言語で表現するという道を最終的に選び取るようになった時代である。イディッシュ語を「母語」とする世代がこの世を去って、もはやイディッシュ文学なるものに残された時間はないに等しい。しかし、本書で示したかったのは、そうした「ユダヤ系文学」の誕生を可能にした「ディアスポラ」の途上で、それこそ東欧系ユダヤ人の生きた証《あかし》のようにして膨大な量のイディッシュ語作品が産み落とされ、「ホロコースト」を経た後もなお私たちの手元に残されているという事実である。

そして、さまざまな言語圏のあいだに分断された世界の「ユダヤ系作家」を、ひとつにつなぎとめていたのも、東欧系ユダヤ人の「イディッシュ文学」なのであった。

イディッシュ文学は、過酷な「ホロコースト」の時代にさえ、創作意欲を完全に失うことはなく、『滅ぼされたユダヤの民の歌』(飛鳥井雅友・細見和之訳、みすず書房、一九九九)や『ワルシャワ・ゲットー詩集』(細見和之訳、未知谷、二〇一二)など、日本でも知られているイツハク・カツェネルソン(一八八六〜一九四四)の遺作類を見るだけでも、それは分かる。

また「ホロコースト」の時期に、イディッシュ文学者の多くは、世界各地を逃げまわったが、たとえばブラジルでは、この時期に国粋主義が強化され、少数派系の言語による出版活動(もちろん日本語やドイツ語など枢軸国系の諸言語もだ)が禁止された。そうしたときに、イディッシュ語作家ロゼ・パラトニクは、発表媒体を求めて、ニューヨークやブエノスアイレスの雑誌にせっせと原稿を書き送ったのだった。

あるいは、ソ連邦で社会主義リアリズムが席巻した時代、それまでの前衛的な作風を改めて歴史小説を書き始めたデル・ニステルは、大河小説『マシュベル一家』の第一部をモスクワで刊行した(一九三九年)が、イスラエルの建国にともなう反イスラエル・キャンペーンが災いして、その続編は、一九四八年、米国で刊行されるしかない事態へとおいやられた。ソ連邦では、レーニンやスターリンの言語政策が少数言語(ロシア語以外の民族言語)に対して比較的寛容なものであった(田中克彦『「スターリン言語学」精読』岩波現代文庫、二〇〇〇を参照)ため、イディッシュ文学は革命後もしたたかに生き延びたのだが、スターリン時代の末期には、「粛清」の嵐が吹き荒れて、デル・ニステルもまたその犠牲となった。しかし、それでも『マシュベル一家』の第二部は、イディッシュ語メディアの広域的なネットワークによって救われたのだ。

本書の後半に収めた作品群は、決して米国やアルゼンチンやブラジルやフランスや南アといった地域ごとの区割りでバラバラに成立したわけではなく、それこそ英語圏文学が英語圏の全体で消費されるように、イディッシュ語読者が存在するすべての地域で読まれえた作品である。じっさい「ホロコースト」をくぐり抜けたユダヤ人は、親類縁者が世界の各地に散らばりながら、そこで生き延びたという例がざらである。今日では、そうした親類縁者が文通し、会話するにあたっては、英語かヘブライ語を用いるのが普通になり、イディッシュ語の出番は少なくなってきているようだが、五十年ほど前であれば、イディッシュ語が、そうした人々の「共通語」だったはずである。

本書で私が最も伝えたかったのは、そうした一時代が存在したことを忘れてはならないということである。

アウシュヴィッツの公用語は、ドイツ語およびポーランド語だったが、その地に煙と消えた犠牲者の大半にとって、その「母語」はイディッシュ語だった。二十世紀後半のイディッシュ語作家は、まさにそうした「犠牲者の共通語」で文学に関わろうとしている自分にきわめて自覚的で、エリ・ヴィーゼル(一九二八〜二〇一六、一九八六年にノーベル平和賞受賞)が最終的にはフランス語で(最初の作品はイディッシュ語で書かれた)、プリモ・レーヴィ(一九一九〜八七)がイタリア語で、あるいはケルテース・イムレ(一九二九〜二〇一六、二〇〇二年にノーベル文学賞受賞)がハンガリー語でふり返った絶滅収容所の記憶のなかでも、イディッシュ語は大きな存在感を示していたのだった。それこそ、こうした生き残りたちがどこかで一堂に会したならば、そこではイディッシュ語が「リンガ・フランカ」であった可能性をだれも否定できないということである。

そして、かりに収容所を経験しないまでも、九死に一生を得たという意識が強いイディッシュ語作家は、「ホロコースト」を生き延びる代償としてくぐり抜けなければならなかった試練の数々に光をあてることにも熱心だった。本書の末尾に収めた「ヤンとピート」など、かならずしもユダヤ人が主人公だという仄めかしがあるわけではないが、人種差別が日常と化していた南アで、まがりなりにも「ヨーロッパ人」として生き延びたユダヤ人が、ヨーロッパでユダヤ人が受けたのにも等しい扱いを受けている黒人やカラードの現地人に対する憐憫に突き動かされてゆく過程を描いた作品として読める。

ユダヤ教徒のあいだでは「生きとし生けるものへの悲嘆《ツァル・バ・レハイーム》」という決まり文句があり、本書のなかの「つがい」などは、まさにそうした動物愛護精神の結晶とも言える作品だが、『動物の解放』で有名な倫理学者ピーター・シンガー（一九四六〜）が、ナチスのオーストリア併合《アンシュルス》から逃れてオーストラリアに移住した東欧ユダヤ系の両親を持つ移民二世だというのも単なる偶然ではないだろう。

　バシェヴィス・ジンゲルの短篇「不浄の血」（『不浄の血――アイザック・バシェヴィス・シンガー傑作選』河出書房新社、二〇一三に所収）なども、「殺してはならない」と「姦淫してはならない」という二つの戒めのあいだで葛藤するユダヤ教徒の血腥い物語である。

「被害者＝犠牲者」としての歴史を生きてきたユダヤ人であればこそ、自分もまた「加害者」であったりすることはないのかと、どこか「グレー」な自分を問い続ける。そのような倫理性こそがイディッシュ文学の基本であり、カフカやバーベリやベロウやゴーディマー（一九二三〜二〇一四、一九九一年にノーベル文学賞受賞、彼女は父親がリトアニア系ユダヤ人）に一貫しているのも、そうした倫理性だろう。

◆

　本書は、監訳者である私が一九九〇年以降、さまざまな機会に訳出したイディッシュ短篇を拾い集め、これにさらに数篇を付け加えることで完成させたものである。ペレッの「天までは届かずとも」とデル・ニステルの「塀のそばで」は、『シオニズムの解剖』(人文書院、二〇一二)や『ユダヤ人と自治』(岩波書店、二〇一七)の共編者の一人として知られ、S・アン＝スキの「ディブック」(西成彦編『ポーランド文学古典叢書5』未知谷、二〇一五に所収)の翻訳者でもあった赤尾光春さんの単独訳。また、デル・ニステルと同じくロシア・ソ連邦のイディッシュ作家として知られるベルゲルソンがベルリン滞在時代に書いた「逃亡者」は、ポーランド文学者の田中壮泰さんと私の共訳である。

本書ができるまでにお世話になった方々の名前を細かく列挙することはしないが、イディッシュ文学は、東欧にルーツを持ち、それが西欧や北米へと流れ出していった文学だと、最初は思いこんでいた私に、そんなものではない、それは南米や南ア、さらにはオーストラリアにまで拠点を有し、世界を股にかける広域的なネットワークを有する文学だと教えてくれた『イディッシュ文学史』(一九七二)のソル・リプツィンさん(一九〇一〜九五、九歳のときにウクライナから渡米)には、結局お目にかかる機会は訪れなかったものの、心からの謝意を書き残したい。

同書にあらかじめ目を通しておいたからこそ、一九八九年にブエノスアイレスを訪れ、アルゼンチン・ユダヤ人互助会(AMIA)の建物のなかに置かれていたイディッシュ研究所（IWO）の門をたたき、所長のシュムエル・ロジャンスキ氏（一九〇二〜九五）から小一時間お話を聞かせていただいた後、「イディッシュ古典叢書」全百冊を前にしてお気に入りを物色するにあたっても、真っ先にブラジルやアルゼンチン、フランスや南アのイディッシュ文学アンソロジーに手を伸ばすことができたのだ。今から思えば夢のような数時間だった。というのも、その互助会の建物は、一九九四年に爆弾テロによって木端微塵に破壊されたのだ。現在ではブエノスアイレス地下鉄の最寄駅「パステウル」が「パステウル＝アミア」と改名されているくらいブエノスアイレス市民を恐怖でふるえあがらせた一大事件だった。

I・ハウらの『イディッシュ小説の宝物』を読んだだけでは知らないまま終わっていたかもしれない多くの作家にも目を開かされた状態に達し、その上で『移動文学論Iイディッシュ』に着手することができ、さらにその延長として本書を編むことができたのは私にとって願ってもない幸いだった。この間、二〇〇二年に、サンパウロの書店で『イディッシュ短篇』（J・ギンスブルグ編、M・クチンスキ序文、一九六六）というアンソロジーに出会ったときにも大いに勇気づけられた。

本書は、『イディッシュ小説の宝物』（全六三〇頁）や、ポルトガル語版の『イディッシュ短篇』（全四八二頁）に比べたら、じつにささやかな一冊にすぎないが、イディッシュ文学の〈世界性〉を感じ取ってもらうための一助、入門的な一冊となりえればと思う。

二〇一七年十一月

世界《せかい》イディッシュ短篇選《たんぺんせん》

2018年1月16日　第1刷発行

編訳者　西《にし》 成彦《まさひこ》

発行者　岡本 厚

発行所　株式会社 岩波書店
〒101-8002 東京都千代田区一ツ橋 2-5-5

案内 03-5210-4000　営業部 03-5210-4111
文庫編集部 03-5210-4051
http://www.iwanami.co.jp/

印刷・三陽社　カバー・精興社　製本・中永製本

ISBN 978-4-00-377004-7　Printed in Japan

読書子に寄す

——岩波文庫発刊に際して——

岩波茂雄

真理は万人によって求められることを自ら欲し、芸術は万人によって愛されることを自ら望む。かつては民を愚昧ならしめるために学芸が最も狭き堂宇に閉鎖されたことがあった。今や知識と美とを特権階級の独占より奪い返すことはつねに進取的なる民衆の切実なる要求である。岩波文庫はこの要求に応じそれに励まされて生まれた。それは生命ある不朽の書を少数者の書斎と研究室とより解放して街頭にくまなく立たしめ民衆に伍せしめるであろう。近時大量生産予約出版の流行を見る。その広告宣伝の狂態はしばらくおくも、後代にのこすと誇称する全集がその編集に万全の用意をなしたるか。千古の典籍の翻訳企図に敬虔の態度を欠かざりしか。さらに分売を許さず読者を繫縛して数十冊を強うるがごとき、はたしてその揚言する学芸解放のゆえんなりや。吾人は天下の名士の声に和してこれを推挙するに躊躇するものである。このときにあたって、岩波書店は自己の責務のいよいよ重大なるを思い、従来の方針の徹底を期するため、すでに十数年以前より志して来た計画を慎重審議この際断然実行することにした。吾人は範をかのレクラム文庫にとり、古今東西にわたって文芸・哲学・社会科学・自然科学等種類のいかんを問わず、いやしくも万人の必読すべき真に古典的価値ある書をきわめて簡易なる形式において逐次刊行し、あらゆる人間に須要なる生活向上の資料、生活批判の原理を提供せんと欲する。この文庫は予約出版の方法を排したるがゆえに、読者は自己の欲する時に自己の欲する書物を各個に自由に選択することができる。携帯に便にして価格の低きを最主とするがゆえに、外観を顧みざるも内容に至っては厳選最も力を尽くし、従来の岩波出版物の特色をますます発揮せしめようとする。この計画たるや世間の一時の投機的なるものと異なり、永遠の事業として吾人は微力を傾倒し、あらゆる犠牲を忍んで今後永久に継続発展せしめ、もって文庫の使命を遺憾なく果たさしめることを期する。芸術を愛し知識を求むる士の自ら進んでこの挙に参加し、希望と忠言とを寄せられることは吾人の熱望するところである。その性質上経済的には最も困難多きこの事業にあえて当たらんとする吾人の志を諒として、その達成のため世の読書子とのうるわしき共同を期待する。

昭和二年七月

《南北ヨーロッパ他文学》〔赤〕

ダンテ 神曲 全三冊 山川丙三郎訳
ダンテ 新生 山川丙三郎訳
抜目のない未亡人 ゴルドーニ 平川祐弘訳
珈琲店・恋人たち ゴルドーニ 平川祐弘訳
夢のなかの夢 タブッキ 和田忠彦訳
ルネッサンス巷談集 フランコ・サケッティ 杉浦明平訳
カルヴィーノ イタリア民話集 全二冊 河島英昭編訳
むずかしい愛 カルヴィーノ 和田忠彦訳
パロマー カルヴィーノ 和田忠彦訳
カルヴィーノ アメリカ講義 —新たな千年紀のための六つのメモ 米川良夫・和田忠彦訳
愛神の戯れ —牧歌劇『アミンタ』 トルクァート・タッソ 鷲平京子訳
タッソ エルサレム解放 A.ジュリアーニ編 鷲平京子訳
わが秘密 ペトラルカ 近藤恒一訳
ペトラルカ 無知について 近藤恒一訳
無関心な人びと 全二冊 モラーヴィア 河島英昭訳
流刑 パヴェーゼ 河島英昭訳

祭の夜 パヴェーゼ 河島英昭訳
月と篝火 パヴェーゼ 河島英昭訳
シチリアでの会話 ヴィットリーニ 鷲平京子訳
休戦 プリーモ・レーヴィ 竹山博英訳
ウンベルト・エーコ 小説の森散策 和田忠彦訳
タタール人の砂漠 ブッツァーティ 脇功訳
七人の使者・神を見た犬 他十三篇 ブッツァーティ 脇功訳
キリストはエボリで止まった カルロ・レーヴィ 竹山博英訳
ラサリーリョ・デ・トルメスの生涯 会田由訳
ドン・キホーテ 前篇 全三冊 セルバンテス 牛島信明訳
ドン・キホーテ 後篇 全三冊 セルバンテス 牛島信明訳
セルバンテス短篇集 牛島信明編訳
ドン・フワン・テノーリオ ホセ・ソリーリャ 高橋正武訳
葦と泥 付 バレンシア物語 ブラスコ・イバニェス 高橋正武訳
人の世は夢・サラメアの村長 カルデロン 高橋正武訳
恐ろしき媒 ホセ・エチェガライ 永田寛定訳
作り上げた利害 ベナベンテ 永田寛定訳

エスピノーサ スペイン民話集 三原幸久編訳
エル・シードの歌 長南実訳
プラテーロとわたし J・R・ヒメーネス 長南実訳
オルメードの騎士 ロペ・デ・ベガ 長南実訳
父の死に寄せる詩 ホルヘ・マンリーケ 佐竹謙一訳
サラマンカの学生 他六篇 エスプロンセーダ 佐竹謙一訳
セビーリャの色事師と石の招客 他一篇 ティルソ・デ・モリーナ 佐竹謙一訳
ティラン・ロ・ブラン 全四冊 J・マルトゥレイ M・J・ダ・ガルバ 田澤耕訳
完訳 アンデルセン童話集 全七冊 大畑末吉訳
即興詩人 全二冊 アンデルセン 大畑末吉訳
絵のない絵本 アンデルセン 大畑末吉訳
ヴィクトリア クヌート・ハムスン 冨原眞弓訳
フィンランド叙事詩 カレワラ 全二冊 リョンロット編 小泉保訳
イプセン 人形の家 原千代海訳
イプセン ヘッダ・ガーブレル 原千代海訳
ポルトガリヤの皇帝さん ラーゲルレーヴ イシガオサム訳
スイスのロビンソン 全二冊 ウィース 宇多五郎訳

- クオ・ワディス 全三冊　シェンキェーヴィチ　木村彰一訳
- おばあさん　ニェムツォヴァー　栗栖継訳
- 兵士シュヴェイクの冒険 全四冊　ハシェク　栗栖継訳
- 山椒魚戦争　カレル・チャペック　栗栖継訳
- ロボット（R・U・R）　チャペック　千野栄一訳
- 絞首台からのレポート　ユリウス・フチーク　栗栖継訳
- 尼僧ヨアンナ　イヴァシュキェヴィッチ　関口時正訳
- 灰とダイヤモンド 全二冊　アンジェイェフスキ　川上洸訳
- 牛乳屋テヴィエ　ショレム・アレイヘム　西成彦訳
- 冗談　ミラン・クンデラ　西永良成訳
- 小説の技法　ミラン・クンデラ　西永良成訳
- ルバイヤート　オマル・ハイヤーム　小川亮作訳
- 中世騎士物語　ブルフィンチ　野上弥生子訳
- 王書 ―古代ペルシャの神話・伝説　フェルドウスィー　岡田恵美子訳
- コルタサル短篇集 悪魔の涎・追い求める男 他八篇　木村榮一訳
- 遊戯の終わり　コルタサル　木村榮一訳
- ペドロ・パラモ　ファン・ルルフォ　杉山晃・増田義郎訳

- 伝奇集　J・L・ボルヘス　鼓直訳
- 創造者　J・L・ボルヘス　鼓直訳
- 続審問　J・L・ボルヘス　中村健二訳
- 七つの夜　J・L・ボルヘス　野谷文昭訳
- 詩という仕事について　J・L・ボルヘス　鼓直訳
- 汚辱の世界史　J・L・ボルヘス　中村健二訳
- ブロディーの報告書　J・L・ボルヘス　鼓直訳
- アレフ　J・L・ボルヘス　鼓直訳
- グアテマラ伝説集　M・A・アストゥリアス　牛島信明訳
- 緑の家 全二冊　バルガス＝リョサ　木村榮一訳
- 密林の語り部　バルガス＝リョサ　西村英一郎訳
- 弓と竪琴　オクタビオ・パス　牛島信明訳
- 失われた足跡　カルペンティエル　牛島信明訳
- やし酒飲み　エイモス・チュツオーラ　土屋哲訳
- 薬草まじない　エイモス・チュツオーラ　土屋哲訳
- ジャンプ 他十一篇　ナディン・ゴーディマ　柳沢由実子訳
- マイケル・K　J・M・クッツェー　くぼたのぞみ訳

岩波文庫の最新刊

ICP ロバート・キャパ・アーカイブ編
ロバート・キャパ写真集
スペイン内戦、ノルマンディー上陸作戦、インドシナ戦争――。世界最高の戦争写真家ロバート・キャパが撮影した約七万点のネガから、二三六点を精選。
〔青五八〇－一〕 本体一四〇〇円

ディケンズ／佐々木徹訳
荒涼館(四)
准男爵夫人の懊悩、深夜の殺人事件捜査、ジャーンダイス裁判の意外な行方――ユーモアと批判たっぷりに英国社会全体を描くディケンズ芸術の頂点。(全四冊完結)
〔赤二二九－一四〕 本体一一四〇円

ゲンデュン・リンチェン編／今枝由郎訳
ブータンの瘋狂聖ドゥクパ・クンレー伝
ドゥクパ・クンレー(一四五五－一五二九)は、ブータン仏教を代表する遊行僧。奔放な振る舞いとユーモアで仏教の真理を伝えた。ブータン仏教を知るための古典作品。
〔青三四四－一〕 本体七二〇円

野間宏
真空地帯
人を兵隊に変える兵営という軍隊の日常生活の場を舞台とし、軍国主義に一石を投じた野間宏(一九一五－九一)の意欲作。改版。(解説＝杉浦明平・紅野謙介)
〔緑九一－一〕 本体一一六〇円

金子文子
何が私をこうさせたか
―獄中手記―
関東大震災後、朝鮮人の恋人と共に検束、大逆罪で死刑宣告された金子文子。無戸籍、虐待、貧困の逆境にも、「私自身」を生き続けた迫力の自伝。(解説＝山田昭次)〔青N一二三－一〕 本体一二〇〇円

……今月の重版再開……

立松和平編
林芙美子紀行集 **下駄で歩いた巴里**
本体七四〇円
〔緑一六九－二〕

モーパッサン／杉捷夫訳
女の一生
本体九二〇円
〔赤五五〇－二〕

大津栄一郎編訳
ビアス短篇集
本体七二〇円
〔赤三一二－二〕

ヘディン／福田宏年訳
さまよえる湖(上)(下)
本体上七二〇・下七八〇円
〔青四五二－三〕
〔青四五二－四〕

岩波文庫の最新刊

川合康三、富永一登、釜谷武志、和田英信、浅見洋二、緑川英樹訳注

文選　詩篇(一)

中国文学の長い伝統の中心に屹立する詞華集『文選《もんぜん》』。先秦から梁に至る文学の精華は、中国文学の根幹をなす。その全詩篇を深く読みこんだ画期的訳註。(全六冊)〔赤四五-一〕本体一〇二〇円

浜田雄介編

江戸川乱歩作品集 II　陰獣・黒蜥蜴 他

推理、謎解きを追究した乱歩の代表作五篇。日本探偵小説の名作「陰獣」。女賊と明智探偵の対決を描いた「黒蜥蜴」の他、「一枚の切符」「何者」「断崖」を収録。〔緑一八一-五〕本体一〇〇〇円

西成彦編訳

世界イディッシュ短篇選

東欧系ユダヤ人の日常言語「イディッシュ」を創作言語として選び取った作家たちが、生まれ故郷を離れて世界各地で書き残した十三の短篇。ディアスポラの文学。〔赤N七七一-一〕本体九二〇円

ハーバーマス/山田正行、金慧訳

後期資本主義における正統化の問題

政治・行政システムが経済危機に対処不能となり、大衆の忠誠を維持できなくなる「正統化の危機」。現代特有の構造的な病理を理論的に分析した一九七三年の著作。〔青N六〇一-一〕本体九七〇円

今月の重版再開

リカードウ/羽鳥卓也、吉澤芳樹訳

経済学および課税の原理(上)(下)

〔白一〇九-一〕〔白一〇九-二〕本体各九〇〇円

ボオマルシェエ/辰野隆訳

フィガロの結婚

〔赤五二二-一〕本体七二〇円

小金井喜美子

森鷗外の系族

〔緑一六一-二〕本体九五〇円